Mit dem Haus im Grünen hat sich Thierry einen Traum erfüllt. Zusammen mit Élisabeth geniesst er die Ruhe und Abgeschiedenheit des Wohnens nahe einem Wald. Im einzigen Haus nebenan leben Guy und Chantal.
In den vier Jahren ihrer Nachbarschaft haben sich die Paare angefreundet. Die Männer pflegen gemeinsame Interessen, gehen angeln, züchten Schmetterlinge. Die Frauen tauschen Rezepte, immer wieder verbringen sie zusammen gemütliche Abende.
Eines Morgens werden die Häuser von der Polizei umstellt. Bewaffnete Spezialeinheiten stürmen das Nachbargebäude, akribisch werden die Gärten und der nahe gelegene Wald durchkämmt. Thierry und Élisabeth erfahren, dass der freundliche Nachbar seit Jahren als Serienmörder gesucht wurde. Eine Welt bricht für sie zusammen, ihr gemeinsames Leben zerfällt.
Von seiner Frau verlassen, sieht Thierry sich gezwungen, sich seiner eigenen verdrängten Lebensgeschichte zu stellen. Wie konnte er in seinem besten Freund nicht das Böse erkennen? In Guy widerspiegelt sich seine eigene Vergangenheit.

Tiffany Tavernier, geboren 1967 als Tochter der Drehbuchautorin Colo Tavernier und des Regisseurs Bertrand Tavernier, hat Romane und Drehbücher verfasst. Ihr erster Roman, *Dans la nuit aussi le ciel* (1999), beschreibt ihre Erfahrungen, die sie als Achtzehnjährige in den Sterbehäusern von Kalkutta machte. Seitdem hat sie die Welt bereist, insbesondere die Arktis, wo sie ihren nächsten Roman, *L'Homme blanc* (2000), ansiedelte. Danach schrieb sie acht weitere Romane, zuletzt *En vérité, Alice* (2024). Mit *L'Ami* (2021) war sie u. a. Finalistin beim Grand Prix RTL-Lire, beim Prix des Libraires und beim Prix du Livre Inter.

Tiffany Tavernier

Der Freund

Roman

Aus dem Französischen
von Anne Thomas

Lenos Verlag

Die Übersetzerin
Anne Thomas wurde 1988 in Karl-Marx-Stadt/Chemnitz geboren und wuchs in Flensburg auf, nachdem sie 1989 mit ihrer Familie aus der DDR geflohen war. Seit 2013 ist sie als freiberufliche literarische Übersetzerin tätig (u. a. Colin Niel, Éric Plamondon, Dimitri Rouchon-Borie). Sie lebt hauptsächlich in Paris. Regelmässige Arbeitsaufenthalte in Berlin und London. Anne Thomas organisiert und leitet Übersetzungsworkshops in Schulen in Deutschland und Frankreich und ist als Dolmetscherin bei literarischen und kulturellen Veranstaltungen tätig.

Dieses Buch erscheint im Rahmen des Förderprogramms des Institut français.

Titel der französischen Originalausgabe:
L'Ami

Erste Auflage 2024

Satz und Gestaltung: Lenos Verlag, Basel
Umschlagfoto: Madeleine Imhof
Printed in Germany
ISBN 978 3 03925 040 0

www.lenos.ch

I

1

Es ist ein Samstag wie jeder andere. Ich ziehe mich im Halbdunkel an, damit Élisabeth nicht aufwacht. Unten an der Treppe keine Jules. Sonst empfing sie mich immer mit freudigem Gebell. In der Küche schalte ich die Kaffeemaschine an, nehme eine Tasse aus dem Schrank. Draussen dämmert der Morgen herauf, das Laub der Eichen rauscht. Drüben schlafen alle noch. Die Stille ist allgegenwärtig. Als Jules starb, hat Élisabeth darauf bestanden, dass sie auf einem Hundefriedhof beerdigt wird, den Grabstein hat sie auch ausgesucht. Weiss. Es war eine schöne Trauerfeier. Sogar Élisabeths Schwestern sind gekommen. An dem Abend haben wir so viel getrunken, dass alle bei uns übernachtet haben, ausser Guy und Chantal natürlich. Hat mir viel bedeutet, dass sie gekommen sind. Vor allem Guy. Chantals Depression ist wirklich zum Kotzen. Ja, Kotzen ist das richtige Wort. Wir hören sie manchmal streiten, bis spätabends, dann ist Ruhe, es geht vorbei. Die Sache mit Nelly, ihrer Hündin, ist jetzt ein Jahr her. Das war wirklich Pech, wo hier so wenig Verkehr ist. Das Schwein, das sie überfahren hat, hat sich natürlich hübsch aus dem Staub gemacht, er wurde nie gefunden. Die Hündin schon. Was von ihr übrig war, jedenfalls: ein blutiger Haufen Fleisch, den Guy und ich noch am selben Abend begraben haben. Mit Hacke und Schaufel, in ihrem Garten. Eine schreckliche Nacht, wie man sie nicht erleben möchte. Guy weinte still vor sich hin, ich grub.

Vielleicht wollte Élisabeth deshalb Jules' Beerdigung im grossen Stil begehen. Um das Unglück wettzumachen.

Auf dem Küchentisch reibt eine *Musca domestica* die Beine aneinander, leicht zu erkennen an den grossen roten Augen und dem grauen Thorax. Ich frage mich, ob es in Vietnam welche gibt. Wenn Marc sich das nächste Mal meldet, frage ich ihn. Sieht ganz so aus, als ob es ihm dort prima gefällt. Auf seinen Instagram-Fotos lächelt er immer, was Élisabeth beruhigend findet. Ich nicht. Was musste er sich ausgerechnet dieses Land aussuchen? Meinem Vater hätte das garantiert nicht gefallen. Und dann dieser Job in dem grossen Hotel. Behandeln die ihn wenigstens gut?

Draussen färbt der Himmel sich allmählich hellrosa. Ich bin nicht viel herumgekommen. Einmal, mit zweiundzwanzig, war ich ein paar Tage in Spanien, ein anderes Mal in Schweden, mit Élisabeth. Dann kam Marc. Auf Reisen hatten wir dann gar keine Lust mehr, höchstens ans Meer, im Sommer, mit dem Kleinen. Manchmal finde ich es ganz komisch, ihn so weit weg zu wissen. Brutal kommt der Schmerz wieder hoch. Und geht vorbei, wie die Streitereien von Guy und Chantal. Dabei wohnt er seit Jahren nicht mehr zu Hause, aber gut, die Uni war nur eine Autofahrt entfernt. Jetzt leben wir nicht einmal mehr in derselben Zeitzone, und auch wenn wir skypen, je länger das so geht, desto weniger haben wir uns zu sagen.

Die Fliege hebt vom Tisch ab und setzt sich auf die Fensterscheibe. Die Stunden, in denen alles noch ruhig ist, sind mir das Liebste. Keine Autos, kein Telefonklingeln. Lediglich das langsame Heraufdämmern des Tages, das Knacken der Äste im Wind. Ich trinke meinen Kaffee in einem Zug. Danach mache ich meinen Spaziergang an der Aune. Um diese Uhrzeit bin ich dort noch nie jemandem begegnet, ausser einmal Chantal. Die Sonne war gerade aufgegangen. Da sah ich sie am Flussufer sitzen, sie starrte ins Leere. Wie sie sich erschreckt hat, als ich aufgetaucht bin. Sie hatte die ganze Nacht kein Auge zugetan und gehofft, ein wenig frische Luft tue ihr gut. Ich habe gefragt, ob sie auf einen Kaffee mit reinkommen möchte. Sie hat mich merkwürdig angestarrt, dann ist sie mit einem Mal aufgesprungen und weggelaufen. Élisabeth sagt, es sei wegen ihrer Medikamente. So starkes Zeug, dass es manchmal Monate dauert, bis man richtig eingestellt ist.

Erste Sonnenstrahlen fallen in die Küche. Bald können wir auf der neuen Hochterrasse frühstücken. Was für eine Plackerei das war, die Fläche auszuheben. Aber jetzt ist es so weit, die Pfosten sind in der Erde, ich muss nur noch die Dielen verlegen. Wir könnten eine Hollywoodschaukel aufstellen, wie in den amerikanischen Filmen. Untendrunter werde ich Brennholz lagern, und für Regentage will ich auch noch eine Überdachung bauen. Von hier aus hat man einen herrlichen Blick. Bäume, nichts als Bäume. Das hat mir am meisten gefallen, als wir zufällig dieses Haus entdeckten. Die unberührte Natur rundherum. Élisabeth nicht. Der Gedanke, so abgelegen zu wohnen, machte ihr Angst. Das Angebot war sehr günstig, ich habe sie angefleht, es sich noch mal zu überlegen. Nicht nur, dass es spottbillig zu haben war und Potential für jede Menge Ausbaumöglichkeiten bot, von hier aus waren es auch nur zehn Kilometer bis zu der Fabrik, in der ich arbeite, und nicht mal acht Kilometer bis P., dem Städtchen, in dem Élisabeth als Krankenschwester sehnlichst erwartet wurde. Eine Wohnung in der Stadt würde pro Tag Dutzende zusätzliche Kilometer und viel weniger Wohnfläche bedeuten. Trotzdem war Élisabeth unschlüssig, und ich wollte schon aufgeben, da brachte ihre Mutter den Gedanken ins Spiel, uns einen Hund zuzulegen. Das war wie Zauberei. Mit einem Hund – aber ein richtiger Wachhund, ja? –, dann, ja, dann konnte Élisabeth sich vorstellen, hier zu leben.

In den Tagen nach unserem Umzug war ich so aufgeregt, dass ich mich direkt ans Renovieren machte: unser Schlafzimmer, das Kinderzimmer des Kleinen, das Bad, dann im Erdgeschoss Wohnzimmer, Küche und Garage.

Heute haben wir all das und sogar ein drittes Schlafzimmer, das Élisabeth vor zwei Jahren in Ermangelung weiterer Kinder zum Atelier umfunktioniert hat. Sie verbringt dort mehr und mehr Zeit und malt ihre »Erleuchtungen«: Anhäufungen von Formen und Farben, mit denen ich nichts anfangen kann. Aber was soll's, ihr tut es gut, und bei dem, was sie auf Arbeit alles aushält … In einer Ecke steht noch das Bett; ihre Schwestern übernachten manchmal darin. Mein Bruder nie. Aber das ist eine andere Geschichte.

Ich werfe einen Blick auf die zweite Uhr. In Hanoi ist es fast Mittag, in den Strassen wimmelt es von Menschen. Hier ist das Gras noch taunass, und die Libellen schlafen. Im frühen Morgenlicht funkelt alles, selbst die

Felsen. Mit ein bisschen Glück fange ich ein paar Flusskrebse, und wenn das Wasser nicht zu kalt ist, kann ich dort, wo die Aune ein bisschen tiefer ist, unter dem Blätterdach baden. Heute wird es schön. Der Himmel ist wolkenlos. Vielleicht kann ich nachmittags mal die grosse Leiter rausholen und nachschauen, wo am Dach es hereinregnet. Ob Guy mir wohl beim Tragen hilft? Heute Nacht habe ich seinen Lieferwagen sehr spät zurückkommen hören. Wenn es mit Chantal zu hitzig wird, fährt er stundenlang durch die Gegend, um sich zu beruhigen. Die Morgen danach sind nicht leicht. Ausgerechnet, wo ich endlich einmal keine Rufbereitschaft habe. Ich werde trotzdem mein Glück versuchen, aber nicht vor Mittag. Morgens hat Guy üble Laune. Allmählich kenne ich ihn, nach all der Zeit.

Ich ziehe die Gummistiefel an und nehme mir vor, Lisa nachher das Frühstück ans Bett zu bringen. Und noch einmal zu ihr unter die Decke zu schlüpfen. Erst würde sie schimpfen, weil ich dann nach Schlick stinke, mir am Ende aber verzeihen, weil ich an die Marmelade gedacht habe. Wir haben wirklich Glück, dass wir uns nach all den Jahren noch immer so sehr lieben. Und dass wir so ein geruhsames Leben führen, obwohl sie täglich geschaffter ist, wegen der Überlastung auf Arbeit, und ich selbst komme immer schwerer aus dem Bett, wenn ich mitten in der Nacht in die Fabrik gerufen werde, um dringend eine kaputte Maschine zu reparieren. Dennoch, kein Vergleich zu dem Leben meines Bruders, immer im Krieg, zumindest habe ich mir sein Leben in diesen fernen Ländern stets so vorgestellt. Wenn wir, was selten genug vorkommt, miteinander sprechen, traue ich mich nie, ihn danach zu fragen, und von sich aus erzählt er nichts. Noch nicht mal eine Frau oder ein Kind hat er.

Ich schnappe mir die Jacke, bin im Begriff, die Tür aufzumachen. Nanu, Motorengeräusche, und zwar von mehr als einem Auto. Dabei gibt es hier nur unsere beiden Häuser. Was kann das bloss sein? Ich öffne die Tür, sehe sprachlos zu, wie eins, zwei, drei, vier, fünf, sechs Polizeiautos und ein Krankenwagen mit Höchstgeschwindigkeit angerauscht kommen. Gleichzeitig rennen etwa zwanzig behelmte Männer, wahrscheinlich GIGN*, mit heruntergelassenem Visier, kugelsicherer Weste und Waffe in der Hand aus dem Wald. Die Szene ist dermassen surreal, dass ich mich frage, ob ich mir das nicht einbilde. In einer Staubwolke kommen die Autos vor Guys und Chantals Haus zum Stehen.

»Monsieur, Sie können nicht hierbleiben.«

Ich mache einen Satz nach hinten, starre den Mann an, der sich vor mir aufgebaut hat.

»Capitaine Bretan, Gendarmerie nationale.«

Hinter ihm umzingelt die Spezialeinheit Guys und Chantals Haus, kniend, die Waffen im Anschlag. Was zum …

»Monsieur?«

In meinem Kopf herrscht unbeschreibliches Chaos. Seine klare, freie Stirn.

»Wie viele Personen befinden sich derzeit in Ihrem Haus?«

* Spezialeinheit der französischen Gendarmerie. *(Alle Anmerkungen von der Übersetzerin)*

Verwirrt starre ich ihn an.

»Monsieur, bitte.«

Worte finden. Raum für Worte. Die richtige Reihenfolge.

»Das … nur ich und meine Frau im oberen Stock, aber … was ist denn los?«

Er wirft einen Blick hoch zum Schlafzimmerfenster, schätzt im Bruchteil einer Sekunde die Entfernung zwischen den beiden Häusern.

»Keine Sorge, wir müssen nur sicherstellen, dass Ihnen während des Einsatzes nichts passiert.«

»Was für ein Einsatz? Was soll denn dieses …«

»Monsieur, dafür ist jetzt keine Zeit.«

Hinter ihm rennen vier Spezialeinsatzkräfte auf Guys und Chantals Haus zu …

»Betrifft es unsere Nachbarn? Weil, wir sind befreundet, wir kennen uns schon eine ganze Weile …«

Fast hätte ich Lust, die Sache mit dem kaputten Dach zu erzählen, von der grossen Leiter, die ich allein nicht tragen kann. Seine Fassungslosigkeit bringt mich abrupt zum Schweigen.

»Befreundet?«

Na ja, klar, befreundet, Rasenmäher, Kartenspiele, Sonnenschirm, Grillabend, was liegt näher, kein anderes Haus weit und breit, warum also guckt er so betroffen, plötzlich möchte ich ihn schütteln, was ist mit den beiden? Nur wollen die Worte nicht heraus. Und jetzt starrt er mich so sonderbar an. Als wäre er mir böse … Als wäre es zu spät …

»Ja, na klar, mit Guy und Chantal halt.«

Seine Stimme wird sanfter.

»Also gut, Sie holen jetzt Ihre Frau nach unten, und bis auf weiteres verlassen Sie bitte nicht das Haus und halten sich von den Fenstern fern, verstanden?«

2

Élisabeth starrt mich verständnislos an. Ich flüstere ihr zu, dass die Polizei da ist, überall Polizei, dass es ernst sein muss, sehr ernst sogar, und dass sie ruck, zuck aufstehen soll. Sie springt aus dem Bett, wirft den Morgenmantel über, kommt mit zerzausten Haaren hinter mir her. Stocksteif bleibt sie an der Treppe stehen, als sie den Typ von der Spezialeinheit sieht. Mir fuhr vorhin genau der gleiche Schreck durch die Glieder. Die beiden Häuser in unserer ruhigen Gegend … Bei Guy und Chantal muss wirklich etwas Furchtbares passiert sein, dass eine solche Armee anrückt. Am liebsten wäre ich geflüchtet. Stattdessen bin ich wie versteinert in der Tür stehen geblieben und hab, so gut es ging, versucht, mich zu beruhigen. Mein Herz vor allem. Das Pochen. Eine wahre Explosion. Als wüsste es bereits, was genau vorgefallen war. Etwas Schreckliches, das ich mir nicht vorstellen konnte oder wollte.

Und nun hastet Élisabeth neben mir die Treppe hinunter. Sie, die sonst immer so fröhlich ist. So viele Männer für so ein kleines Haus. Ob sie umgebracht wurden?

Unten deutet der Typ vom GIGN, kugelsichere Weste, hochgeklapptes Visier, zum Wohnzimmer. »Flach auf den Boden legen!«

Bloss ist Élisabeth noch nicht richtig wach. Die Information kommt zu schnell. »Auf den Boden, aber wieso denn?«

»Keine Sorge, Madame, eine reine Vorsichtsmassnahme, falls es drüben brenzlig wird.«

»Wie, drüben?« Sie hat es fast geschrien.

Er erwidert, mehr könne er ihr nicht sagen.

Sie dreht sich zu mir. »Sind die bei Guy und Chantal?«

Ich nicke und sehe, wie ihre Pupillen sich weiten.

Der Beamte erhält über den Helm einen Befehl. »Legen Sie sich jetzt hin!«

Ich würde ihn gern fragen, ob das wegen der Kugeln ist, die er bald abschiessen wird, oder wegen denen, die als Querschläger von drüben kommen könnten, ob er schon ähnliche Situationen erlebt hat, ob er weiss, ob Guy und Chantal noch leben, ob …

»Monsieur, kooperieren Sie bitte!«

Alles kommt mir so absurd vor, schon allein er; er könnte mein Sohn sein, was hat ihn veranlasst, einen solchen Beruf zu wählen; dann wir beide, völlig perplex, dabei sind wir doch zu Hause. Zu Hause. Und ich, wo ich sonst bei grösseren Gefahren – einer Maschine kurz vorm Explodieren, zum Beispiel – stets die Ruhe bewahre, warum dann diese Ahnung einer Katastrophe, als wüsste ich, dass die Schlacht von vorneherein verloren war.

Der Grünschnabel lässt nicht locker. »Monsieur …«

Weiss er wenigstens, wie lange wir so liegen bleiben müssen?

Mit bemüht fester Stimme erwidert er, nein, das wisse er nicht, zeigt dann erneut auf den Teppich, auf dem schon Élisabeth liegt. »Würden Sie sich jetzt bitte zu Ihrer Frau legen?«

Ich gehorche.

»Ich muss Sie allein lassen, stehen Sie unter keinen Umständen auf, und verhalten Sie sich ruhig, bis wir zu Ihnen kommen.«

3

Ich liege dicht neben Élisabeth und erzähle ihr flüsternd, wie die Autos, der Krankenwagen angerauscht kamen, wie bewaffnete Männer aus dem Wald aufgetaucht sind. Ich lasse aus, wie verunsichert der Capitaine war, als ich ihm eröffnet habe, dass wir Guy und Chantal nahestehen, und was für eine böse Vorahnung mir seitdem im Kopf herumgeistert. Sie meint, es könnte ein Einbruch gewesen sein, der gewaltig schiefgegangen ist. Das kann ich mir kaum vorstellen. Wegen ein paar Einbrechern fährt man nicht so schwere Geschütze auf.

»Dann vielleicht ein Irrer, der sie bedroht?«

Ein Irrer in dieser gottverlassenen Gegend?

»Und wenn es Bankräuber sind? Vielleicht haben sie einen Coup versemmelt und sind dann bei den beiden untergetaucht?«

Wenn sie doch nur still wäre. Und alles wieder echt, wie vorhin in der Küche.

»Thierry, ich hab's, Ausbrecher aus dem Gefängnis.«

Aus dem Gefängnis, das könnte sein, das würde die Spezialeinheit erklären.

Sie wird blass. »Nein, Terroristen!«

Diese Angst in ihr. Aufstehen, aus dem Haus raus, in die Lüfte aufsteigen, über den Dingen schweben.

»Terroristen, die mitten in der Nacht und zu Fuss bei uns aufkreuzen?«

»Ja, kann doch sein!«

Nicht darauf eingehen. Die Vorhänge anstarren, das Lichtspiel in den Vorhängen und hoffen, dass sie endlich still ist. Aber ihre Gedanken wirbeln durcheinander, alles gerät ins Schleudern. Mit sich überschlagender Stimme denkt sie laut darüber nach, wie viele Bomben die Terroristen wohl dabeihaben, ob sie als letzten Ausweg womöglich beschliessen, alles hochgehen zu lassen, ob es in dem Fall nicht besser wäre, den Befehlen zuwiderzuhandeln, wie damals die wenigen Überlebenden aus den Twin Towers, die die Anweisungen ignoriert und das Gebäude verlassen haben! Ich entgegne, dass draussen über zwanzig Scharfschützen positioniert sind, die, ohne zu zögern, auf sie schiessen würden. Sie beisst sich auf die Lippen, dann redet sie von Chantal, die sich davon nie mehr erholen wird; dass sie Jules' Geruch vermisst; dass sie mal muss; dass sie ihre Schwestern gern bei sich hätte; redet von Marc, der noch nichts von all dem weiss, was gerade passiert, *aber was denn eigentlich?* Marc, wir müssen ihn anrufen und ihn … Die Worte bleiben ihr im Halse stecken. Ersterben. Sie so kopflos zu erleben erschüttert mich noch mehr. Nur dreissig Meter weiter, und es hätte uns getroffen letzte Nacht, jenes »es«, das da geschehen ist.

Sie drückt sich an mich. »Man hört gar nichts, findest du das normal?«

Genau wie sie hatte ich eine Salve an Befehlen erwartet, Schüsse, Einschläge. Worauf warten die? Hier im Wohnzimmer kann ich sie fast mit Händen greifen, die Gewalt. Ein Tornado, der von Wand zu Wand fegt. Ich umfasse Élisabeth, richte meine Aufmerksamkeit auf die

Wand hinter dem Fernseher, wo die Sonne unzählige irrlichternde Flecken zaubert, sie tauchen auf und verschwinden wieder, ein unaufhörlicher Tanz. Wie wird das enden? Ich bin sechs Jahre alt. Auf Zehenspitzen stosse ich die Tür zum Schlafzimmer auf, wo der Vater meiner Mutter liegt. Ganz vorsichtig schleiche ich näher, frage mich, warum die Vorhänge zu und alle Möbel mit schwarzem Flor verhangen sind. Ich beuge mich vor, spreche ihn an. Seine Lippen bewegen sich nicht. Ich hebe ein Augenlid an, ein weisses Auge. Grossvater? In mir öffnet sich irgendetwas. Ein Schlund, der mich packt und in vernichtendem Tempo in die Tiefe zieht. Ich mache einen Satz rückwärts, werfe eine Vase um. Ich renne, bis mir die Puste ausgeht.

»Rede mit mir, Thierry, bleib bei mir.«

Ich zeige ihr den immer grösser werdenden Haarriss an der Decke, frage mich, ob es daran liegt, dass sich der Boden abgesenkt hat, stelle mir ganz kurz vor, dass das Haus in der Mitte gespalten ist. Sie drückt sich noch fester an mich, gesteht, dass sie gern beten würde, nicht mehr weiss, wie das geht. Ob sie nach alldem die Terrasse noch will? Und Guy, die grosse Leiter? Wenn ich daran denke, dass ich letzte Nacht beinahe aufgestanden wäre, als ich ihn kommen gehört habe. Dann hätten die Kerle vielleicht Angst bekommen und … Ich sehe wieder Abdanes Leiche vor mir, die von Jules.

»Hast du das gehört?«

Ja, genau wie sie habe ich eine Autotür zuschlagen hören, jetzt eine zweite und eine dritte, gefolgt von einem Blitzstart. Kann das sein, dass alles so schnell ging?

Ich richte mich halb auf. Am Ende des Zufahrtsweges, in der Kurve, überdeckt Reifenknirschen für einen Moment das Heulen einer Sirene.

»So, Sie können wieder aufstehen.«

Er ist völlig lautlos hereingekommen, nimmt langsam den Helm ab, nassgeschwitztes blondes Haar kommt zum Vorschein.

»Jegliche Gefahr ist ausgeschaltet, Sie haben nichts mehr zu befürchten.«

»Aber … unsere Nachbarn?«

»Warten Sie kurz, Capitaine Bretan kommt und unterrichtet Sie über den Stand der Dinge.«

4

»Festgenommen?!«

Der Capitaine antwortet nicht gleich, und ich denke, dass ich mich verhört haben muss.

Élisabeth bekommt einen zittrigen Lachanfall. »Die beiden, nein … Vor allem Chantal, in ihrer Verfassung …«

Fast ist mir ebenfalls nach Lachen zumute. Der Blick, den der Capitaine mir zuwirft, lässt mich abrupt innehalten.

»Sie stehen verständlicherweise unter Schock, Sie sind ja befreundet.«

Wie er das Wort »befreundet« betont. Dumpfe Wut steigt in mir auf. Élisabeth beginnt zu weinen. Ich nehme ihre Hand, fordere sie leise auf, sich zusammenzureissen. Verloren schaut sie mich an.

»Aber Guy … Chantal … nein, das kann nicht sein, und überhaupt, was haben sie denn gemacht?«

Dieses abfällige Funkeln im Blick des Capitaine. Im echten Leben, einem mit Arbeit und Samstagen am Aune-Ufer, würde ich ihn hinauswerfen, aber jetzt sind wir in ein Woanders gekippt, und ich brauche ihn.

Er rückt uns einen Stuhl zurecht. »Seit wann kennen Sie die beiden?«

So, wie Élisabeth die Hände ringt, beschliesse ich, an ihrer Stelle zu antworten. Sie bricht sonst zusammen.

»Seit sie die Ruine gegenüber gekauft und renoviert haben. Vor gut vier Jahren.«

Er wendet sich an sie. »Madame, wenn Sie bei irgendetwas anderer Meinung sind oder etwas hinzufügen wollen, machen Sie das einfach.«

Sie haucht ein kaum wahrnehmbares Ja, und ich weiss nicht, was mich zurückhält, warum ich ihm nicht sage, wie sensibel sie ist, meine Lisa, da reicht schon ein Schuss im Fernsehen, die geringste Verletzung, sogar bei kleinen Tieren, auf Arbeit dagegen nie, als ob ihr Schwesternkittel sie beschützt, und genauso ist es, wenn bei jemandem Erste Hilfe geleistet werden muss, beim Schulfest letzte Woche, dem Kind spritzte das Blut nur so aus dem Finger, da war sie einfach sagenhaft, doch hier, zu Hause, wie ein kleines Mädchen, aber erklären Sie das mal einem Polizisten, besonders diesem hier, einem Streber, das habe ich gleich gesehen, und was Besseres noch dazu, so selbstgefällig.

»Ist Ihnen, seit Sie die beiden kennen, je etwas Merkwürdiges aufgefallen? An ihrem Verhalten, zum Beispiel.«

»Nein, nicht wirklich, das heisst, doch, Chantal ging es immer schlechter … und sie haben sich auch immer öfter gestritten.«

»Sonst nichts?«

Die Mischung aus Angst und Wut bändigen, die mich überkommt. »Sie sind zurückhaltend, und Guy ist stets hilfsbereit.«

»Ihnen ist nichts Ungewöhnliches an ihrem Verhalten aufgefallen?«

Er schreibt nichts auf, zeichnet nichts auf, nimmt noch die winzigste Reaktion von mir auseinander.

»Nein, höchstens, dass Guy in den letzten Wochen angespannter war, aber bei Chantals Zustand … Ihre Depression war bedrückend, verstehen Sie?«

Nein, er versteht es nicht, und vielleicht schert es ihn auch gar nicht, oder er will es nicht verstehen.

»Wann haben Sie die beiden zum letzten Mal gesehen?«

»Guy vorgestern Abend, als ich von der Arbeit kam. Er war in der Garage und hat den Lieferwagen repariert, ich habe angeboten, ihm zu helfen, er meinte, das sei nicht nötig.«

»Und Sie, Madame?«

Schlagartig kommen ihr die Tränen. Sie drängt sie zurück, wendet den Blick ab.

»Ihn am Mittwoch … Ich bin zur Arbeit gefahren, er war im Garten und hat gegrüsst.«

Er wendet sich wieder mir zu. »Und Chantal?«

Liegt es an seiner Kaltschnäuzigkeit oder an meiner Angst, dass ich ihn widerlich finde?

»Das war vor zwei Tagen, sie hat bei uns geklopft, weil sie keinen Zucker mehr hatte, sie wollte einen Kuchen backen.«

»Einen Kuchen?! Was für einen Kuchen und für wie viele Personen?«

Verblüfft starre ich ihn an. Will der uns auf den Arm nehmen?

»Ähm, keine Ahnung, was meinst du, Élisabeth?«

»Äh … ich glaube, sie hat etwas von Schokolade gesagt … und für wie viele … hundertfünfzig Gramm Zucker … ein Kuchen für vier Personen, würde ich sagen …«

Offenbar denkt er blitzschnell nach. »Hatten die beiden oft Besuch?«

»Ja, uns manchmal.«

»Nur Sie?«

Es trifft mich wie der Blitz. Ich suche Élisabeths Blick, um mich zu vergewissern, sehe, dass sie genau wie ich begriffen hat.

»Ähm … ja.«

Scheisse, wie konnten wir das bloss übersehen? Sicher, Chantal ging es nicht gut, aber Guy, seine Maklerkollegen, seine Freunde. Warum haben wir die nie kennengelernt? Gut kochen konnte er auch. Ein richtiger Sternekoch …

»Und gestern?«

Ich zucke zusammen. »Was, gestern?«

»Ist Ihnen da nichts Ungewöhnliches aufgefallen?«

»Wir haben Ihnen doch gesagt, dass wir sie gestern gar nicht gesehen haben.«

»Irgendwelche verdächtigen Geräusche?«

Ich werfe ihm einen vernichtenden Blick zu. Was denn für Geräusche? Von einer Gelddruckmaschine? Die Motoren gestohlener Autos? Dreissig Mann, um sie festzunehmen! In was für eine Scheisse haben die beiden sich da bloss hineinmanövriert?

Er kommt noch näher. »Letzte Nacht, zum Beispiel?«

Ich schüttele den Kopf. »Letzte Nacht habe ich bloss gehört, wie Guy mit dem Lieferwagen nach Hause gekommen ist.«

»Können Sie mir sagen, wann das war?«

»Nein, aber es war spät, sehr spät sogar.«

»Prima, das wäre im Moment alles.«

Ich schaue ihn sprachlos an. Er wird uns doch wohl nicht einfach hier sitzenlassen, ohne irgendwas zu erklären. Und überhaupt, das Werkzeug, was soll ich damit machen?

Er sieht mich verständnislos an. »Was für Werkzeug?«

»Das aus seiner Hütte, Guy hat es mir anvertraut.«

Seine Augen werden gross. »Was für eine Hütte?«

»Na ... die im Wald.«

Kalte Panik bricht über ihn herein. Dabei ist der doch recht abgebrüht, was zum ...

»Wissen Sie, wo die Hütte liegt?«

»Ja, natürlich.«

»Können Sie sie mir auf der Karte zeigen?« Er redet plötzlich so schnell.

Seine Angst steckt mich an. »Na ja, also ... da bräuchten wir wirklich eine sehr genaue Karte ...«

Diese Anspannung in seinem Gesicht.

»Können Sie mich hinleiten?«

»Kommt drauf an, zu Fuss oder mit dem Auto?«

Er wirft mir einen bitterbösen Blick zu. »Mit dem Auto natürlich!«

Die Fassung bewahren, an etwas anderes denken. An Hanoi. An die Strassen von Hanoi. An die leuchtend roten Flügeldecken eines *Lycidae.*

»Es sind gute fünf Minuten, aber man muss trotzdem ein Stück zu Fuss ...«

»Okay, ich nehme Sie mit, aber Sie bleiben im Auto.«

5

Die Bäume draussen triefen vor Licht. Ich bleibe einen Moment auf der Schwelle stehen und starre sie an, wobei ich, so gut es geht, den Polizisten dort hinten ausblende, der Haus und Grundstück der beiden mit Absperrband sichert. Es ist also alles echt. Bretan bemerkt meine Verstörung. Er bedeutet mir mitzukommen. Ich Trottel. Nie im Leben hätte ich herauskommen sollen. Mit dem Öffnen der Tür habe ich dem Unglück seinen Lauf gelassen.

»Kommen Sie jetzt.«

Ich gehorche mit gesenktem Kopf, ärgere mich, weil ich mich nicht traue, ihnen zu sagen, sie sollen auf die Blumen aufpassen, vor allem auf die weissen Funkien, die Kamelien und die Japanorchideen, auf die Chantal so stolz ist. Auf Höhe ihrer Zufahrt stutze ich plötzlich. Werden wir jemals wieder auf einen Aperitif bei ihnen vorbeischauen? Und das Holz, das wir immer zusammen gekauft haben? Ihr Rasenmäher, den sie uns liehen?

Weit vor mir winkt Bretan, ich soll mich beeilen. Gerade will ich zu ihm aufschliessen, da meine ich durch eins der Fenster im Erdgeschoss eine weissgekleidete Gestalt zu sehen. Mein Herz fängt an zu rasen. War das nur eine Spiegelung oder jemand von der Spurensicherung, wie in den Fernsehserien, wenn ein Verbrechen geschehen ist? Ich habe niemanden hineingehen sehen, und die beiden Fenster der Fassade bilden nun derart dunkle Oberflächen, dass ich nicht mal die Möbel im Haus erkennen kann. Beunruhigt und fragend schaue ich Bretan an, der anstelle einer Antwort fünf seiner Männer zu ihrem Einsatzwagen beordert. Warum hat von denen keiner Angst, wo doch in mir alles zittert? Ist das, weil ich es noch nicht glauben kann? Aber was denn eigentlich?

Bretan bei den Autos wird langsam ungeduldig. Ich würde ihm am liebsten sagen, wie sauer ich auf mich bin, weil ich Élisabeth zurückgelassen habe, ihm erzählen, wie wir uns kennengelernt haben und dass wir von Anfang an kleine Rituale etabliert haben, dienstags nach der Arbeit gemeinsam etwas trinken gehen, donnerstags einkaufen und samstags …

»Setzen Sie sich auf den Beifahrersitz, und schnallen Sie sich an.«

Seine Stimme dringt wie im Traum zu mir. Schweigend fährt er los, und ich frage mich, wieso uns so viele Autos folgen, was sie denn in der Hütte zu finden hoffen, klammere mich einen Augenblick an den Gedanken, dass sie sich vertan haben, deute nach links zur Landstrasse, die wir nehmen müssen, dann wieder links, auf den holperigen Feldweg, wo man wegen der vielen Schlaglöcher langsam fahren muss. Ich verzichte darauf, ihm zu berichten, wie oft wir diesbezüglich mit dem Bürgermeister von P. gestritten haben. Wie wütend Guy war, weil es nicht voranging. Ein Guy, der nach der letzten Versammlung, ich sehe es noch vor mir, mit der Faust auf die Motorhaube seines Autos gehauen hat. Berichte nicht, wie überrascht Élisabeth und ich waren, weil er sonst stets die Ruhe bewahrte, wie er über unsere Verblüffung gelächelt hat, auch nicht von dem dann folgenden Lachanfall, über den wir immer noch lachen können. Was könnte er getan haben, und wann? Gestern? Aber gestern war Chantal nicht bei ihm … Und wenn sie es nun war, die infolge einer Medikamentenüberdosis ausgerastet ist? Wenn sie nun, wie manche Irre, mit dem Auto Menschen überfahren hatte? Ich drücke das Gesicht an die Scheibe, versuche, es mir vorzustellen, nein, das ergibt keinen Sinn, aber nichts ergibt Sinn seit heute Morgen. Ich bedeute Bretan anzuhalten, zeige auf eine Eiche inmitten des Farnteppichs.

»Wenn Sie daran vorbei sind, gehen Sie nach links bis zu dem Baum, der vom Blitz getroffen wurde. Dort nach rechts, es geht ein bisschen hoch. Wenn Sie oben sind, sehen Sie weiter unten am Hang die Hütte.«

Er steigt aus, bittet mich zu warten. Am liebsten würde ich mitgehen, kann es nicht, wie damals, wenn mein Vater nach monatelanger Abwesenheit sagte, ich solle zu ihm kommen. Dabei tat er mir überhaupt nichts. Trotzdem machte mir irgendetwas an ihm Angst. Etwas, das weniger mit seiner Person als mit dem zu tun hatte, was in seinem Schweigen mitschwang: eine Durchquerung der Hölle, die ich um jeden Preis von mir fernhalten musste, wie jetzt bei diesem Capitaine, dessen überlegene und erfahrene Ausstrahlung mich nervt, erschreckt und beruhigt, alles zusammen.

Langsam steigt die Sonne höher. Sind sie schon an der Hütte? Guy hat sie immer mit einer Kette und einem Vorhängeschloss gesichert, was ich urkomisch fand. In unserer Gegend begegnete man nie irgendjemandem: Wer hätte denn die Tür aufbrechen wollen? Guy hielt verbissen daran fest. Vielleicht weil er die Hütte als Versteck genutzt hatte? Die vielen Male, die ich mit ihm dort gewesen war, hatte ich nie etwas Verdächtiges bemerkt, allenfalls sein Werkzeug und ein paar Holzscheite. Es sei denn, er hatte dort jemanden versteckt, aber wo waren dann das Bett, der Campingkocher, das Geschirr, die Laken? Und wenn die beiden wegen etwas festgenommen wurden, das lange zurücklag? Das würde alles erklären: den Hauskauf in der mehr als gottverlassenen Gegend, Chantals Depressionen, die fehlenden Freunde. Ich ärgere mich, dass ich mein Handy nicht dabeihabe. Es ging alles so schnell. Hat Élisabeth sich oben noch mal hingelegt? Wie viele sind noch vor Ort? Trinkt sie einen Kaffee? Hat sie aus dem Fenster geschaut und das Absperrband gesehen?

Ein leichter Windhauch wiegt die Wipfel. Für den Bruchteil einer Sekunde neigt sich alles. Ich lasse die Scheibe ein Stück herunter, hole tief Luft. Ich kenne die beiden seit vier Jahren, aber was weiss ich eigentlich über sie? Dass sie keine Kinder bekommen konnten und vor zehn Jahren geheiratet haben, aber wo und unter welchen Umständen? Sie sprachen nie über ihre Familien, obwohl, doch, Chantal einmal: Ihre Mutter war nicht auf der Hochzeit gewesen, weil sie Krebs hatte. War sie inzwischen gestorben? Wahrscheinlich weiss Lisa mehr darüber als ich. Letztes Jahr hatte sie es geschafft, Chantal zu überreden, mit ihr ins Schwimmbad von P. zu gehen. Guy hatte alles getan, um sie davon abzubringen. In seinen Augen war seine Frau zu kränklich. Er befürchtete tatsächlich, sie würde ertrinken. Hatte

Chantal in diesen Momenten Élisabeth anvertraut, wo sie Guy kennengelernt hatte und warum sie hierhergezogen waren? Wenn ich drüber nachdenke, weiss ich nicht mal, wo Guy geboren ist, ob er Geschwister hat oder ob er, ehe er zum Immobiliengeschäft kam, in anderen Branchen gearbeitet hat. Unter uns gesagt, war die Freundschaft eher werkzeugbasiert. Es braucht nicht viele Worte, wenn man repariert, etwas befestigt, abschleift oder »kleine Tipps« austauscht, die das Heimwerken leichter machen: Die Säge funktioniert mit dieser Kette besser als mit jener, bei dieser Lasur reicht eine Schicht. Was unsere gemeinsame Leidenschaft für Insekten betraf, auch da gab es wenig zum Plaudern, ausser beim Klassifizieren, Benennen, oder wenn man bewegt über das Schlüpfen der Larven einer Grünen Florfliege, die Paarung zweier Juchtenkäfer, den Balztanz einer Skorpionsfliege berichtete.

Die Baumwipfel neigen sich erneut. Wie haben sie wohl das Vorhängeschloss aufgebrochen, und was haben sie gefunden? Ich war erstaunt gewesen, als Guy davon gesprochen hatte, die Hütte neu zu streichen, wo er doch nur zum Werkeln und Holzhacken hinging. Aber er hatte es satt, dass die Farbe von den Wänden abblätterte; es war Zeit für einen frischen Anstrich. Seitdem hatten wir uns kaum gesehen. Am Sonntag darauf hatte er mich nur gefragt, ob er während des Streichens sein Werkzeug in meiner Werkstatt lagern könne. Ich hatte natürlich ja gesagt, dann hatten wir darüber geredet, wo man günstig Qualitätsfarbe bekam. Guy hasste es, übers Ohr gehauen zu werden, und fuhr lieber zwanzig Kilometer weiter, wenn es dort preiswerter war. Nachdem ich ihm geholfen hatte, den Lieferwagen zu entladen, hatte ich gefragt, ob er beim Streichen Hilfe brauche. Er hatte mich gerührt angesehen. »Nein, das ist nett, geht schon.«

Und nun knattert dieses Absperrband in der Sonne wie in einem Albtraum. Ich kauere mich auf dem Beifahrersitz zusammen, starre aufs Handschuhfach, frage mich, ob da eine Waffe drin ist. Ich zögere sekundenlang. Bewaffnet würde ich mich vielleicht besser fühlen. Die Bedrohung ist derart vage, aber auch das ergibt keinen Sinn. Wenn ich wenigstens begreifen würde, woher diese Furcht kommt. Ich schliesse die Augen, stelle mir die Hütte vor, da ganz unten. Inmitten von Moos und Zweigen taucht einer von ihnen auf. Bretan oder einer seiner Untergebenen? Mit einem Brecheisen hebelt er die Tür auf. Wer geht zuerst hinein? Und was wird er dort finden? Ich mache die Augen wieder auf, suche aus dem Auto heraus im Blätterdach nach einem tröstlichen Zeichen. Nach dem klaffenden Loch eines Tierauges, dem unendlichen Mitleid darin, und vielleicht auch Hilflosigkeit. Aber überall dieses leuchtende Grün. Sollte es nicht eher Winter sein? Schwarzer Schlamm, der an den Stiefeln kleben bleibt? Windschiefe, abgezehrte Bäume?

Ich bin das Kind, das sich weigert, zu seinem Vater zu gehen, das Kind, das stundenlang auf den reglosen Rücken seiner Mutter am Küchentisch starrt, ich bin Marcs Vater, Élisabeths Mann, der unaufgeregte Kerl, auf den sich in der Fabrik alle verlassen können. Warum passiert mir das alles?

6

Als Bretan endlich zurückkommt und mir mitteilt, dass vor Ort nichts gefunden wurde, keimt eine wunderbare Hoffnung in mir auf. Am Ende sind Guy und Chantal vielleicht doch unschuldig. Vom Jubeln bin ich allerdings weit entfernt. Schlimmer. Allmählich überkommt mich eine ungeheure, unerklärliche Angst.

»Na, und drin …?«

Erstaunt schaut er mich an. »Was, und drin?«

»Guy … ich meine … hat er gestrichen?«

»Wovon reden Sie?«

»Die Wände, waren die frisch gestrichen oder nicht?«

Bin das wirklich ich, der das gebrüllt hat? Ja, das bin ich. Ungläubig starrt er mich an. Aussteigen. Aussteigen und tief die frische Luft einatmen.

Er hält mich am Arm fest. »Bleiben Sie hier.«

Das Flüstern aus seinem Mund. Beinahe ein Flehen. Er also auch, ein Ertrinkender? Als ich vor Abdanes leblosem Körper stand, in der Fabrik, konnte nur eine Umarmung die Schreie ersticken, die verspätet hervorbrachen, vor allem meine, als ich begriff, dass es aus war.

Seine Stimme holt mich zurück an die Oberfläche. »Die einzige frisch gestrichene Wand war die auf der Türseite.«

Ein Rattenschwanz an Bildern stürmt auf mich ein: Guy und ich, wie wir Farbtöpfe in seinen Lieferwagen laden, und weiter zurück, wie wir beide schwitzen wie die Schweine, als wir in der drückenden Sommerhitze Holz hacken.

»Komisch, ich hätte gedacht, er wäre schon fertig.«

»Warum sagen Sie das?«

»Weil Guy von der schnellen Truppe ist, und nun sind es schon zwei Wochen.«

Warum die Verspätung? War ihm etwas dazwischengekommen? Bloss was? Die Angst kommt mit aller Macht zurück.

»Verflucht, es ist so schwer, wenn man nichts weiss.«

»Ich gebe Ihnen mein Wort, dass ich Ihnen bald mehr sage. Können wir jetzt fahren?«

Diese ganz neue Güte in seiner Stimme. Als wollte er mich im Voraus trösten. Ich nicke benommen, halte ihn mit einer Handbewegung zurück, als er den Motor anlässt. Es ist so schön heute. Bei dem Regen letzte Woche ist der Wald bestimmt voller Pfifferlinge.

»Als ich vorhin gefragt habe, ob Sie zu Fuss oder mit dem Auto zur Hütte wollen, dann deshalb, weil hinter den Sträuchern ein Pfad direkt zum Haus der beiden führt.«

»Verflucht noch mal!« Er wirft einen raschen Blick in den Rückspiegel, schaut nach seinen Kollegen, aber die sind alle schon gefahren.

»Soll ich es Ihnen zeigen?«

»Dafür ist keine Zeit. Sieht man den gut, den Pfad?«

»Doch, ja, Guy hat ihn oft benutzt …«

Wieder ist sein Gesicht angespannt. Unschlüssig starrt er ins Dickicht, tippt schliesslich eine Nummer ins Handy, bittet einen gewissen Fred, so schnell wie möglich anzurücken. Er legt auf, den Blick noch immer auf die andere Seite des Weges gerichtet. Habe ich ihm zu spät von der Abkürzung erzählt? Andererseits, was will er denn dort finden? Er holt ein Päckchen Zigaretten raus, zündet sich eine an.

»Wirklich schön, der Wald hier.« Seine Worte klingen beinahe traurig.

Ich nicke, frage mich, ob er das zu sich selbst gesagt hat.

Er nimmt einen ersten Zug, lässt die Scheibe herunter. »Haben Sie Kinder?«

»Einen Sohn, er ist dreiundzwanzig und arbeitet seit letztem Jahr in Vietnam.«

Er sagt nichts dazu, und ich würde ihn gern fragen, ob er das Land kennt, ob er auch Kinder hat, ob er an sie gedacht hat, als er vom Wald sprach, und ob …

»Keine Sorge, sobald meine Kollegen da sind, bringe ich Sie zurück.«

Er bringt mich zurück, und dann? Dann esse ich Mittag und arbeite im Gemüsegarten, oder wie? Türenschlagen reisst mich aus meinen Gedanken. Er drückt die Zigarette aus, steigt aus und geht zu seinem Kollegen. Im Rückspiegel wirkt es, als müsste es schnell gehen. Womöglich wissen sie, dass Guy und Chantal keine Zeit hatten, ihre Beute weiter weg zu verstecken. Warum sonst die Eile, zur Hütte zu kommen und nun zu dem Schleichweg?

Zurück im Auto, lässt er nachdenklich den Motor an, dann teilt er mir mit, dass ich ihm das Werkzeug aushändigen müsse, das Guy bei mir gelagert habe. Schweigend nicke ich.

»Hat er Ihnen sonst noch etwas anvertraut?«

»Nein.«

Er nickt, immer noch in Gedanken versunken, und ich traue mich nicht, ihm Fragen zu stellen. Vor uns in der Kurve taucht wieder das Absperrband auf wie in einem bösen Traum. Mein Wunsch, am Aune-Ufer spazieren zu gehen, war so schön heute Morgen. Können wir nicht dahin zurück? Aber das Auto fährt weiter vorwärts. Schluckt alles: unser Haus, unsere Blumen, unsere Stühle. Und plötzlich sind da zwei Männer vorm Haus der beiden. Diesmal, so viel ist sicher, träume ich nicht.

»Was … was machen die Leute da?«

»Welche Leute?«

Tut der nur so?

»Die Kerle dort, in Weiss, vor dem Haus.«

»Ach, die? Sie untersuchen das Haus.«

Die Antwort kam zu schnell. Irgendetwas stimmt da nicht.

»Und dafür brauchen sie solche Anzüge?«

Sein Gesichtsausdruck wird verschlossen. »Das ist die vorgeschriebene Kleidung, ja.«

Na, und er, und all die anderen Polizisten? Und überhaupt, vorgeschriebene Kleidung, für welche Art von Untersuchung? Meine Stimme beginnt zu zittern.

»Es gab ein Verbrechen, stimmt's?«

Er antwortet nicht gleich, und sein Schweigen macht mich wahnsinnig.

»Habe ich das gesagt?« Er hat den Satz mit einer solchen Ruhe ausgesprochen.

Verunsichert sehe ich ihn an. »Aber … diese Leute …?«

Er zieht die Handbremse an.

»Die sind hier, um gewisse Beweise sicherzustellen. Und jetzt müssen Sie aufhören, mir Fragen zu stellen, und zurück zu Ihrer Frau gehen. Ich sage Ihnen mehr, sobald ich kann. Bis dahin versuchen Sie bitte, jede Kleinigkeit aufzuschreiben, die Ihnen einfällt. Noch etwas. Bis auf weiteres muss ich Sie bitten, sich von den Mülltonnen fernzuhalten und nichts vom Boden aufzuheben, nicht mal eine Kippe oder einen Papierschnipsel, sich dem Haus Ihrer Nachbarn nicht zu nähern und, wie meine Männer Ihrer Frau sicher schon gesagt haben, vor Ablauf von vierundzwanzig Stunden keine Angehörigen zu informieren.«

»Aber Sie haben sie doch festgenommen!«

»Wir wissen noch nicht alles und wollen sichergehen, dass wir nichts übersehen.«

»Darf ich wenigstens meinen Sohn in Vietnam anrufen?«

»Niemanden. Gehen Sie jetzt rein.«

Könnte er nicht wenigstens mit reinkommen, um mit Lisa zu reden? Ihr muss doch kalt sein. Ob sie wenigstens geduscht hat?

7

Sie wartet im Wohnzimmer auf mich, mit verstörter Miene. Während ich weg war, haben Männer der Spezialeinheit hereingeschaut und gefragt, ob alles in Ordnung sei. Sie hat ja gesagt, aber nicht den Mut gefunden, ihnen Kaffee anzubieten. Genau wie mich hat das Absperrband sie erschüttert, aber noch viel mehr die schiere Menge an Polizisten, ihre präzisen Handgriffe. Irgendwann hat sie oben geduscht und den alten Pullover übergezogen, in dem sie normalerweise malt. Erst danach hat sie die beiden Teller vor dem Fernseher bemerkt. So eine Unordnung, was mussten sie von uns denken? Sie hatte sie abgewaschen, und dann alles andere, was herumlag. Sie schmiegt sich an mich. Was hatten der Capitaine und ich besprochen? War ich mit ihm bis zur Hütte gefahren? Was war da gewesen? Hatte ich irgendeine Ahnung, was Guy und Chantal verbrochen haben könnten? Waren wir die Einzigen, die davon wussten? Lief das immer so?

»Wie denn, so, Lisa?«

Sanft löst sie sich. Chantal ist so sensibel, ob sie geschrien hat, als die Polizisten kamen, hat sie sich gewehrt, haben sie sie zu Boden geworfen, um ihr Handschellen anzulegen? Und Guy? Und ihr Garten? Ihre Blumen? Ich flüstere ihr zu, dass ich auch nicht mehr weiss als sie, dass es vielleicht gut wäre, wenn wir einen Tagesausflug machen würden, aber heute Nachmittag muss sie doch zu der Versammlung mit dem Bürgermeister wegen der geplanten Vergrösserung des örtlichen Festsaals, und gleich hinterher will sie wie geplant zu Isabelle und Laslo und mit ihnen alles Organisatorische zum Crosslauf der Schule besprechen. Ich flüstere, dass sie bei so vielen Menschen niemals den Mund wird halten können, das muss sie aber, der Capitaine hat es extra gesagt.

»Aber warum, Thierry, warum verlangt er das?«

»Vielleicht haben sie Komplizen.«

Mit einem Mal fängt sie an zu lachen. »Komplizen, Chantal? Sie traut sich doch noch nicht mal, die Kassiererinnen im Shopi anzusprechen!«

Ich streiche ihr übers Haar, sage, dass ich das alles weiss. Sie stammelt, sie wisse nicht, wie sie je wieder zur Ruhe kommen solle, dabei sind Scheisssituationen ihr ja durchaus vertraut, erst gestern wieder im Rosalides, wo der arme Alte sich eingekackt hatte, und Madame Gros findet sie jeden Morgen auf dem Boden. Wieder denke ich, wenn sie doch nur still wäre. Sie ist so schön, Herrgott, und sie quält sich so mit diesen Grübeleien. Und wenn doch Jules noch hier wäre. Ich stelle mir vor, wie sie uns zwischen die Beine läuft und gegen die Möbel rennt.

»Thierry, hörst du mir zu?«

Die grossen grünen Mandelaugen, die mich jedes Mal zum Schmelzen bringen. Stumm streichle ich ihre Wange, da klingelt es. Ich bedeute ihr, sich nicht vom Fleck zu rühren, und gehe zur Tür. Als ich die beiden Männer in weissen Schutzanzügen sehe, werde ich bleich.

»Guten Tag, Monsieur. Capitaine Bretan hat uns gesagt, Ihr Nachbar hätte Werkzeug bei Ihnen gelagert, stimmt das?«

Ich nicke, unfähig, mich zu rühren.

»Können Sie uns das bitte zeigen?«

Nein. Nicht in unserem Zuhause, mit ihren Gummihandschuhen, Masken, Schuhüberziehern. Nur dass Élisabeth sie hinter meinem Rücken schon zu sich winkt. Und so kommen sie herein mit ihren Taschen, ihren Kameras. Unheilvolle Engel, Jäger des Schreckens. Bis in meine Werkstatt, wo ich die Flügeltür öffne, die zum Wald hinausgeht, damit man besser sieht. Sofort fällt Tageslicht herein. Der Erste schiesst eine Reihe Fotos, während der Zweite zu den drei Glasglocken geht, unter denen ich hier einen Schmalflügligen Pelzbienenölkäfer, hier zwei Fangschrecken, Männchen und Weibchen, hier schliesslich ein Dutzend Marienkäfer halte.

Sarkastisch dreht er sich zu mir. »Sie haben's also auch mit Insekten?«

Ich bejahe, ohne mit der Wimper zu zucken, sehe uns, Guy und mich, im Gras liegen und den Wettstreit zweier Schröter-Männchen bewundern, die um ein Weibchen kämpfen.

»Ist ja 'ne mächtig gute Freundschaft bei Ihnen beiden, was!«

Eine Antwort ist unnötig. Wie die meisten verabscheut der Kerl Insekten. Wie viele hat er wohl zum Spass absichtlich zertreten?

Noch immer argwöhnisch, geht er um die grosse Werkbank herum, bleibt vor der Werkzeugwand stehen. »Sind das die von Ihrem Nachbarn?«

»Die Säge, die Schaufel, die Hacke und der Rechen und alles, was in den drei Kartons ist.«

»Haben Sie sie benutzt?«

»Die Hacke und den Vorschlaghammer, ja.«

Er lässt den Blick durch den Raum wandern. »Sie haben doch eine Hacke. Warum nehmen Sie die Ihres Nachbarn?«

»Meine geht aus dem Leim.«

»Und Ihr Hammer auch?«

Ein weiteres Mal Ruhe bewahren.

»Ich habe seinen genommen, weil ich keinen habe.«

»Sie haben keinen Vorschlaghammer?«

»Nein.«

»Das ist doch seltsam, oder?«

Er hätte gern, dass ich wie Guy wäre. Beute.

»Schön, weiter im Text. Den Vorschlaghammer, wie oft haben Sie den benutzt und warum?«

»Einmal, um die Pfosten draussen tiefer einzuschlagen.«

»Und die Hacke?«

»Um den minderwertigen Schotter rund um die Pfosten wegzukratzen.«

»Auch nur einmal?«

Die Brutalität in seinem Blick.

»Einmal, ja.«

»War an dem Tag schönes Wetter?«

Er starrt mich weiter an, kalt, herablassend.

»Ich habe Sie gefragt, ob schönes Wetter war, als Sie diesen Hammer und diese Hacke benutzt haben.«

Ich will seine Stimme nie wieder hören müssen. Eine Decke suchen, wie als Kind. Mich darunter verkriechen. Nichts mehr sehen und hören von der Menschenwelt.

»Es war schönes Wetter, ja.«

Er wirft seinem Kollegen einen Blick zu, bittet ihn, das Ganze zu fotografieren.

Blitzlicht von der Kamera.

»Sie sind sich sicher, dass Sie kein anderes Werkzeug angefasst haben?«

Ich denke fieberhaft nach, sehe Guy wieder vor mir, ein Lächeln auf den Lippen, wie er an die Tür klopft, der Lieferwagen vor der Garage …

»Schwer zu sagen. Vielleicht noch die Säge … als ich beim Abladen geholfen habe …«

»Glauben Sie das, oder sind Sie sich sicher?«

»Ich … ich bin mir sicher.«

»Schön. Sie können uns jetzt allein lassen.«

Aber wie soll ich gehen, ohne die Frage zu stellen, die sich aufdrängt? Aber es kommt kein Wort heraus. Nur zähes Schweigen, in dem mein Körper treibt. Élisabeths Stimme reisst mich zurück.

»Komm, lass sie jetzt in Ruhe.«

8

Gleich nachdem sie weg waren, haben wir uns, ohne uns abzusprechen, durchs Internet geklickt, haben von einem Programm zum nächsten, einem Radiosender zum nächsten gezappt, auf der Suche nach jeder noch so kleinen Information über die beiden.

Ein bisschen später habe ich eine Pizza aufgebacken, wir haben sie uns bei einer Reportage über die Vorzüge der Cranberry geteilt. Kurz darauf kam eine Diskussionsrunde zum Thema Hausaufgaben, danach Bilder von Protesten der Landwirte, dann Bilder eines Attentats in einer Moschee im Irak und schliesslich welche von den Besucherströmen zur Pariser Luftfahrtschau … Nichts über eine Sicherstellung von Drogen, einen Raubüberfall, Veruntreuung irgendwelcher Gelder oder gar einen Vergeltungsschlag. Dann war das Verbrechen der beiden wohl nicht so schwerwiegend und die spektakuläre Vorgehensweise bei ihrer Festnahme vielleicht einem gewissen Übereifer zuzuschreiben, gar einer falschen Spur. Hatte der Präfekt nicht vor zwei Jahren über zwanzig Polizisten losgeschickt, um ein arbeitsloses Paar festzunehmen, weil sie im Garten Cannabis anbauten?

Es ist fast neunzehn Uhr. Draussen steht die Sonne noch hoch am Himmel. Durchs Küchenfenster können wir sehen, wie die beiden Männer in Weiss mit dem Polizisten plaudern, der vor der Haustür drüben Wache schiebt. Keine Spur von Bretan, und die Männer der Spezialeinheit sind anscheinend nicht mehr da.

Wenig später werden im Wetterbericht für die Nacht Sturmböen angesagt und vereinzelt Gewitter, aber eher lokal. Nach dem Sturm 99 musste ich mir trotz Élisabeths Bitten einfach selbst ein Bild von den Schäden machen. Nicht nur von den paar Schindeln, die vom Dach gefallen waren, oder den zerbrochenen Scheiben, sondern vom Wald ringsherum. Meinem Wald. Wie lange bin ich durch das Chaos aus Blättern und Ästen gelaufen? Überall die gleiche Verwüstung. Am Ende hatte ich mich hingesetzt und um Verzeihung gebeten. Wen, weiss ich nicht. Aber Verzeihung war notwendig. Dann hatte ich mich gebückt und ein wenig Erde in die Hand genommen.

»Jo, hört ihr mich?« Marcs Gesicht erscheint ein wenig verschwommen auf dem Bildschirm. »Hier schüttet's wie aus Eimern. Moment, ich zeig's euch! Das ist der Wahnsinn!« Er dreht die Webcam. Einstellung seiner Füsse. Einstellung auf die herumliegende Wäsche. Endlich ein weisses Quadrat, im Hintergrund gewaltiges Trommeln.

Élisabeth ringt sich ein Lachen ab. »Wir sehen gar nichts, Schatz!«

»Aber ihr hört es, oder?«

»Ja, wir hören es, aber wir wollen dich sehen, wie geht's dir?«

Sein Gesicht ist zurück. Gebräunt. Lächelnd. Mit Schatten unter den Augen.

»Ich schufte wie verrückt, macht Spass!«

»Kriegst du wenigstens ein bisschen Schlaf?«

»Ja, ich schlafe, aber ich gehe auch viel aus, wie alle jungen Leute hier. Wann kommt ihr mich besuchen?«

»Das ist ganz schön teuer, mein Grosser.«

»Übrigens, ich ziehe bald um. In eine Maisonettewohnung, voll der Luxus! Von einer Freundin, sie geht fürs Studium zwei Monate nach Japan. In der Zwischenzeit darf ich bei ihr wohnen. Es gibt sogar einen Whirlpool, ihr müsst echt herkommen, es ist total schön hier.«

»Was denn für eine Freundin?«

»Eine Freundin halt. Und ihr, das Haus?«

Ich wage einen Vorstoss. »Alles gut. Wann kommst du denn zurück?«

»Kommt drauf an, was der Chef sagt. Übrigens, wisst ihr was? Er hat sich gerade einen Hund gekauft und ihn Jules genannt! Ist das nicht total irre?! So, ich muss dann mal wieder. Ganz ausnahmsweise muss ich morgen arbeiten. Ich drück euch, macht's gut, ja!«

Der Bildschirm wird schwarz.

Jules … Was ist bloss in diesen Chef gefahren, seinen Hund so zu nennen? Ich starre auf den Computer, dann aus dem Fenster, auf die beiden Männer von der Spurensicherung, die vor Chantals Blumen knien. Auf die Entfernung kann ich unmöglich sehen, ob sie etwas gefunden haben. Die zwei Plastiktütchen sind viel zu klein, als dass ich irgendetwas darin erkennen könnte. In ein paar Minuten geht der Rasensprenger an. Den hatte ich ihnen geschenkt, zum Dank, dass Guy mir geholfen hatte, die Tonne Erde wegzuschaffen, die beim Terrassenbau angefallen war. Unter den Blicken von

Lisa und Chantal, die miteinander schwatzten, hatten wir einen Sonntagnachmittag lang die Leitungen verlegt. Welche Freude, als wir am Abend zusehen konnten, wie sämtliche Fontänen gleichzeitig angingen. Das war ein paar Wochen vor Chantals Rückfall. Damals trafen wir uns noch zum Grillen und abends manchmal auch zum Kartenspielen. Wann und in was für einer Verfassung werden wir sie wiedersehen? Nach dem Sturm damals war die Verwüstung greifbar, aber jetzt, hinter dem Absperrband, wo alles intakt ist?

Noch immer nicht der kleinste Hinweis in den Zwanziguhrnachrichten, und mit einem Mal ist uns beinahe zum Lachen. Mit ein bisschen Glück würden Guy und Chantal morgen »reingewaschen« an unserer Tür klingeln, und als Bonus bekämen sie noch die untertänigsten Entschuldigungen der Gendarmerie obendrauf.

Kurz vorm Schlafengehen überlegt Élisabeth, ihre Schwestern anzurufen. Doch nein. Sie will einfach nur ins Bett, das Licht ausmachen, alles vergessen, bis hin zu den Windböen draussen, Marcs Abwesenheit, die Wäsche der beiden, die noch auf der Leine hängt, ihre klappernden Fensterläden.

9

Bum! Bum! Bum!

Ich schlage die Augen auf, fast noch dunkel, was soll der Mist? Neuerliches Klopfen, diesmal energischer. 7 Uhr 25!

Élisabeth setzt sich ebenfalls auf. »Sind die das schon wieder?«

Wieder klopft es zweimal. Ich springe aus dem Bett, ziehe mich hastig an, Élisabeth holt unterdessen ihren Morgenmantel aus dem Bad. Wütend rase ich die Treppe hinunter und zur Tür. Und erstarre. Dort steht nicht wie erwartet Bretan, sondern eine bezaubernde junge Frau in Jeans und hautengem T-Shirt. Neben ihr ein junger Mann mit Kamera auf der Schulter.

Ehe ich mich von der Überraschung erholen kann, hält sie mir schon mit gewinnendem Lächeln ein Mikro vor die Nase. »Na, was ist denn Ihr Eindruck, seit die Katze aus dem Sack ist?«

Verwirrt schaue ich zwischen ihr und der Kamera hin und her. »Was soll denn der Zirkus? Wer sind Sie?«

Die junge Frau streckt mir die Hand hin. »Nathalie Ernu. RJ TV. Ich will die ungefilterte Reaktion.«

»Was denn für eine Reaktion? Wir wissen nichts! Und überhaupt, wissen Sie eigentlich, wie spät es ist?«

Die junge Frau scheint nicht im Geringsten beeindruckt und winkt den Kameramann näher heran. »Sie wollen mir doch nicht weismachen, dass Sie nicht Bescheid wissen? Ihr Nachbar Guy Delric, der seit langem gesuchte Mörder!«

Die Information überrollt mich wie eine Welle. Élisabeth, die hinter mir steht, unterdrückt einen Schrei.

»Na, sagen Sie mal … was reden Sie da?«

Triumphierend setzt die Frau einen Fuss in die Tür. »Die vermissten Mädchen, das war Ihr Nachbar! Er ist es!«

Noch eine Welle. Diesmal mit unerhörter Wucht. Élisabeth weicht einen Schritt zurück.

»Wie bitte … die Mädchen?«

Angesichts unserer verstörten Mienen scheint sie nur noch mehr zu frohlocken. »Haben Sie denn gestern nicht die Kurznachrichten um Mitternacht gesehen? Seine Frau hat alles gestanden! Die Vergewaltigungen, die Morde! Alles!«

Den Kopf heben. Halt suchen. Bloss, wo soll man hinschauen, um nicht umzukippen? Élisabeths Fingernägel graben sich mir in die Haut. Vor mir verschwimmt alles. Nur die junge Frau nicht. Die scharlachroten Lippen. Die Stimme, wie ein fernes Echo.

»Liebe Zuschauer, kein Wunder, dass die beiden geschockt sind, stellen Sie sich vor, Sie würden so etwas Schreckliches über Ihre Nachbarn erfahren.«

Noch eine Welle. Noch höher diesmal. Sie rollt heran, noch zwei Meter, noch einen Meter … Als sie bricht, wird der Rasen. Werden das Haus, die Wände, die Stühle, all die Stühle.

»Haben Sie nichts bemerkt? Wie lange kannten Sie sich? Haben Sie sich gut verstanden? Wie fanden Sie seine Frau? Und ihn?«

»…«

»Madame? Monsieur? Können Sie mich hören?«

Élisabeths Körper, ihr schwerer Körper, kurz vorm.

»Thierry, mach die Tür zu …«

Aber das Lächeln der jungen Frau. So grausam. Ihr Fuss in der Tür, damit wir sie nicht zumachen können.

»Bitte, nur ein kurzes Statement für unsere Zuschauer!«

»Raus!«

Verdutzt starrt sie mich an, verliert fast das Gleichgewicht. »Aber …«

Ich knalle die Tür zu.

Reisse die Klingel heraus.

Schiebe die Riegel vor.

Drehe mich um, packe Élisabeth.

»Sie lügt, hörst du, sie lügt! Niemals hätte Guy so etwas getan! Niemals!«

10

Reine, 20 Jahre, seit sieben Jahren vermisst.
Virginie, 14 Jahre, seit sechs Jahren vermisst.
Zoé, 22 Jahre, seit vier Jahren vermisst.
Margarita, 19 Jahre, seit drei Jahren vermisst.
Selima, 13 Jahre, seit zwei Jahren vermisst.
Marie-Anne, 13 Jahre, seit neunzehn Monaten vermisst.
Violine, 15 Jahre, seit zwei Monaten vermisst.
Anne-Cécile, 14 Jahre, vier Tage lang vermisst, knapp entkommen, derzeit im Koma.

Im Haus steht alles noch an seinem Platz. Dabei ist die Welle über uns hereingebrochen. Verheerend, hat alles niedergewalzt. Mein Blick sucht Élisabeth, die den Fernseher anstarrt, sie ist genauso entgeistert wie ich. Immer wieder werden die Vornamen der kleinen Opfer genannt und wird beinahe freudig betont, »dass es noch mehr geben könnte, sehr viel mehr sogar«. Dann ist von der unglaublichen Geschichte die Rede – ein wahres Wunder, skandieren sie –, von dem wandernden Ehepaar, das sich im Wald verlaufen hatte und vollkommen zufällig in der Nacht von Freitag auf Samstag das »Monster« überraschte, als es gerade die kleine Anne-Cécile mit dem Messer töten wollte. Dank der Zeugenaussage und den Fingerabdrücken, die Guy Delric hinterlassen hat, konnte die Polizei endlich den Mörder identifizieren und am nächsten Tag in den frühen Morgenstunden festnehmen, gemeinsam mit seiner Frau.

Im Hintergrund laufen die Fotos der Mädchen über den Bildschirm, eine mit Stirnband, eine mit Perlenkette, wieder eine mit hübschen Ohrringen, einer geblümten Bluse. Wie lange sitzen wir schon auf dem Wohnzimmersofa? Und wo ist Marc? Aber wenn wir uns ganz fest die Ohren zuhalten, wird vielleicht alles wieder wie vorher. Fussboden und Wände des Wohnzimmers schwanken. Kommt das von der Welle, die zurückflutet? Warum verschlingt sie uns dann nicht? Zur Stunde »können sie nicht mehr sagen. Aber das ist ja schon viel«. Bei solchen Verbrechen ist es extrem selten, dass so schnell Geständnisse vorliegen. Die »seiner« Frau, die gleich nach der Festnahme angefangen hat, ununterbrochen zu reden. »Wie im Wahn«, wird betont. Er nicht, nein. Von ihm weiss man immer noch nichts. Weder, wie er die Mädchen getötet, noch, wo er sie verscharrt hat. Dann werden wieder die Vornamen aufgezählt, »Reine, Virginie, Zoé, Margarita, Selima, Marie-Anne, Violine«, dazu die Fotos. »Gesichter, die ihre Eltern nie wiedersehen werden«, kommentiert mit Tränen in den Augen eine Journalistin, die angesichts einer solchen Abscheulichkeit »ernsthaft über die Wiedereinführung der Todesstrafe nachdenkt«. Wie viele Schläge kann ein Körper ertragen, bevor er bricht? Wie viele, bevor der Leib sich in nichts auflöst?

Wir müssten aufstehen.
Unsere Jacken anziehen.
Verschwinden.

11

Reine und Virginie, das war, bevor sie hergezogen sind, aber all die anderen, seit Zoé? Damals studierte Marc schon in Grenoble, und Guy hatte gerade das Haus gekauft. Da kannten wir uns wahrscheinlich noch nicht. Die kleine Margarita dagegen, das war das Jahr, in dem Marc zwanzig wurde. Um »das« zu feiern und uns zu trösten, weil »der Kleine« nicht mehr da war, hatten Guy und Chantal mit einem exquisiten Pauillac-Wein bei uns vorbeigeschaut. Ein Jahr darauf, als Selima verschwand, hatte Marc uns von seinem Traum erzählt, nach Vietnam auszuwandern. Wir hockten zu Hause wie zwei ausgesetzte Welpen, und Guy und Chantal luden uns oft zu sich ein, damit wir auf andere Gedanken kamen. Als dann nicht einmal ein halbes Jahr später die kleine Marie-Anne verschwand, wurde die ganze Gegend von einer Welle der Panik erfasst. Keine Frau, auch Élisabeth nicht, traute sich mehr allein aus dem Haus. Guy, das weiss ich noch, hatte sich irgendwann über sie lustig gemacht: »Siehst du denn nicht, dass der Typ sich nur für junge Mädchen interessiert?«

Die kleine Violine, das war kurz nach Chantals Rückfall. Wusste sie es da schon? Und die Letzte … Élisabeths Handy klingelt. Das Wiegenlied zerschellt an den Wänden. Ich schaue verstohlen zu ihr, warte, dass sie reagiert. Geistesabwesend starrt sie auf den Bildschirm, wo man gerade »erschüttert« über den Traum der kleinen Virginie redet, eines Tages Tierärztin zu werden.

Wieder klingelt es. Élisabeth rührt sich immer noch nicht. Zwei Minuten später ertönt die nervige Melodie zum dritten Mal. Verdammt noch mal.

Es ist Capitaine Bretan. Fuchsteufelswild. Sosehr er sich auch bemüht hat, die Presse abzuwimmeln, diese Scheissjournalisten stürzen sich schneller auf die Beute als Aasgeier. Er weiss nicht, wo etwas durchgesickert ist, verspricht, das Arschloch fertigzumachen, das diesen Mist verbockt hat. Er entschuldigt sich für seine Ausdrucksweise. Seit gestern hat er kein Auge zugetan. Ich klammere mich an seine Wut, rede mir ein, dass sie einem kolossalen Irrtum entspringt. Denn die kleinen Mädchen. Das Blut.

»Was haben Sie der Tante von RJ TV erzählt, heute Morgen?«

Ein Wort. Ein einziges. Das ist ja wohl nicht so schwer, Herrgott.

»Thierry, ich brauche Sie hier. Haben Sie der was von der Hütte gesagt?«

Die Hütte, in der Guy und ich Holz hackten und manchmal einen tranken.

»Antworten Sie mir, Thierry. Haben Sie ihr davon erzählt?«

»Nein …«

Er atmet auf, bedankt sich, sagt, ich soll durchhalten und vor allem diesen Arschlöchern nicht das kleinste Fitzelchen Information geben. Auch wenn er gehetzt klingt, tut mir seine Stimme gut. Das sage ich ihm auch. »Ihre Stimme tut mir gut.« Darauf herrscht so etwas wie Stille am anderen Ende. Eine Stille, in der ich versinke und in der ich Jules, meine Hündin, atemlos durch den Wald rennen sehe. Überhaupt, wo ist sie denn jetzt, Jules? Und mein Sohn Marc?

»Thierry, ist alles in Ordnung?«

Drüben im Wohnzimmer hat Élisabeth sich noch immer nicht geregt. Ich halte mich an ihr fest. Das muss sein, denn alles stürzt in sich zusammen, der Boden bricht weg, obwohl ich weiss, dass sich nichts bewegt hat.

»Gestern … wollte ich mir seine Leiter ausleihen …«

»Wessen Leiter, Thierry?«

Die Welle schlägt erbarmungslos über mir zusammen. Niemand schreit. Es ist früh am Morgen. Was habe ich getan, um das zu verdienen?

»Wessen Leiter?«

Seine Stimme. Die Welle.

»Guys.«

»Was wollten Sie damit?«

»Aufs Dach und …«

»Ja?«

»Und ich bin nicht …«

»Und Sie sind nicht was, Thierry? Aufs Dach hoch?«

»Nein, rüber zu Guy gegangen. Ich bin nicht zu ihm rüber, weil es sehr früh am Morgen war und ich weiss, dass er um die Uhrzeit schlecht gelaunt ist.«

»Was wollen Sie mir damit sagen, Thierry?«

»Ich habe ihn zu uns nach Hause eingeladen, mit ihm gegessen und getrunken …«

Er seufzt. »Thierry, ich brauche was Handfestes. Bisher hat nur sie geredet, verstehen Sie?«

Ich sehe Chantal vor mir, ihren Blick am Grab ihrer Hündin, wie sie eine Handvoll Erde hineinwarf. Seit wann wusste sie es? Warum hat sie nichts gesagt?

»Thierry, führen Sie oder Ihre Frau ein Tagebuch oder einen Kalender?«

»Ja, Élisabeth, ein Terminbuch, in das sie wichtige Sachen einträgt.«

»Wunderbar, und Sie?«

»Ich so etwas wie ein Tagebuch, ja.«

»Seit wann?«

»Seit mein Sohn zum Studium weg ist, aber na ja … das sind nur ein paar Gedanken …«

»Hören Sie, Thierry, Sie werden ab sofort Ihre Tagebücher noch mal lesen …«

Seine Stimme verklingt in der Finsternis. Er zählt jedes Datum auf, an dem ein Mädchen verschwunden ist, Details, die ich mir womöglich notiert habe, Dinge, die uns vielleicht wieder einfallen könnten, Lisa und mir. Ich würde ihm gern von der Welle erzählen, ihm noch mal sagen, wie gut mir das tut, wenn er meinen Namen ausspricht, als würde er mich jedes Mal zurück in die Erde pflanzen. Er lässt mir keine Gelegenheit, legt auf, nachdem er mir noch gesagt hat, dass gleich noch drei zusätzliche Beamte kommen, um die Journalisten am Eindringen zu hindern. Lange Minuten stehe ich einfach nur da, Handy in der Hand. Ein paar Meter weiter redet der Fernseher über den unverändert kritischen Zustand der kleinen Anne-Cécile, über ihre Eltern am Krankenbett. Ich stelle mir vor, wie viel Angst sie gehabt haben muss, allein im Wald. Ihre kümmerlichen Versuche, sich zu wehren. Und dann Guy, mit dem ich so oft etwas getrunken und so schöne Momente erlebt habe. Guy, Freitagnacht, mit erhobenem Arm über dem kleinen Körper, während Élisabeth und ich eine Komödie im Fernsehen anschauten. Und lachten.

12

Vier Tage schon mache ich deine Zimmertür auf und wieder zu. Du warst so schnell fort, mein Sohn. Ich dachte, ich hätte Zeit, zu erzählen. Von den Ferien bei meinem Grossvater, seinem Hof oben in Le Mas-d'Artige, von der Farbe der Flechten dort, Quellen an jeder Ecke, und wie zu Winteranfang die Bäume mauvefarben werden, ein leuchtendes Mauve, das die verschiedenen Grüntöne von Talweiden, Moos und den alten Stechpalmen betont. Rundherum war nur Wald und am Horizont das Plateau de Millevaches mit den Torfwiesen und der Heide. Ich weiss nicht, warum ich dir das schreibe. Vielleicht weil ich dort das allerglücklichste Kind war und es mit einem Mal bereue, dass ich mit dir nie da gewesen bin. Im ersten Sommer war ich fünf Jahre alt. Wenn mein Grossvater sehr früh am Morgen seine Kühe auf die Weide brachte, passte Jeanne, eine alte Nachbarin, auf mich auf. Sie wohnte ein Stückchen weiter unten, direkt im Ort, in einem Haus mit einem Teich, wo ich mit etwas Glück eine Familie Biberratten beobachten konnte. Du hättest mal sehen sollen, wenn sie herauskamen, wie Vater, Mutter und die Jungen sich in der Sonne schüttelten, dann gemeinsam ins Wasser sprangen und mit erstaunter Miene wieder auftauchten. Ich war dort völlig frei. Ich stopfte mich mit Brombeeren voll, lief Wildbäche entlang, kletterte auf vom Blitz getroffene Eichen. Raymond schimpfte nie mit mir. Wir beide brauchten keine Worte. Aber mit dir hätte ich vielleicht mehr reden sollen. Ich hatte es ja auch vor, und dann warst du auf einmal weg, in Grenoble … Ich hätte mir denken können, dass es für Chinesisch als erste Fremdsprache in der Gegend keine Uni gibt. Ich war mir sicher gewesen, es sei nur eine Phase. Aber natürlich nicht, und heute Abend denke ich bei mir, dass man wirklich bescheuert sein musste, um zu glauben, du würdest einen Rückzieher machen. Solange ich mich erinnern kann, zog es dich in die Ferne. »Und was kommt nach dem Wald, Papa, und was liegt hinter dem Ozean?« *Deine Abwesenheit wie eine Ohrfeige. Ich vermisse dich, mein Sohn. Ich vermisse dich mit all meinen Worten, die ich dir nie gesagt habe und die hervorströmen, seit du weg bist. Meine Liebe zu Himmel und Regen, jedem Regen, zum Wind, der die Wangen peitscht, das kommt von der Zeit bei Raymond. Ein wenig, als wäre ich dort geboren, dabei stimmt das nicht, aber wo wird man wirklich geboren? Bei meinen Eltern war ich ein in sich zurückgezogenes Kind, bis zu dem Tag, als ich mit achtzehn abgehauen bin, so wie du. Da war Schluss mit allem Bedrückenden, aber das ist wieder eine andere Geschichte, ausserdem bellt Jules gerade, wahrscheinlich wegen der Renovierungsarbeiten unseres neuen Nachbarn. Ein netter Kerl, wirst sehen. Gestern, er ahnte wohl, wie traurig ich war, hat er mir anvertraut, dass seine Frau ihm keine Kinder schenken konnte. Obwohl er gern welche gehabt hätte. Das hätte für ihn alles geändert. Es ist seltsam, aber seine Worte haben mich getröstet …*

Sosehr ich auch versuche weiterzulesen, meine Augen bleiben unweigerlich an ein und demselben kleinen Satz hängen. *Ein netter Kerl, wirst sehen …*

Das habe ich geschrieben.

13

Im Fernsehen haben sie zwei alte Fotos von ihm und Chantal gezeigt. Für den Bruchteil einer Sekunde konnte ich nicht anders, ich fand die beiden schön und dachte, dass ich sie gerne schon damals gekannt hätte, dann fiel mir alles wieder ein. Ich bat Élisabeth auszumachen, sie weigerte sich. Dann sollte sie mich wenigstens anschauen. Bloss, was soll sie da sehen, ausser die immer gleichen Erinnerungen, von denen wir seit heute Morgen nicht mehr loskommen und in denen wir, wie im schlimmsten Albtraum, mit ihnen essen und trinken? Sie muss es weder aussprechen noch irgendeine Bewegung machen, um mir das mitzuteilen. Sie sitzt im Wohnzimmer wie eine Statue, meine Lisa. Eine erstarrte Statue im Sand, umgeben von Ruinen. Wie sollen wir da wieder herauskommen? Sie haben aus unseren Gläsern getrunken. Haben bei uns gekackt und gepinkelt. Diese beiden, die sich, wie eine Journalistin erzählt, vor zehn Jahren in Metz kennengelernt haben, in einer Bar, die auf Wunsch des Inhabers nicht genannt wird, weil er Angst hat, er verliert seine Kundschaft. Sie ist damals schon zweifach geschieden, er, ein Kind der Jugendfürsorge, war noch nie verheiratet; allerdings schon seit seinem fünfzehnten Lebensjahr polizeibekannt, als Ausreisser, wegen Körperverletzung und Diebstahl. Noch einmal bitte ich Élisabeth, die Informationsflut zu stoppen, lieber ihre Schwestern anzurufen. Sie dreht sich zu mir. Und was soll sie ihnen sagen? All die Mädchen …

Wie konnte Chantal das nur zulassen? Und Guy, mit dem sie manchmal getanzt hat.

»Getanzt, Thierry, ist das auszudenken?«

Und letzten Sommer hat er ihr so nett geholfen, den Gartentisch in die Garage zu tragen. Wie kann man darüber reden wollen? Den Fernseher ausmachen, das hat sie schon versucht: Die Erinnerungen kamen gleich bündelweise wieder hoch. Chantal, wie sie immer ihr Zuckerstück in den Kaffee tunkte.

»Was meinst du? Hinterher? Währenddessen? Vor den Morden?«

Und wie sie im Schwimmbad so gerne den toten Mann machte, »am liebsten für immer so bleiben« wollte.

»Warum? Warum, Thierry?«

Guy, der ihr zum fünfzigsten Geburtstag ein Backbuch geschenkt hatte, allerdings musste sie ihm versprechen, »kein Gramm zuzunehmen«, weil er fand, sie sei »genau richtig so«. Und Guy, der den Anblick eines schmutzigen Tellers nicht ertragen konnte, worüber sie jedes Mal herzlich lachen musste.

»Lachen.«

Und Chantal, die ihr im Tausch gegen eine Tube Arnikasalbe – um damit wer weiss welche Verletzungen bei wer weiss wem zu kurieren – erklärt hatte, wenn man schöne Blumen haben wolle, müsse man zuallererst begreifen, »wie lebendig jede Einzelne ist und den geringsten Schmerz spürt, den man ihr zufügt«.

Jeder Erinnerungsfetzen ist eine Klinge, die immer noch tiefer eindringt. Und daher, ja, lieber die Bilder und Geräusche des Fernsehers als diese Hölle. Ich trete näher, will sie in den Arm nehmen. Sie stösst mich zurück und verweist auf meine Hände, »damit hast du sie auch angefasst«.

Wenn es doch nur einen weiteren Überlebenden an diesem Strand gäbe. Jemanden, der den beiden sein Haus geöffnet hätte, wie wir. Aber bis zum Horizont nichts als ein Trümmerfeld aus Körpern und Häusern; wir sind die Einzigen, die die Welle gesehen haben, die Einzigen, die mit ihr gemeinsam aufgeschlagen sind auf dem Asphalt, auf der Welt.

Im Fernsehen sagt ein Experte, es sei für die Ermittler quasi unmöglich gewesen, das teuflische Paar aufzuspüren, da sie seit über zehn Jahren »ohne Freunde, wie abgeschottet von der Welt« lebten. Dann spricht er vom »Monster«. Von dessen anhaltendem Schweigen seit der Festnahme. Einem Schweigen, in das sich ab und zu ein Lächeln stiehlt, als wolle er das Grauen in die Länge ziehen. Und schliesslich ist von ihr die Rede, sie habe, kurz bevor sie eingewiesen wurde, den Ermittlern zugesichert, ihnen die Grabstellen sämtlicher Opfer zu zeigen.

»Élisabeth, mach das aus.«

Sie sieht mich mit leerem Blick an, starrt wieder auf das Gerät. Ich gehe in die Küche, beobachte durchs Fenster das merkwürdige Ballett der Männer, die auf allen vieren über den Rasen robben. Einer scheint sich besonders für die Stelle zu interessieren, an der Guy und ich seine Hündin Nelly begraben haben. Hat er Knochenreste gefunden? Falls ja, muss ich ihm sagen, dass es keine menschlichen sind. Ich will schon die Tür öffnen, halte mitten in der Bewegung inne. Und wenn Guy nun beschlossen hatte, ausser der Hündin auch noch … Ich sehe mich wieder in der besagten Nacht, wie ich an seiner Seite die Erde aufhacke. Im ersten Moment hatte ich mich gewundert, dass er nicht eine Stelle hinter dem Haus ausgesucht hatte, wo es ruhiger und viel schattiger war. Hatte er da vielleicht schon andere Leichen vergraben? Ich starre auf das Gras im Tageslicht, denke an Capitaine Bretan, der Guy gegenübersitzt, an Marc in seiner unordentlichen Wohnung in Hanoi, an Élisabeth im Wohnzimmer, an das angeknipste Lächeln der Reporterin heute Morgen, daran, dass ich morgen wieder zur Arbeit muss. Warum ausgerechnet mich, Guy? Und warum hast du drei Tage gewartet, ehe du die kleine Anne-Cécile endlich umbringen wolltest? Drei Tage. Das haben sie gesagt. Warum, Guy? Um länger etwas von ihr zu haben? Aber wo denn? Wo, Guy? Und all die anderen, die mich jetzt heimsuchen?

14

Ich brauchte frische Luft. Das sagte ich zu Élisabeth, in der Hoffnung, dass sie mich dann begleitet. Sie hat einfach nur genickt und unerträglich kraftlos »okay« gesagt. Ganz kurz wollte ich sie zum Mitkommen zwingen. Ich ging durchs Wohnzimmer, da flimmerten weitere Fotos von Guy und Chantal über den Bildschirm, auf denen sie in einem Festsaal tanzten. Waren es ihre fröhlichen Gesichter, die mich abrupt innehalten liessen? Von Élisabeth sah ich nur den Rücken. Trotzdem bemerkte ich ihre Tränen. Tränen, die unaufhaltsam flossen und mich erschütterten.

Kaum aus dem Haus, marschierte ich mit grossen Schritten und unverwandtem Blick auf den Wald zu. Ich kann nicht genau sagen, wann die Wut hochkam. Vielleicht als ich die ersten Bäume hinter mir hatte, so dass ich *ihr* Haus, wenn ich mich umdrehte, vor lauter Ästen nicht mehr sehen konnte. Ja, wahrscheinlich ist sie in diesem Moment, fern jeglicher Nachrichten und im dichter werdenden Blätterdach, plötzlich hochgekocht. Völlig unbeherrscht fing ich an, deinen Namen zu brüllen, Guy. Du, der Scheisskerl, der mich von vorne bis hinten belogen hatte und den ich nun mit allem bewarf, was mir in die Finger kam, Steine, Äste, Eicheln, Rinde, und den ich mit einem Mal kaltmachen wollte. Ich, »dein Kumpel«! Wo ich dir mein Vertrauen geschenkt hatte. Ha, du hast dich bestimmt gar nicht mehr eingekriegt, weil du an so einen Einfaltspinsel geraten bist. Und nun sitzt Élisabeth wie gebrochen im Wohnzimmer. Élisabeth, die beim kleinsten Wehwehchen von Chantal angelaufen kam und dir jedes Mal, wenn sie Nachtisch gemacht hatte, etwas rüberbrachte, dir, Guy, weil du ihren Nachtisch so gern mochtest und weil ihr bei deinen Komplimenten das Herz aufging. Wichser! Als wäre es nicht schon schlimm genug, kleine Mädchen zu zerstückeln! Nein, du musstest obendrein noch den grössten Trottel, der dir je untergekommen ist, veräppeln. Musstest ihn zum Zeugen machen. Musstest ihn manipulieren und zu deinem Komplizen machen! »Kannst du mir deine Säge leihen? Ich bräuchte mal deinen Hammer.« Wofür, Guy? Um sie damit umzubringen? Und ich immer mächtig froh, dir helfen zu können! Währenddessen hast du eine nach der anderen vergewaltigt und verscharrt, aber wo? Wo, du verdammtes Schwein? Wenn ich daran denke, welche Sorgen ich mir jedes Mal um dich gemacht habe, wenn ich dich nachts im Lieferwagen davonfahren sah, wie ich hoffte, dass es zwischen dir und Chantal wieder besser würde. Chantal, die mit jedem Tag mehr erlosch. O ja, amüsiert hast du dich blendend, so viel ist sicher. Womöglich hast du dich überhaupt erst zum Hauskauf entschlossen, nachdem du meine treudoofe Visage gesehen hattest. Mit einem derartigen Trottel, adios, Verdächtigungen, da war das ein Klacks. Und wie herrlich muss es gewesen sein, mir auf die Schulter zu klopfen, gleich nachdem du wieder eine ermordet hattest! Chantal indes starb jeden Tag ein bisschen mehr. Und du, wie besorgt, wie bekümmert du warst über ihren Zustand.

Womit hast du ihr gedroht, damit sie den Mund hält, mit welchen Abscheulichkeiten, denn warum sonst so ein Absturz, Chantal? Warum die schwarzen Schatten unter den Augen, die zombiehafte Miene? Und ich, ich hab nichts gemerkt, nichts kapiert, während du täglich vergnügter wurdest, womöglich auch jetzt wieder, während du vor Bretan sitzt, der sich bestimmt fragt, was das zu bedeuten hat, dieser Anflug eines Lächelns – Gewissensbisse? Angst? –, dabei amüsierst du dich einfach nur köstlich, wenn du dir mein dummes Gesicht vorstellst, als ich es erfahren habe. Mein entsetztes Gesicht, hier, in diesem Wald,

Wo wir so oft, zusammen
So oft.

Ich renne wie ein Wahnsinniger, ich brülle, haue gegen Baumstämme. Nichts. Keinerlei Erleichterung. Schlimmer. Übelkeit packt mich, als hättest du es so gewollt, von Anfang an, dieses Chaos, als hättest du es geplant, denn das kann es ja gar nicht geben, einen Kerl, der es einfach nur gut meint. Das darf es nicht geben! Der Zorn reisst mich hoch, als ich daran denke, wie du Élisabeths Nichten Bonbons geschenkt hast. An was für einen Schweinkram hast du gedacht, als sie dir die Händchen entgegenstreckten? An was für widerliche Dinge, während Lisa und ich dir von der Vortreppe aus dankend zunickten und es sogar noch traurig fanden, dass du keine Kinder hattest? So traurig, mein Gott! Élisabeth, die Sanfte. Wie konntest du nur? Wie konntest du es wagen? Und all die armen Kinder … Mit was für Waffen? Welchem Werkzeug? Wann? An welchen Tagen genau? Ich muss nach Hause, Bretan anrufen. Muss dich vernichten, Guy, dich zwingen, alles zu gestehen. Umkehren. Jetzt renne ich. Ich renne zu unserem Haus, schlage Brombeerranken und Gestrüpp beiseite. Den eisernen Knoten in mir bewahren. Durch den Garten ohne einen Blick für eure Wäsche auf der Leine. In den Flur, die Treter voller Schlamm. Rein ins Wohnzimmer, zum Fernseher, ihn ausschalten, und Élisabeth, die mich verschreckt ansieht. Aber das hier ist unser Zuhause. Bei den Worten habe ich Tränen im Mund.

»Unser Zuhause!«

Sie senkt den Blick, und etwas sagt mir, dass jetzt ein guter Zeitpunkt wäre, sie in den Arm zu nehmen, aber die Wut ist stärker, ich muss Bretan anrufen.

»Wo ist das Scheisstelefon wieder, Herrgott!«

Ich brenn dir die Bude ab, Guy. Und die Waldhütte, und deine Sachen. Als ob der Trottel, der ich war, einfach die Hände in den Schoss legen würde, während du dort gemütlich sitzt und lachst!

»Er lacht, hörst du, Élisabeth? Und zwar seit dem ersten Tag – und sogar als er sie vergewaltigt hat, als er sie zerschmettert hat –, als er sie gefressen hat, deine Torten!«

Sie will sich mir in den Weg stellen. Zu spät.

Bretan am anderen Ende kann mir kaum folgen. »Ich verstehe nicht ganz, Thierry. Wen wollen Sie sprechen?«

»Guy, ich will mit ihm reden.«

»Unmöglich.«

»Verdammt noch mal, wenn ich Ihnen doch sage, ich will mit ihm reden!«

»Thierry …«

»Nichts mit Thierry, nichts ist, gar nichts, hören Sie!«

Nein, ich habe nicht getrunken, und nein, er wird nicht auflegen, weil ich nämlich der Einzige bin, der weiss, wie man *ihn* zum Reden bringt, ich allein, ganz recht, genau deshalb rufe ich ja auch an, der Gedanke kam mir gerade, hat gedauert, das muss ich zugeben, aber wie soll man bei dem ganzen Mist nicht die Fassung verlieren, er selbst hat ja im Auto, kurz nachdem er mit seinen Männern in der Hütte war, von der Schönheit des Waldes gesprochen, anschliessend fragte er mich ohne jeden Zusammenhang, ob ich Kinder hätte, einen Sohn, habe ich erwidert, lebt seit einem Jahr in Vietnam, und er, als wäre meine Antwort das Normalste von der Welt, zog an seiner Zigarette, als wäre nichts, dabei wusste er schon alles! Kein Wunder, dass ich fuchsteufelswild bin, oder? Bedrohe ich ihn deshalb? Und meine Frau sitzt wie versteinert im Wohnzimmer vor diesen gottverdammten Bildern, die in Dauerschleife vorbeiflimmern, niemand sollte das sehen, niemand, und die Kinder am allerwenigsten.

»Welche Kinder, Thierry?«

Na, seine, Bretans Kinder, mit denen er in den Wald geht, hat er sie wenigstens angerufen und ihnen gesagt, sie sollen nicht hinschauen, es nicht sehen? Solche Abscheulichkeiten saugen einem reineweg das Leben raus, er hätte heute Morgen nur mal das Lächeln der Reporterin sehen sollen, die hat garantiert ihr Leben davor verbracht, was, wie, wovor? Na, davor! Vor diesem Auswurf an Scheusslichkeiten. Und dann ist auch noch unsere arme Hündin tot, man fragt sich wirklich, wie der Chef meines Sohnes auf die Idee kam, seinen Hund so zu nennen, und nun die Armada weissgekleideter Gestalten drüben im Garten, wie soll ich das machen, morgen in der Fabrik, denn dafür gibt es keinen Krankenschein, ha, tja, da hat er uns schön angeschmiert, der Mistkerl, warum musste es auch ausgerechnet Nelly treffen statt ihn, hm, warum, Bretan? Aber damit ist jetzt Schluss, sagen Sie ihm das, ich habe eine Entscheidung getroffen: Wenn er nicht den Mund aufmacht, kann mich niemand, weder Sie noch sonst irgendjemand, von dem abhalten, was ich vorhabe, wir mögen einfache Leute sein, Élisabeth und ich, wir mögen zu den Einfaltspinseln gehören, das hält mich nicht davon ab, seine Hündin auszugraben.

»Welche Hündin, Thierry?«

»Sagen Sie ihm das: Wenn er nicht redet, zersäge ich sie, bis sie heult, seine Nelly, denn man kann selbst Tote zum Heulen bringen, wenn man sich nur anstrengt, sagen Sie ihm das, Bretan, wenn er in einer Stunde nicht das Maul aufgemacht hat, nicht alles ausspuckt, dann grab ich sie aus und zerstückle sie.«

15

Bretan hat mir ausdrücklich untersagt, meine Drohung in die Tat umzusetzen. Wenn ich wüsste, wo man manchmal noch DNA-Spuren findet. Das sollte ich doch eigentlich begreifen, bei meiner Leidenschaft für Krabbeltiere. Jeder Millimeter Erde auf der anderen Seite des Absperrbandes berge potentiell eine entscheidende Information. Es komme daher nicht in Frage, dass ich anfange, auf dem Grundstück herumzubuddeln.

»Stellen Sie sich mal vor, Sie vernichten Beweise, was sage ich dann den Eltern?«

Die Eltern, die für ihre Trauerarbeit mehr als je zuvor erfahren müssten, wo sich die Leiche ihres Kindes befindet und ob es vor der Vergewaltigung geschlagen, gequält wurde. Um Guy würde er sich schon kümmern. Mehr als vierzig Mann durchkämmen das Gebiet, und fünfzehn Ermittler sind ihm bewilligt worden, um alle zu befragen, die Kontakt zu dem Paar gehabt hatten, engen oder losen. Ich müsse jetzt schlafen, ihn seine Arbeit machen lassen, es sei denn, ich hätte beim Lesen meines Tagebuchs eine Erleuchtung, ja, in dem Fall sei er ganz Ohr. Guy hatte Chantal wahrscheinlich nicht alles erzählt. Vielleicht gab es noch weitere Opfer. Dafür zähle jede Einzelheit. Ich müsse deshalb aufhören zu grübeln und mich vielmehr glücklich schätzen, dass ich lebend da rausgekommen war. Sicher, weder Élisabeth noch ich hatten irgendetwas gemerkt, aber wer hätte das schon, bei so einem Perversling? Er werde jetzt auflegen. In nicht mal einer Stunde werde er die Schreie einer Mutter, eines Vaters hören oder gar ihr Schweigen. Schlimmer als das von Guy. Und darüber legte sich das Leben. Das Lachen seiner Kinder. Der Wunsch seiner Frau, sich schönzumachen. Gab es eine Erklärung für diese Verwicklung von Lebenslust und Grauen? Er schwor sich, eines Tages darüber nachzudenken. Im Moment fehle ihm die Zeit, und die werde ihm wahrscheinlich immer fehlen. So. Er hätte alles gesagt, das habe gutgetan. Morgen müsse ich wieder auf Arbeit gehen und zusammen mit meiner Frau an etwas anderes denken. Leben, wenn man so wolle. Das sei ein Rat. Aber trotzdem nicht die Einzelheiten vergessen. Manchmal fiele einem ja wieder etwas ein …

Ich finde Élisabeth in Tränen aufgelöst im Wohnzimmer. Wenn sie an jenem Tag nicht die zwanzig Meter nach drüben zurückgelegt, wenn sie die beiden nicht zum Aperitif eingeladen hätte, ganz zu schweigen von den Kuchen, Kuchen und Leichen im Wald, und Schreie, zerstückelte Arme und Beine, die irgendwo verscharrt sind, da ist sie sich sicher. Ich flehe sie an, sich zu beruhigen. Trotzig schaut sie mich an. Dass ich sie immer vor allem beschützen wolle! Ich wisse es vielleicht noch nicht, aber alle haben die Bilder im Fernsehen gesehen. Mich, wie ich die Reporterin rauswerfe, sie, auf der Vortreppe, aschfahl und stocksteif. Sie hält mir ihr Handy unter die Nase.

»Siebenunddreissig Nachrichten, Thierry! Siebenunddreissig!«

Ihre Mutter, ihre Schwestern, Laslo, der Bürgermeister, die meisten Patienten und sogar Leute, die sie gar nicht kennt. Von daher, nein, sie wolle sich nicht beruhigen und angesichts des Ausmasses der Katastrophe werde sie morgen nicht zur Arbeit gehen. Und ich täte gut daran, es ebenso zu machen. Aber natürlich würde ich mal wieder meinen Kopf durchsetzen.

Jetzt werde ich ebenfalls ärgerlich. Mein Handy zeigt mir siebzehn Nachrichten, und, ändert das was? »Ich kann nicht zulassen, dass Guy am Ende als Gewinner rausgeht, Lisa. Und ja, deshalb gehe ich morgen wieder arbeiten, bitte mach du das auch.«

Sie sieht mich lange an, dann dreht sie mir den Rücken zu und murmelt, Delphine, ihre ältere Schwester, komme und werde ihr Gesellschaft leisten. Rennen müsste man. Alles wieder einholen. Die Liebe auf den ersten Blick. Den Duft der ersten Umarmung. Rennen ohne Angst und mit voller Kraft, wie als Kind. Sie in die Arme nehmen. Mit ihr über die Traurigkeit hinwegtanzen. Bis sie wieder die rosigen Wangen hat, mit denen sie zum Anbeissen aussieht. Zurück zur Kühnheit, die von keiner Vergangenheit, keiner Zukunft redet, nur vom Leuchten der Blumen. Rennen und an gar nichts mehr denken. Die Kluft zwischen ihrem Rücken und meinem Gesicht bewältigen. Die Grenzen unserer Körper vergessen, die Ohnmacht, in die ihre Verzweiflung mich stürzt. Ungestüm rennen, mit der Leichtigkeit der Jugend. Sich von allen Wurzeln, jeglicher Geschichte lösen, ihrer, meiner und der aller anderen. Die Schranken einreissen. Und sie küssen. Warum tue ich es dann nicht? Als wäre es, je länger ich an ihrer Seite bin, immer schwieriger, zu ihr zu finden.

Dabei liebe ich sie so sehr.

Ich liege auf dem Bett und höre Sprachnachrichten ab. Zwei, um genau zu sein. Die erste ist von einem gewissen Gauthier, mit dem ich vor über zehn Jahren zusammengearbeitet habe und der »nicht drauf klarkommt, was mir da passiert«, die zweite ist von der Dorfapothekerin, die sich fragt, »wie lange dieses Miststück von Chantal es wohl schon wusste«. Die anderen lösche ich gleich, ohne sie abzuhören. Ich schlüpfe unter die Decke und mache das Licht aus, doch plötzlich fahre ich hoch. Ob die Polizei wohl daran gedacht hat, die Insekten freizulassen, die Guy in der Garage hielt? Ohne Futter und Wasser waren sie dem Tod geweiht. Bretan kann ich unmöglich noch mal anrufen. Der würde mir was husten. Wie konnte ich nur an diese Viecher denken, wo doch kleine Mädchen ermordet worden sind? Ich wälze mich im Bett herum. Ob Guy sie schnell freigelassen hat, als das Haus gestürmt wurde? Sie waren seine grosse Leidenschaft. Ja, ich kann mir gut vorstellen, wie er, als die Männer der Spezialeinheit ins Haus eindrangen, Chantal im Stich gelassen hat, um die Insekten zu retten. Das würde zu Guy passen. Und dagegen ist auch nichts zu sagen. Hätte ich unter solchen Umständen den Mut gehabt? Für die Insekten war er zu allem fähig. Das gehörte zu den Eigenschaften, die ich am meisten an ihm mochte. Seine grenzenlose Liebe zu den winzigsten Kreaturen.

16

Vier Uhr morgens. Ich lasse Élisabeths schlafendes Gesicht zurück, in der Küche trinke ich meinen Kaffee in einem Zug. So schnell wie möglich weg von hier, nur weg von dem Gestank. Draussen bietet einer der wachhabenden Polizisten an, mir beim Öffnen des Garagentors behilflich zu sein. Ich bedanke mich und erwidere, nein, das geht schon. Dann fahre ich los. Mit einem Mal ganz leicht. Endlich verlasse ich das feindliche Gebiet. Ich kann wieder zu dem werden, der ich immer war, Radio hören, von Élisabeths ausgebreitetem Haar auf dem Kopfkissen träumen, den schönen weiten Himmel betrachten. Ich hatte die Rechnung ohne die Geier gemacht. Reissende Schatten, die sich im Scheinwerferlicht vervielfachen, stürzen sich am Ende des Zufahrtsweges auf mich, schwingen Kameras und Mikrofone.

»Thierry, ein paar Worte über Ihre Freundschaft mit Guy Delric für Real TV!«

»Thierry, Radio Jeunes hier, stimmt es, dass Sie Delric geholfen haben, seine Hündin zu begraben?«

Sie schlagen an die Scheiben, umzingeln das Auto.

»Thierry, ein Kommentar für die Eltern, nur ganz kurz, bitte!«

Ich reisse das Lenkrad scharf herum, trete das Gaspedal durch. Überrascht stieben sie auseinander. Während ich mit quietschenden Reifen auf die Landstrasse einbiege, höre ich, wie sie mir hinterherrennen und meinen Namen rufen. Dann ist endlich Ruhe. Der Himmel, die Strasse und bald auch der Wald, Wände aus Bäumen, hinter denen jeden Moment ein Tier hervorschiessen kann; letzten Monat musste ich wegen eines Wildschweins scharf bremsen. Gut zehn Sekunden lang haben wir uns Aug in Auge gegenübergestanden, das Wildschwein mitten auf der Strasse und ich im Auto, mit schlotternden Knien. Aber heute, nichts. Kein Auge, das mich verflucht oder verurteilt. Nur Asphalt in Höchstgeschwindigkeit. Die Nacht wie ein Mantel.

Als Kind suchte ich in einer ähnlichen Dunkelheit unter Decken Zuflucht. Dort drunter war es ein bisschen wie auf dieser Landstrasse, die scheinbar alles verschluckt: meine Frau, die Polizisten, Jules, Marc, die beiden Häuser, *ihre* Blumen, die Journalistenmeute, *ihr* Gelächter beim Kartenspielen.

Fabriktor der Spritzgiesserei Force Injection Plastique. Ich tippe den Code ein. Das riesige Gittertor gleitet auf. Ich warte, bis es stillsteht, fahre durch, dann geht es hinter mir langsam wieder zu. Na, bitte. Und wie froh ich bin, dass ich mich hier vor dem Draussen in Sicherheit weiss. Hier ist Eindringen unmöglich. Ich parke neben den paar anderen Autos der Jungs von der Nachtschicht, die gleich nach Hause gehen. Um diese Uhrzeit sind sie die Einzigen auf dem Gelände.

Der Mond scheint auf den Parkplatz. Ich tippe einen zweiten Code ein, gehe durch den Personaleingang, der zu den Umkleideräumen führt, werfe einen Blick aufs Handy. Mir bleiben vier Minuten, um die Sicherheitsschuhe und den Blaumann anzuziehen, ich nehme

Handschuhe, Helm sowie das Diensthandy, das ich auf der Arbeit immer bei mir haben muss. Ich stopfe Mantel und Turnschuhe in meinen Spind, schliesse zweimal ab. 4 Uhr 30. Ich gehe zur Stechuhr, ziehe meinen Badge durch. Alle hier schätzen meine Genauigkeit. Und meine Ernsthaftigkeit. Sobald ich die Fabrik betrete, habe ich nur noch eins im Kopf: den Betriebszustand der sechzehn Spritzgiessmaschinen, die zwischen vierzig und sechshundertzehn Tonnen wiegen.

Mit gesenktem Kopf eile ich in den ersten Stock und hoffe, niemandem zu begegnen. Ich brauche ein paar Minuten, ehe ich die Anlagenführer begrüsse. Ein grosser Teil hat mich sehr wahrscheinlich im Fernsehen erkannt. Manche haben mir vielleicht sogar Nachrichten hinterlassen. Niemand zu sehen. Ich atme auf. Gehe in mein Büro, checke E-Mails, lese die Protokolle der Schicht vom Vortag. I. O., schade eigentlich. Dieses eine Mal hätte ich zu gern an einem Montag einen Notfall gehabt. Wenn das eintritt, kann man mich unmöglich mit Fragen bestürmen. Ich kontrolliere die Filter, den Ölstand, überprüfe, wo Ölwechsel ausstehen. Dorian kommt um fünf. Mir bleiben fünfzehn Minuten, um die Stimmung unter den Anlagenführern auszuloten, sicherzustellen, dass es letzte Nacht keine besonderen Vorkommnisse gab. Ich bin noch keine zwei Schritte weit gekommen, als mein Handy klingelt. Es ist Romain, der Vorarbeiter. Die Auswerfer einer Maschine funktionieren nicht mehr. Sie mussten die Produktion stoppen.

»Schwing gefälligst die Hufe, und sieh zu, dass du die Kiste wieder zum Laufen bringst, und zwar pronto.

Wenn ich den Pfeifen nicht vor vierzehn Uhr ihre zehntausend Stopfen liefere, stornieren die!«

Die Wogen glätten zu wollen ist bei Romain sinnlos, es sei denn, man will seine Zeit verschwenden. Dabei habe ich es in meiner Branche mit so einigen Neurotikern zu tun. Romain bricht sämtliche Rekorde. Schon in den ersten Tagen hatte ich angesichts einer solchen Unbeherrschtheit beschlossen, mich bedeckt zu halten, und das hat mir höchstwahrscheinlich meinen unbefristeten Vertrag bei Force Plastique eingebracht. Meine ruhige Art zeigte bisher nicht die geringste Wirkung auf sein Wesen, aber immerhin hatte ich im Gegensatz zu allen anderen, die bislang gegangen waren, durchgehalten und war noch da.

»Verdammte Scheisse, brauchst du 'ne Extraeinladung?«

»Bin unterwegs. Ich hole meinen Werkzeugwagen.«

Das Ding ist so schwer. Ich komme kaum voran. Ich sollte wirklich ernsthaft überlegen, es zu motorisieren. Unter Romains entnervtem Blick erreiche ich endlich die defekte Maschine.

»Dir hat man wohl nicht beigebracht, was Beeilung bedeutet?! Und wie lange dauert das jetzt?«

»Erst mal muss ich eine Diagnose durchführen.«

»Sag mal, red ich chinesisch, oder was? Wenn wir die Produktionsziele nicht einhalten, fliegen wir alle raus!«

»Ich arbeite, so schnell es geht, Romain.«

Kochend vor Wut stapft er davon. Ich trete zu Marek, der einen ziemlich ängstlichen Eindruck macht.

»Für die Auswerfer kann ich nichts.«

»Keine Sorge. Geh jetzt, ich schau's mir an.«

»Sagst du es ihm?«

»Ja, und jetzt mach hin, sonst fängt er wieder an zu wettern.«

Zu spät. Romain stürmt auf uns zu.

»Marek, du ziehst Leine, aber dalli, du hast für heute schon genug Scheisse gebaut, und du, Thierry, du bewegst jetzt endlich mal deinen Arsch, weil, ich weiss ja nicht, ob das reingeht in dein Spatzenhirn, aber wenn wir den Auftrag verlieren, stecken wir richtig in der Scheisse! Ist das klar?«

»Ist klar. Du kannst mich jetzt allein lassen, ich muss schauen, was los ist. Ach, und kannst du bitte Dorian holen?«

Er marschiert davon und beschimpft jeden, der ihm unterwegs begegnet. Soll er brüllen. Meinetwegen noch lauter. Bei seinem Sturm an Beleidigungen denke ich gar nicht mehr an Guy. Oder an das Blut, das Blut der kleinen Mädchen, die Leere in Élisabeths Blick, an mein Entsetzen, das mich nicht mehr loslässt. Ich muss mich jetzt der Maschine widmen. Mit ihr eins werden. Wenn ich als kleiner Junge merkte, dass meine Mutter den Tränen nahe war oder nicht mehr auf meine Fragen reagierte, suchte ich mir fieberhaft etwas, das repariert werden musste. Egal was, Hauptsache, es vereinnahmte mich derart, dass ich nicht mehr das quälende Klimpern ihres Rings auf dem Wohnzimmertisch hörte, das ging manchmal stundenlang so, oder das Klicken des Lichtschalters, den sie ununterbrochen an- und ausmachte.

Dorian kommt angerannt. Weiss er Bescheid? Ich lasse ihm keine Zeit für Fragen.

»Hol mir mal schnell den Schaltplan vom Druckluftsystem. Ich sichere inzwischen den Bereich.«

Er saust los, und ich mache mich an meine Aufgabe, wobei ich den Blicken ausweiche, die länger als nötig auf mir ruhen könnten. Allein. Ich bin allein auf der Welt. Es gibt keine Überlebenden auf dem ganzen Erdball ausser Lisa, die dort schläft. Lisa, deren warme, feuchte Haut ich am liebsten spüren würde. Und ihren Atem. Den regelmässigen Atem.

»Thierry?!«

»Sag mal, geht's noch? Was brüllst du mich denn so an?«

Atemlos und peinlich berührt schaut Dorian mich an.

»Na ja … das war, weil … ich hab dich schon dreimal angesprochen, und du hast nicht reagiert, da habe ich …«

»Was soll das heissen, dreimal?«

Er wird feuerrot, und ich begreife, dass er die Wahrheit sagt.

»Hast du den Plan?«

»Ja, hier.«

»Perfekt, dann springst du jetzt mal in die Umkleide und fragst das Team von der Nachtschicht, ob es irgendwelche Vorkommnisse gab. Ich werfe inzwischen einen Blick auf die Schliesseinheit.«

Er rührt sich nicht, steht da und starrt mich wortlos an.

»Bist du taub oder was?«

»Nein, es ist nur, also … der Mörder … also, ich meine … dein Nachbar … stimmt es, dass du ihn kennst?«

Man fragt sich echt, wer aus der Fabrik dieses Wochenende verflucht noch mal kein Fernsehen geschaut hat. Dabei war schönes Wetter.

»Dorian, wir haben gerade andere Sorgen!!«

»Ja, ’tschuldigung, aber das ist so …«

So was? Puh, er hat’s kapiert und trollt sich. Seit Abdanes Tod ertrage ich nur schwer jemanden an meiner Seite. Obwohl das Jahre her ist. Nichts zu machen, ich vermisse ihn einfach so sehr. Ich trete zum Bedienfeld, stelle den Wahlschalter auf »manuell«. Dann gehe ich auf »Spritzgusswerkzeug öffnen«, überprüfe, ob die Kontrollleuchte »Spritzgusswerkzeug offen« angeht. In dem Bereich ist alles i. O. Also drücke ich auf »Auswerfen«, und es tut sich nichts. Ich gehe um die Maschine herum und sehe nach, ob die Druckluftleitungen für die Ansteuerung der Hydraulikzylinder der Auswerfer nicht verstopft oder eingeklemmt sind. Wenn sie durchtrennt oder undicht wären, würde ich das merken. Bei einem Druck von acht Bar gäbe das einen Höllenlärm. Aber da ist nichts. Ich richte mich auf, um den Niederspannungsschaltkreis zu überprüfen, da lässt ein Rumpeln mich zusammenfahren. Ich drehe mich um und kann gerade noch einem Hubwagen ausweichen, der voll auf mich zuhält. Was soll denn die Scheisse! Ich schaue mich fassungslos um, mir wird klar, dass ich einen ganzen Abschnitt des Bereichs, in dem ich arbeite, nicht abgesperrt habe.

Dorian, der alles gesehen hat, kommt angerannt. »Ich dachte schon, der hat dich erwischt!«

Zweiunddreissig Jahre Wartungserfahrung. Der gröbste Fehler meiner ganzen Laufbahn.

»Bist du sicher, dass alles in Ordnung ist, Thierry?«

Mit einem Mal weicht alle Kraft aus mir.

»Warte, ich sichere eben den Rest, und dann machen wir das zusammen.«

Was passiert mit mir, und warum tut Guy mir das an? Ich bin ein netter Kerl. Weder ich noch Élisabeth haben das verdient.

»Hast du eigentlich was gefunden?«

Wenn ich daran denke, dass ich ihn letzte Woche fast rausgeschmissen hätte. Mit seinem Lächeln rettet er mir gerade das Leben, ehrlich.

»Noch nicht, nein.«

»Hast du dir die Leitungen angeguckt?«

Wie die immer alle reden, als wären sie schon Chef. Das ärgert mich wahrscheinlich am meisten an den Jugendlichen heutzutage. Aber heute Morgen verzeihe ich ihm alles.

»Ja, hab ich. Gib mir den Plan, und dreh das Druckluftventil zu. Wir müssen den 24-Volt-Schaltkreis testen. Vergiss nicht das Safety-Schloss.«

»Okay!«

»Wenn du so weit bist, gibst du mir Bescheid und bleibst beim Schaltwerk. Ich öffne das Pneumatikventil.«

Er nickt, kurz darauf hebt er den Daumen. Ich nehme die Schutzhaube von der ersten Spule ab, die den Austritt des Auswerfers antreibt, halte den Spannungsmesser an die Kontakte.

»Okay, jetzt stell auf ›Auswerfen‹.«

»Hab ich.«

Die Nadel des Spannungsmessers springt auf 24. Ich teste die zweite Spule. Dito.

»Und?«

»Die Spulen sind's nicht, muss am Ventil liegen.«

Glück gehabt, es ist ein Standardmodell. Während Dorian eins aus dem Lager holt, beruhige ich Romain. In einer guten halben Stunde müsste alles in Ordnung sein. Er bedankt sich widerwillig, fängt von Joël an, der wieder einmal zu spät kommt.

»Himmelherrgott noch mal, ich bin auch geschieden!«

Das ist bestimmt das erste Mal, dass er mir etwas Persönliches anvertraut. Er redet weiter, ehe ich etwas erwidern kann.

»Und wegen deinem Nachbarn … mach dir nicht so 'ne Platte, weisst du …«

Verblüfft starre ich ihn an.

»Ich les laufend Krimis, und ich kann dir sagen, solche Typen, die durchschaut keiner. So, ich hab nichts gesagt, jetzt sieh zu, dass du die Kiste zum Laufen kriegst.«

17

10 Uhr 30. Ich war die ganze Zeit auf Achse, um Konfrontationen aus dem Weg zu gehen, aber jetzt ist Pause, da komme ich nicht drum herum. Auf dem Weg zum Aufenthaltsraum gucke ich aufs Diensthandy, hoffe, dass es klingelt.

Dorian hält sich im Hintergrund und beobachtet mich stumm. Seit er bei mir angefangen hat, mochte ich ihn noch nie so sehr wie heute.

Nur noch zwei kurze Meter, dann werde ich mit der Wirklichkeit bombardiert. Ich stosse die Tür auf. Gehe hinein. Und wie erwartet sind sie alle da, mit gierigen Augen. Warum zum Donnerwetter gehe ich weiter? Da sind Julie, Stefan, Rodrigue, Pablo, Delphine, Franck, Bob, Farid, Clément, Saïda, Geneviève, Marc, Momo, Yanis, Pietr, Gilbert und sogar Romain, aber der dreht mir den Rücken zu, und dafür möchte ich ihn am liebsten küssen. Der Grossbildfernseher über ihren Köpfen ist auf den Sender LCI eingestellt, wo stumm Bilder von Männern, Frauen und Kindern vorbeiziehen, die schwer bepackt mit Koffern und Taschen einen Fluss mitten im Dschungel überqueren. Flüchtlinge, deren Not mich heute Vormittag mitten ins Herz trifft, weil ich in diesem kleinen, sauberen Raum all den anderen, meinen Kollegen – *meinen Ogern,* das ist das Wort, das mir dazu einfällt –, gegenübertrete, als wäre ich einer von ihnen, vor den Kameras. Wer wird sich als Erstes äussern? Vielleicht Delphine. Danach ginge alles sehr schnell. Eine

Explosion an Fragen. Eine Sintflut an Fragen. Nein, ich habe nichts kommen sehen. Ich schwöre es ihnen. Manche klopfen mir auf die Schulter und murmeln geniert, es tue ihnen leid, andere wundern sich, dass ich so blind hatte sein können, wo ich doch sonst …

»Wo ich doch sonst was?«

»Sonst bemerkst du alles, Thierry. Den kleinsten Furz.«

»Das sind ja auch Maschinen, verdammt noch mal!«

Den Blaumann ausziehen. Das Auto anlassen. Geradewegs auf die Landstrasse und in den Wald hinein. Stattdessen bleibe ich stehen und starre sie an. Uns trennt kaum ein Meter, und doch ist die Entfernung zwischen uns riesig, als wäre ich in ihren Augen, genau wie die Flüchtlinge, nur noch eine Nachrichtenmeldung.

»Hey, Leute, guckt mal, sie haben eine Leiche gefunden!«

Alle schauen zum Bildschirm. Momo stellt den Ton lauter. Ein Journalist, der sich kaum noch halten kann, schreit ins Mikro, dass tatsächlich eine Leiche gefunden wurde. Heimlich gemachte Aufnahmen des Gartens. Die Kamera gerät ins Wanken, die Welt gerät ins Wanken. Ein Loch hinter dem Haus. Vornübergebeugte Männer in weissen Schutzanzügen. Sie hieven etwas aus der Erde … »Ja, eine Leiche! Das ist eine Leiche!«, ruft der Journalist begeistert, der nun wieder im Bild ist. Er richtet den Knopf im Ohr. Schaut direkt in die Kamera. Setzt eine ernste Miene auf.

»Mehr konnte unser Kollege leider nicht filmen. Dennoch verstehen Sie sicher, wie aufgewühlt wir alle sind. Es handelt sich ohne Zweifel um eins der Opfer von Guy Delric, und wir können nur vermuten, wie es den Eltern und Angehörigen in diesem Moment geht …«

Dieses Loch … Ich höre nicht mehr zu, ich schaue nicht mehr hin. Ich hatte es seltsam gefunden, dass Guy ausgerechnet dort eins gräbt. Warum?

Er hatte mit den Schultern gezuckt und gelächelt. »Für meinen Abwasseranschluss.«

»Na, sag mal! Hast du denn vorne keinen?«

»Du weisst doch, dass die Pfeifenköpfe einem das Leben schwermachen, wo sie nur können!«

Der Journalist fordert noch einmal die Bilder an, und wieder werden sie eingespielt, diesmal kommentiert er sie, einmal die Leichengrösse, einmal die mutmassliche Identität des Opfers, einmal die Vorliebe des »Monsters« und dessen Frau für Blumen und Grünpflanzen. In dem kleinen Aufenthaltsraum sind alle so gebannt, dass sie mich vergessen haben. Das nutze ich und husche hinaus. Ich brauche frische Luft.

Draussen auf dem Parkplatz strahlt die Sonne. Ich habe mich auf den Boden gesetzt, lehne mit dem Rücken am Auto. Hinter mir singt eine Amsel. Sieben Nachrichten auf dem Handy. Aber ich will Élisabeth hören. Ihre Stimme. Ich tippe ihre Nummer, lasse es klingeln, ins Leere. Ist sie womöglich doch auf Arbeit gegangen? Ich probiere es ein zweites Mal. Dieselbe Abfolge von Pieptönen. Im Grunde beruhigt mich das. Sie hat so ein energisches Wesen. 10 Uhr 50. Nur noch zehn Minuten, dann geht die Arbeit weiter. Ich hole tief Luft, rufe meine Mailbox an. Bretan will wissen, ob Élisabeth oder ich etwas in unseren Tagebüchern gefunden haben. Die Apothekerin ist noch immer nicht darüber hinweg, dass sie »dieser Schlampe« Antidepressiva verkauft hat. Vier Reporter betteln um ein Interview. Schliesslich mein Bruder. Er hat es gesehen. Möchte wissen, wie es mir geht. Wir hätten uns so lange nicht gesehen.

Der Rest des Tages vergeht schnell. Zu schnell. In der Fabrik haben alle begriffen, dass ich dem Thema lieber aus dem Weg gehe, sie lassen mich halbwegs in Frieden. Aber ich mache mir keine Illusionen. All das Blut. Der Fall ist zu verlockend. Schon morgen würden sie weiterbohren. Geier, alle miteinander. Wir alle.

18

Ich sehe sie schon von der Landstrasse aus, Männer und Frauen aller Altersgruppen stehen in Trauben am Strassenrand, die Autos kreuz und quer daneben. Ausweichen geht nicht. Ein paar von ihnen rennen mir auch schon entgegen.

»Thierry, kurbeln Sie mal die Scheibe runter, ein Kommentar für *Zapping Télé!*«

»Thierry! Was mochten Sie ganz besonders an ihm?«

»Actu Radio, war er Ihnen gegenüber jemals gewalttätig?«

»Wie fanden Sie seine Frau Chantal?«

Ich sitze im Auto, und plötzlich ist mir kalt, wie damals, als meine Mutter stundenlang regungslos im Wohnzimmer sass. Zwei versuchen gerade, meine Tür aufzureissen.

»Thierry!«

Diese dumpfe Wut, die in mir aufsteigt. Warum hast du mich angelächelt, Guy, als ich wegen des Lochs gefragt habe? Hat Chantal dir geholfen, dein Opfer dorthin zu schleifen? An welchem Tag hast du sie verscharrt? Hast du gewartet, bis wir weg waren, oder fandest du es noch aufregender, es direkt vor unserer Nase zu tun?

»Thierry, Sie haben doch bestimmt was gesehen!«

Mich fest auf mein einziges Ziel konzentrieren: ins Haus kommen. Unser Haus. Bloss geht es keinen Meter mehr voran. Sie bilden eine Mauer. Leiber. Ein Wehr. Nicht der Panik nachgeben. Auf meine Hände sehen. Die Schönheit meiner Hände auf dem schwarzen Plastiklenkrad. Ob die Hydrometer noch auf der Aune tanzen? Ich schliesse die Augen, drücke mit aller Kraft auf die Hupe. Ob einer von denen am Ende wohl Erbarmen hat? Nach einer Weile, die mir unendlich lang vorkommt, tauchen endlich zwei Polizisten auf. In null Komma nichts haben sie den Bereich geräumt, und auf einen Schlag ist es wieder still. Fast möchte ich laut loslachen, vielleicht auch weinen. Einer der beiden tritt ans Auto und bedeutet mir, die Scheibe herunterzulassen.

»Am besten geben Sie uns vorher Bescheid, wann Sie kommen und gehen. Hier, meine Nummer.«

Belämmert nehme ich den Zettel, den er mir hinhält.

»Sind Sie sicher, dass alles in Ordnung ist?«

Ich möchte ihn fragen, ob er das Loch gesehen hat und ob er weiss, um welches Opfer es sich handelt, ob er Guys Insekten freigelassen hat, ob er schon mal in Vietnam war, ob er es normal findet, dass mein Sohn für die Arbeit dorthin gezogen ist.

»Monsieur?«

»Meine Hündin hiess Jules. Sie ist vor zwei Wochen gestorben.«

Er guckt geniert, bietet mir an, dass sein Kollege mich bis zum Haus eskortiert. Ich lehne dankend ab. Also macht er das Absperrband auf und winkt mich durch. Als ich an ihm vorbeifahre, muss ich unwillkürlich an das Tor zur Hölle denken. Drüben im Garten sind mittlerweile mehr als zehn Beamte in weissen Overalls zugange. Zehn, die aufblicken, als ich langsam den Weg hinunterfahre. Und in dem Moment wollte ich so sehr, sie seien Engel, gekommen, um mich zu trösten … Nanu, Élisabeths Auto. Dann war sie also gar nicht weg? Flugs springe ich die Eingangsstufen hinauf. Ihren Körper spüren. Sie an mich ziehen. Ihr sagen, dass ich sie liebe. Dass ich uns hier heraushole.

Der Fernseher im Wohnzimmer erhellt ihr Gesicht. Sie hat sich nicht angezogen, ist immer noch im Morgenmantel. Sie hat sich nicht gekämmt. Ihr Haar ist wirr. Ich trete ein wenig näher. Sie dreht sich nicht um.

»Lisa?«

Sie rührt sich nicht.

»Lisa, ich bin's.«

»Das Laken, hast du's erkannt?« Sie spricht, ohne den Blick vom Fernseher abzuwenden.

»Welches Laken?«

»In das die Leiche eingewickelt war.« Sie lässt mir keine Zeit zum Begreifen. Mit tonloser Stimme, den Blick noch immer auf den Bildschirm geheftet, fährt sie fort: »Chantal hat mir gesagt, sie hätte es verlegt … Fast hätten wir uns deswegen in die Haare gekriegt …«

Grosse gelbe Blumen, wie hatte ich das nicht wiedererkennen können?

Endlich dreht sie sich zu mir, starrt mich verloren an. »Er hat sie wahrscheinlich darauf vergewaltigt, die Kleine …«

»Lisa, nein, hör auf.«

Ein Schluchzen schüttelt sie. »Auf unserem Laken!«

Ich nehme sie in den Arm. Sie will sich losmachen, ich halte sie fest. »Na, na, ganz ruhig.«

Sie wehrt sich nicht mehr.

»War deine Schwester nicht da?«

Sie schüttelt den Kopf, murmelt einen Schwall kaum vernehmbarer Sätze, aus denen ich herauszuhören meine, dass die Kleine krank ist. Noch nie habe ich sie so gesehen.

»Willst du nicht duschen? Das würde dir guttun.«

Aber in ihr sträubt sich alles.

Ich rede von letztem Donnerstag, wie sie mich nach dem Abendessen gebeten hat, ihr beim Äpfelschneiden für den Kuchen zu helfen, rede von unserem Spaziergang unterm Sternenhimmel. »Das war vor drei Tagen, und alles war gut.«

Dieses Lachen, das sie schüttelt. »Alles war gut?«

Nur nicht den wütenden Strudeln nachgeben, die mich in die Tiefe ziehen wollen. Das Loch, das Laken, den Hammer, die Hacke, die Hütte und all deine Abscheulichkeiten auslöschen, Guy. Bloss lacht sie weiter, und ihr Blick ist dabei fast bösartig. Völlig überrumpelt schaue ich sie an. »Na ja, schon … alles war gut, was zum …«

»Unser Sohn zieht aus, unsere Hündin stirbt, und alles ist gut!«

»Lisa …«

»Die Wahrheit ist, ich wollte das nie, von Anfang an nicht, dieses Haus!«

Perplex schaue ich sie an. »Ja, aber, sag mal, was …«

Sie fällt mir ins Wort, ausser sich: »Ja, ich weiss schon, jetzt fängst du wieder vom Hund an, dass ich doch einverstanden war, aber ich war nicht einverstanden, ich hatte nur keine Kraft mehr! Weil du einfach nicht lockergelassen hast, weil du nicht zugehört hast! Und jetzt! Schau, was jetzt passiert ist!«

Sie hat Schluckauf, dicke Tränen kullern ihr über die Wangen.

»Bretan hat mich angerufen … Er wollte wissen, ob ich meine Kalender noch mal durchgegangen bin …«

Ein neuerlicher Tränenstrom. »Ich kann nicht, Thierry, ich schaffe das nicht.«

»Und Marc?«

Endlich kommt ihr Blick zu mir zurück. »Was, Marc?« So leuchtend grün.

»Hast du ihm Bescheid gesagt?«

»Nein.«

»Ich liebe dich, Lisa.«

Wieder fängt sie an zu weinen. »Warum bist du heute Morgen weggefahren?«

»Wir müssen weitermachen, Lisa.«

Sie starrt mich an, erwidert nichts, dreht langsam den Kopf zum Fernseher, wo von den immer schneller schmelzenden Gletschern die Rede ist.

Ich streichle ihre Wange. »Willst du nicht ein bisschen malen?«

Mit traurigen Augen blickt sie zu mir auf. »Malen, und das ausgerechnet von dir?«

»Das tut dir doch gut, oder?«

Sie nickt bedrückt, flüstert, dass sie allein sein muss.

Ich schaue zu, wie sie sich aufs Sofa setzt, wieder versteinert, sobald sie auf den Bildschirm starrt. Ich finde nicht die Kraft, ihr zu sagen, sie soll ausmachen. Dabei müsste ich das. Es ist mir einfach unerträglich, sie leiden zu sehen. Sie ist mein einziger Schatz auf der Welt. Ich bin bereit, all ihren Schmerz auf mich zu nehmen.

All ihren Schmerz
wenn nur sie verschont bleibt.

Warum nur weigert sie sich, ihn an mich abzugeben? Ist das nur deinetwegen, Guy?

19

Ich schlinge einen Rest Nudeln hinunter, wobei ich den Blick aus dem Küchenfenster vermeide. Wir werden Vorhänge kaufen müssen. Und die Autoscheiben verdunkeln. Ich wasche meinen Teller ab, tigere hin und her, weiss nichts mit mir anzufangen. Normalerweise bin ich es, der sich nach der Arbeit vor den Fernseher fallen lässt. Als ich es nicht mehr aushalte, bringe ich ihr Salat und belegte Brote.

»Na, komm, gib dir einen Ruck, das sagst du doch selbst immer zu deinen Patienten: Man darf sich nicht so gehenlassen.«

Nichts, sie rührt sich nicht.

Ich stelle den Teller vor sie auf den Couchtisch. »Hör mal, weder du noch ich können die Mädchen wieder lebendig machen.«

Sie zuckt zusammen, starrt weiterhin auf den Fernseher.

»Na los, iss etwas.«

Schwerfällig schüttelt sie den Kopf.

Ich knie mich vor sie hin, streichle ihr zärtlich die Hand. »Du machst dich kaputt, Lisa.«

Endlich wendet sie sich zu mir, die Augen blind vor Tränen. »Bitte lass mich.«

Unter der Glasglocke tummeln sich emsig meine beiden Fangschrecken, mein Schmalflügliger Pelzbienenölkäfer und meine Marienkäfer, die Aufregung draussen interessiert sie nicht. Als ich aus dem Wohnzimmer kam, bin ich zu ihnen hinuntergegangen. »Bitte lass mich.« Aufgewühlt beisse ich mir in die Faust, einer der Marienkäfer krabbelt unterdessen einen Halm hinauf. Er klettert und klettert ... und wenn der Halm sich auch neigt. Hartnäckig hält er sich fest. Was sucht er dort oben? Vielleicht den Augenblick, in dem der Halm, niedergedrückt von seinem Gewicht, sich endlich beugt. Es dauert nur den Bruchteil einer Sekunde. Mitgerissen vom Schwung, klammert sich der Marienkäfer fest, als es abwärts geht, und fliegt, kurz bevor er auf den Boden aufkommt, davon. Sofort wippt der Halm wieder hoch. Obendrüber schwebt fröhlich der Marienkäfer.

»Ein kurzes Leben, aber so schön, oder?«

Guy lag neben mir im hohen Gras und nickte strahlend. Wir waren im Morgengrauen aufgebrochen, lagen nun schon seit ein paar Stunden reglos flach auf dem Bauch und beobachteten das wimmelnde Leben. Ab und zu reichten wir uns gegenseitig die Lupe, um ganz aus der Nähe zu sehen, wie ein Schmetterling den Saugrüssel ausrollte, wie eine Hornisse oder eine Wildbiene Nektar sammelte. Manchmal hörten wir das Zirpen, das viele Insekten erzeugen, manche, indem sie die Flügel vibrieren lassen, andere, indem sie die Beinchen aneinanderreiben, wieder andere, indem sie mit dem Bauch über den Boden schaben. Guy zeichnete sie in sein Skizzenheft, während ich versuchte, ein paar zu fangen, damit ich sie von nahem beobachten konnte, ehe ich sie wieder freiliess. Wenn es so weit war, kam Guy näher und berührte sie ganz vorsichtig, streichelte sie.

Später hatten wir eine Gartenkreuzspinne in ihrem Netz entdeckt und uns einen Spass daraus gemacht, mit Hilfe einer Stimmgabel das Summen einer Fliege nachzuahmen. Der Lachanfall, der uns packte, weil die Spinne sich wunderte. Alles faszinierte uns: die metallisch glänzenden Purpur-, Blau- oder Goldtöne der Laufkäfer, die bein- und augenlosen Schwebfliegenlarven, die Gewandtheit der Flohkäfer, die sich dank der stark vergrösserten hinteren Femora springend fortbewegen können, der gewaltige Appetit der Raupen. Aber am allerliebsten beobachteten wir Kopulationen, Nestbau, Aufzucht, Beutefang. Über Letzteres konnte Guy stundenlang reden, und ich erinnere mich an seine Erregung, als wir an jenem Tag sahen, wie eine Grabwespe sich auf eine doppelt so grosse Grille stürzte, sie durch heftiges Ausschlagen auf den Rücken warf und sie erst einmal unterhalb des Halsschilds stach, dann in den Prothorax, dann in den Hinterleib.

»Weisst du, Thierry, dass nicht einmal der geschickteste Verbrecher zu einer solchen Präzision fähig ist!«

Ich hatte ihn ungläubig angestarrt.

Voller Bewunderung hatte er weitergeredet: »Du hattest vielleicht den Eindruck, dass sie einfach irgendwohin sticht. Weit gefehlt. Bei jedem Stich hat sie auf eins der drei Nervenzentren der Grille abgezielt, und jedes Mal hat sie es getroffen. So eine Intelligenz, stell dir das mal vor. Die Grille ist nämlich nicht mal tot. Nur gelähmt!«

»Sicher?«

»Schau mal, wie der Hinterleib pulsiert.«

Ich beobachtete das Insekt genauer. Tatsächlich, es atmete noch!

»Warum hat sie sie denn nicht getötet?«

»Weil sie sie an ihre Larven verfüttern will.«

»Lebendig?!«

»Ja, lebendig, damit sie in den zwei Wochen, bevor sie sich verpuppen, Frischfleisch haben.«

»Verdammt, das ist ja schrecklich.«

»Nein, Thierry, das ist einfach nur genial!«

Mit einem unguten Gefühl hatte ich den Kopf abgewandt, und wir hatten das Thema gewechselt. Hätte jemand anderes an meiner Stelle bei einer solch makabren Erregung nachgehakt? Andererseits finden ausser Guy viele Menschen Räuber-Beute-Beziehungen toll. Ich nicht. Ich hatte eine Abneigung gegen jede Form von Gewalt, was ihn faszinierte.

»Was für ein Glück du hast, Thierry. Du bist so rein.«

Ich hatte verschämt gelächelt und erwidert, er doch auch, worüber er herzlich lachte … Aber ich darf nicht mehr an ihn denken. Élisabeth völlig aufgelöst im Wohnzimmer, und ich möchte schreien, weil die Erinnerungen so plötzlich wieder hochkommen. Die Treppe hinauf. Mein Handy suchen. Meinen Bruder anrufen, den ich seit zwei Jahren nicht gesehen und dessen Stimme ich beim Abhören seiner Nachricht nicht einmal erkannt habe. Mein zehn Jahre älterer Bruder, der ganz plötzlich, ohne Vorwarnung, abgehauen war und meine Mutter noch betäubter vor Schmerz zurückliess. Ich, ein Kind von acht Jahren, war unfähig, ihr wieder Lebensfreude einzuhauchen.

Irrte in der leeren Wohnung umher. Wollte sie am liebsten so fest drücken, dass sie einen Ton von sich gab oder eher ein Lachen, wollte sie zwingen, zu fliehen, so weit weg wie möglich von diesem Ort, aber vor allem von ihnen, von meinem Vater und meinem Bruder. Die beiden, auf die sie immer wartete, dabei alles vergass, sogar mich. Den Blick stets zum Fenster gewandt. Als ob sie von dort kommen würden. Aus dem Himmel. Als wären sie in ihrer Vorstellung zu Vögeln geworden. Dabei stimmte das nicht, das wusste ich ganz genau. Weil Vögel weder in den Krieg ziehen noch ihre Brut verlassen. Sie weinen auch nicht eine ganze Woche lang, wie meine Mutter es manchmal tat, so dass ich schon dachte, wir würden eines Tages alle beide in ihren Tränen ertrinken.

Ich gehe wieder hoch, und noch immer herrscht die gleiche Stille, nur der Fernseher rauscht im Hintergrund. Das Rauschen erzählt von übermässigem Salzkonsum, grösstenteils verursacht durch die weite Verbreitung von Fertiggerichten. Die Hanoi-Uhr in der Küche zeigt 17 Uhr 30. Ich klappe den Laptop auf und versuche wieder einmal, Marc zu erreichen, der es stur klingeln lässt. Macht er das mit Absicht? In seinem Alter hatte ich den Kontakt zu meinem Vater schon seit geraumer Zeit abgebrochen. Ich war so wütend auf ihn, weil er Maman allein gelassen hatte. Aber Marc?

»Papa, Papa, wir haben gewonnen!«

Da war er gerade neun Jahre alt geworden, von oben bis unten voll Schlamm, kam er vom Fussball nach Hause. So stolz. Und wie er trotz Jules' empörtem Bellen versuchte, auf ihr zu reiten. Was bleibt heute noch von alldem?

Unwillkürlich werfe ich einen Blick aus dem Fenster. Die Wäscheleine ist weg, und nur ein Dutzend Blumen haben überlebt. Wenn ich daran denke, wie viele Stunden Chantal da hineingesteckt hat. Ein Knacken lässt mich zusammenzucken. Es ist Élisabeth, sie steht aufgelöst in der Küchentür.

»Die Leiche in unserem Laken, das war die kleine Violine. Sie war fünfzehn, ging in die zehnte Klasse und wollte später mal in der Haute Couture arbeiten ...«

Sie ringt um jedes Wort. Ich versuche, sie zu unterbrechen. Sie bedeutet mir, dass sie zu Ende reden muss.

»Das ist die, die am 23. April verschwunden ist. Vor zwei Monaten, Thierry. Zwei Monate! Sie kam von der Geburtstagsparty ihrer besten Freundin, und laut Chantals Aussage ...«

»Lisa, ich bitte dich ...«

»Sei still, es ist auch so schon schwer genug ...«

Aber ich will diese Abscheulichkeiten nicht hören. Bloss lässt sie nicht locker, als müsste ich unbedingt jede Einzelheit erfahren.

»Guy hat sie im Schlafzimmer vergewaltigt und ihr dann mit einem Stuhl den Schädel eingeschlagen. Und kurz bevor er sie verscharrt hat, hat er ihr ihren Schlüpfer in den Mund gestopft ...«

»Das reicht, Lisa!«

Sie sieht mich nicht mehr an. Sie hört mir nicht mehr zu. Und ich stelle mir die Szene vor: der hocherhobene Stuhl, das Entsetzen des Mädchens. Sofort packt mich wieder die Wut. Aber was soll ich damit machen? Mit dieser rasenden Wut, die, sollte sie hervorbrechen, alles vernichten würde? Als ich wieder zu Atem komme, ist Élisabeth nicht mehr da. Ich hole mein Tagebuch aus dem Schlafzimmer. Lesen, genau, das mache ich. Aber nur die Seiten, die mit den Tagen zusammenfallen, an denen die Mädchen verschwunden sind. Bretan hat recht. Der kleinste Hinweis kann nützlich sein, und wenn ich helfen kann, den Hurensohn ans Messer zu liefern! Ich blättere rasch. Am 18. Juni 2017, das heisst einen Tag nachdem die kleine Selima verschwunden ist: *Letzte Nacht hab ich schlecht geschlafen. Ich bin von Tierschreien wach geworden. Ich habe das Fenster aufgemacht und versucht, herauszufinden, woher sie kamen. Der Mond war hinter den Wolken. Ich habe nichts gesehen. Hab gerufen, ob da jemand ist.*

»Alles gut, Nelly hat sich nur an der Pfote verletzt, und jetzt ist die dumme Nuss abgehauen.«

»Nicht schlimm, hoffentlich?«

»Nein, nein, Thierry. Entschuldige die Störung.«

Ob Guy seine Hündin eingesetzt hat, um seine Opfer zu bewachen? Hatte es in dieser Nacht einen Kampf zwischen ihm und dem Mädchen gegeben? Und wenn Nelly nun Angst bekommen hatte, als sie sah, wie ihr Herrchen das Mädchen attackierte? Wenn sie nun dazwischengehen wollte? Am nächsten Morgen, das weiss ich noch, trug sie eine Schiene und humpelte durch den Garten.

»Na, sag mal, was ist denn mit ihr passiert?«

»Sie muss halt immer ihren Dickkopf durchsetzen. Wahrscheinlich ist sie gegen einen Stein gerannt, als sie einem Hasen oder was auch immer hinterhergejagt ist. Als sie nach Hause kam, war sie voller Blut!«

»Vielleicht solltest du mit ihr zum Tierarzt.«

»Ich warte mal zwei Tage. Wenn sie dann immer noch hinkt, fahren wir.«

Ohne lange zu fackeln, schnappe ich mir das Handy und gebe die Info an Bretan weiter, verschweige aber wohlweislich die Sache mit dem Laken. Ich will nicht, dass er am Ende uns verdächtigt …

»Danke, Thierry.«

»Und sonst?«

»Was, sonst?«

»Haben Sie weitere Leichen im Garten gefunden?«

»Ich hab es Ihnen schon mal gesagt, ich darf Ihnen keinerlei Information geben.«

»Glauben Sie, ich sehe die Löcher nicht, die Sie drüben ausheben?«

»Bitte, Thierry, ein wenig Geduld …«

»Geduld? Wissen Sie, wie schwer das für mich ist, das Tagebuch noch mal zu lesen? Und Ihre Büttel schaffen es noch nicht mal, mich vor diesen Irren zu beschützen, wenn ich vor die Haustür gehe!«

»Das wird wieder besser.«

»Ach ja? Sind Sie sich da sicher? Dann haben Sie aber meine Frau nicht gesehen. Der reinste Zombie! Wie lange soll das denn so gehen, dieser Albtraum?«

»Thierry …«

»Sie sitzt seit heute früh vor dem Fernseher, verdammmich. Ungewaschen, ungekämmt, im Morgenmantel! Und vorne warten die Geier! Jetzt noch die Löcher, überall Löcher!«

»Thierry, ich muss jetzt leider auflegen. Ich kriege zwei Stunden Schlaf pro Nacht, ich hab noch massenhaft Arbeit. Gehen Sie beide mal zum Psychologen. Bei dem, was Sie gerade durchmachen, ist das mehr als nötig, und nach dem, was Sie über Ihre Frau erzählt haben, sogar dringend. Ich vermittle Ihnen den Kontakt zu einem Spezialisten für posttraumatische Belastungsstörungen.«

Er legt auf, und die Stille kommt zurück. Wann ist das alles endlich vorbei? Je mehr Tage vergehen, desto mehr breitet das Dunkel sich aus. Haben solche Geschichten überhaupt je ein Ende?

20

Die Offenheit im Blick des Mannes, der uns gegenübersitzt, flösst mir auf Anhieb Vertrauen ein, und da ist auch etwas in seiner Haltung, etwas Stabiles, Verlässliches. Mit dem gleichen Scharfblick wie Bretan, nur deutlich sanfter, mustert er uns lange, ehe er zu sprechen anfängt.

»Wenn ich das richtig verstanden habe, hat Madame nur unter der Bedingung, dass Sie ebenfalls mitkommen, in die Sitzung eingewilligt.«

Ich nicke.

Er dreht sich zu mir. »Aber was halten Sie von diesem Vorgehen, Monsieur? Sind Sie einverstanden, dabei mitzumachen?«

»Was genau heisst denn mitmachen?«

»Nun, darüber reden, was in Ihnen vorgeht. Denn im Moment ...«

Élisabeth wird ganz steif auf ihrem Stuhl. »Er will deine Einwilligung, das ist ja wohl nicht so schwer, oder?«

Diese Aggressivität. Ob er wenigstens das abstellen kann?

»Monsieur?«

»Na ja, also, ich weiss nicht. Ich gehe damit um, indem ich weitermache, um jeden Preis, ein normaler Alltag, aufstehen, mich anziehen, zur Arbeit fahren halt ... Nicht zum Psychologen rennen ... Aber Lisa ...«

Wieder unterbricht sie mich: »Lisa geht es schlecht. Und jedem, der so etwas erlebt, würde ...«

Sie schaut den Therapeuten an, fängt plötzlich laut an zu schluchzen.

»Alles gleitet an ihm ab! Ich kann nicht mehr für zwei tragen! Ich will nicht mehr!«

Der Psychologe reicht ihr ein Kleenex. Sie wischt sich die Tränen ab, schnäuzt sich.

Völlig baff, sehe ich sie an. »Alles gleitet ab?«

Zornig schüttelt sie den Kopf. »Oh, ich weiss schon, was du denkst. Du bist doch so lieb, so aufmerksam. Nur bist du das leider gar nicht, Thierry!«

Ist das noch meine Lisa, die da spricht? Ich will etwas erwidern, sie wendet ihr tränenüberströmtes Gesicht dem Therapeuten zu.

»Ich schwöre Ihnen, er ist gar nicht da!«

Mir stockt das Blut in den Adern. »Also, jetzt reicht's aber, was soll denn diese Unterstellung? Ich hab die ganzen Mädchen ja nicht umgebracht! Und woher kommt das, ich sei nicht da?«

Endlich schaut sie mich an … Wie gern würde ich sie in den Arm nehmen, mit den richtigen Worten zum Lachen bringen, nur ist da schon wieder dieser Zorn, den ich an ihr nicht kenne.

»Als Marc weggegangen ist. Schweigen im Walde. Ich dagegen hab die ganze Zeit geheult. Und als Jules gestorben ist, genau das Gleiche.«

»Aber das ist nicht …«

»Mit dem Kleinen waren die Tage voll, und dann hat die Arbeit die Leere gefüllt. Und das Malen. Aber jetzt, bei allem, was nun passiert, geht es einfach nicht mehr.«

»Was geht nicht mehr?«

Wie wohlwollend er klingt. Und ich, wo bleibe ich dabei? Als wäre das normal, was sie mir da an den Kopf geworfen hat. Als wäre das die Wahrheit? Aber weder er noch Élisabeth scheinen mich noch zu sehen.

Er wiederholt die Frage und schaut sie direkt an: »Was geht nicht mehr, Élisabeth?«

Sie windet sich auf dem Stuhl, wischt linkisch einen neuen Tränenstrom ab, starrt sekundenlang auf das Bild an der Wand hinter ihm. Wir lieben uns so sehr, warum sagt sie ihm das nicht?

»Vor zwei Jahren im Schwimmbad, da hat Chantal … Wir sassen am Beckenrand und haben den Kindern beim Toben zugeschaut. Plötzlich hat sie mich am Arm gepackt und gesagt, dass sie mir etwas ganz Schlimmes erzählen muss.«

Wieder schaue ich sie an wie versteinert. Davon hat sie mir nie etwas gesagt.

Mit gesenktem Kopf redet sie weiter: »Nur ist in dem Moment ein kleiner Junge von nicht mal drei Jahren ins Wasser gefallen. Ich bin natürlich sofort hinterhergesprungen. Sie nicht. Und als ich wieder neben ihr sass, ist sie ausgewichen, sagte, sie habe keine Lust mehr, darüber zu reden, wenn sie es recht bedenke, sei es gar nicht so schlimm …«

Drückende Stille.

Élisabeth geht es so schlecht, sie erstickt fast. »Wenn der Kleine nicht gewesen wäre, hätte ich vielleicht … Ich …«

Ich halte es nicht mehr aus, will ihr Gesicht streicheln.

»Lisa …«

Aber sie schiebt mich erneut von sich. Wenn sie mich wenigstens machen liesse. Dann brauchte sie keinen Fernseher mehr. Und auch diesen Mann nicht. Dann würden wir beide dort Hand in Hand spazieren gehen. Und mit der Zeit und ein bisschen gutem Willen würde die Welt wieder klar werden.

Wieder hält er ihr die Kleenex-Schachtel hin.

»Es war gut, dass Sie das Kind gerettet haben, Élisabeth. Stellen Sie sich vor, es wäre ertrunken! Ausserdem wissen Sie gar nicht, ob Chantal Ihnen in diesem Moment alles erzählen wollte.«

Schweigen.

Er fährt genauso sanft fort: »Weinen Sie viel?«

»Die ganze Zeit.«

»Dann wäre es vielleicht sinnvoll, es fürs Erste mit medikamentöser Unterstützung zu probieren. Ihr Körper ist ausgelaugt von dem Informationsstrudel. Infolgedessen sind Sie mit den Nerven am Ende. Damit ist niemandem geholfen.«

Abwesend schaut sie ihn an. »Medikamente?«

»Ja, Antidepressiva. Normalerweise bin ich eher dagegen, aber in Anbetracht Ihres Zustandes würde ich Ihnen raten, sich von einem Psychiater welche verschreiben zu lassen. Natürlich können Sie die Arbeit bei mir dennoch fortsetzen. Sie greift aber nur dann, wenn Sie sich wieder ein bisschen gefangen haben. Im Moment sind die Gefühle zu stark, als dass wir da rangehen könnten …«

Ich bin also nicht verrückt. Lisa ist in der Tat im Schockzustand. Sie weiss gar nicht, was sie sagt.

»Hier, eine Liste mit Psychiatern, die ich empfehlen kann. Sie kümmern sich darum, ja?«

Sie wispert kaum hörbar »ja«.

Er lächelt sie warm an. »Keine Sorge, Sie schaffen das schon …«

Sie nickt schüchtern wie ein ertapptes Kind.

»Und jetzt muss ich Sie bitten, mich ein paar Minuten mit Ihrem Mann allein zu lassen.«

Sie wirft mir einen erstaunten Blick zu. Mir geht es genauso.

»Es dauert nicht lange.«

Wackelig steht sie auf. Wie gern würde ich ihr die Tasche tragen, ihr in die Jacke helfen. Sie geht hinaus. Angespannt schaue ich ihn an.

»Ganz ruhig. Ich will mich nur vergewissern, dass bei Ihnen alles in Ordnung ist.«

»Ich … ich hätte nicht gedacht, dass Lisa so reagiert. Normalerweise ist sie so stark.«

»Ist sie auch für Sie stark?«

Seine Frage bringt mich aus dem Konzept. »Äh … ja. Lisa ist für alle stark.«

»Und Sie?«

»Ich mache wie gesagt langsam, einen Tag nach dem anderen.«

»Wie geht es auf Arbeit?«

»Ich tue, was ich kann.«

»Und die anderen?«

»Wissen Sie, die anderen und ich …«

»Ja?«

»Ich bleibe lieber für mich.«

»Aber mit Guy waren Sie eng befreundet, oder?«

Ob Bretan ihn beauftragt hat, mich gründlicher auszuhorchen? Gleichzeitig liegt so viel Ruhe in seinem Blick.

»Schauen Sie, ich will Sie nicht quälen, nur verstehen, wie Sie das alles erleben. Kommt es zum Beispiel vor, dass Sie weinen?«

»Nein, aber ich weine auch nie.«

»Nie? Auch nicht als Kind?«

»Doch, aber das ist lange her …«

»Ja, aber wenn so eine Tragödie geschieht, wie verarbeiten Sie das denn?«

Verdammt noch mal, frag ich ihn vielleicht, wie er sich verhält, wenn alles den Bach runtergeht?!

»Sie müssen mir nicht antworten.«

Wunderbar. Er hat's kapiert. Dann kann ich aufstehen, fragen, was es kostet, und dann ist Schluss. Aber irgendwas stört ihn. Das spüre ich, so, wie er mich anstarrt.

»Noch eine Sache …«

»Ja?«

»Vorhin, als Ihre Frau gesagt hat, dass an Ihnen alles abgleiten würde, dass Sie nicht da wären …«

Ich schneide ihm das Wort ab: »Sie haben doch gesehen, dass sie nicht sie selbst war.«

»Sie sehen das also nicht so?«

Und ich hab gedacht, er hätte es kapiert!

»Ich weiss nicht mal, warum sie das gesagt hat. Als ob mir das alles nichts ausmachen würde. Da wäre doch jeder völlig ausser sich, oder?«

Er nickt nicht einmal, fährt hochkonzentriert fort: »Vielleicht wollte sie damit sagen, dass Sie Ihre Gefühle kaum zeigen, dass Sie alles mit sich ausmachen ...«

So schnell wie möglich antworten. »Mit mir ausmachen, ja, so könnte man das sagen.«

Da versenkt er den Blick in meinen. Tiefschwarze Augen, schalkhaft wie die von Abdane, traurig und leuchtend zugleich. »Ist es Ihnen unangenehm, dass wir weitermachen?«

Warum habe ich bloss »nein« gesagt, wo doch alles in mir wegwill? Ist es die Art, wie er mit mir redet? Das warme Timbre seiner Stimme? Die Ruhe, die er ausstrahlt? Hier überrollt mich die Welle nicht. Sie brandet in sich selbst, bricht ganz leise.

»Was ging die letzten Tage in Ihnen vor?«

Wieder dieses Schwarz seiner Augen. Ein Schwarz, bei dem alles leicht wird, in die Ferne rückt. Fast wie unter meinen Decken.

»Was in mir vorgegangen ist?«

»Ja.«

Mit einem Mal will ich von der Welle erzählen, dem flatternden Absperrband im Wind (wusch!) und von der Hacke, von den weissen Männern (so weiss!), fast wie Engel, die auf allen vieren genau dort herumkriechen, wo wir immer zusammen Karten gespielt haben, und von den Löchern, die immer mehr werden, von der Fliege auf dem Tisch, kurz bevor ...

»Thierry?«

Langsam tauche ich wieder auf. Begegne seinem Lächeln.

»Darf ich Sie beim Vornamen nennen?«

Ich nicke.

»Ich helfe Ihnen mal. Wie steht es zum Beispiel mit Träumen?«

Das ja, das kann ich ihm erzählen, ohne dass er mich für verrückt hält. Denn von der Welle will nicht mal Élisabeth was hören, und Bretan auch nicht. Dabei hat sie sich aufgetürmt, wirklich. Alles mitgerissen.

»Würden Sie mir wohl den letzten Traum erzählen, den Sie hatten?«

»Den letzten?«

»Ja, Ihren letzten Traum, Thierry.«

»Das kann ich gern machen, aber der ist lang und hat nicht viel mit dem zu tun, was passiert ist.«

»Ich höre.«

»Es ging um Heinrich VIII. Im Traum ist er sehr jung, und ein Usurpator hat ihm gerade den Thron streitig gemacht. Am Anfang des Traums steht er vor Notre-Dame. An der Fassade gibt es nur zwei Türen, eine grosse und eine kleine, fragen Sie mich nicht, warum, so war es in meinem Traum nun mal, und Heinrich VIII. hat die kleine Tür aufgestossen, dahinter war eine Taverne. Der Usurpator hatte ihn nämlich herausgefordert. Wenn es ihm gelänge, die Gäste der Spelunke zu besiegen, sei er bereit, ihm seinen Platz zu überlassen, und er könne zum König gekrönt werden. Kaum hat Heinrich einen Fuss hineingesetzt, stürzen die Gäste sich auf ihn. Er fegt die ersten beiden Angreifer zur Seite, weicht dem dritten mit einer Art Purzelbaum aus und stoppt mit einer gebieterischen Handbewegung die nächsten. Er nimmt sich eine

Traube Weinbeeren, führt den Stängel zum Mund und beginnt wie ein Glasbläser hineinzupusten, gleichzeitig nähert er sich einer Lampe. Zur allgemeinen Bewunderung werden die Kerne grösser und fangen an zu leuchten. Der junge Heinrich nutzt den Moment der Ruhe, um durch die Menge zu gehen. Im Vorbeigehen streichelt er einer bettelarmen Frau über die Wange, die ihr Baby an sich drückt. Dann beginnt er zu tanzen, sehr geschmeidig und sehr geschickt. Wieder sind alle in der Taverne verzaubert. Unterdessen betet eine Frau vor einem Marienaltar. Bei ihrem Anblick erinnern sich alle gerührt an Heinrichs Geste gegenüber der armen Mutter. Dann ändert sich die Szene. Ich bin auf einer leeren Theaterbühne. An der Wand hinter mir läuft ein Film ab: Ein überfüllter Zug rast mit Höchstgeschwindigkeit dahin. Drinnen sitzen die Leute dicht an dicht, eingezwängt. Dann bin ich wieder in der Taverne. Heinrich VIII. tanzt nicht mehr. Auf Befehl des Usurpators stürzen sich alle auf ihn. Er wird auf einen Tisch gelegt, seine Arme werden auseinandergezogen, die Handgelenke gefesselt, um ihm den Kopf abzuschlagen. Überall brennen Kerzen. Aber kurz bevor der Henker ihn hinrichten kann, will der Usurpator, geblendet vom erwarteten Triumph, seine Grossmut zeigen und fragt, ob jemand im Saal Gnade für den Verurteilten begehrt. Da wird ein Daumen gehoben, dann noch einer, bald schon alle! Der Usurpator ist gebrochen. Heinrich VIII. wird begnadigt.«

Der Psychologe lässt die Stille eine Weile wirken, ehe er mich erneut befragt.

»Sind Sie absolut sicher, dass es Heinrich VIII. war?«

»Ja, und das wundert mich selbst am meisten, weil, wissen Sie, mit Geschichte habe ich es nicht so …«

Wieder schweigt er.

»Und wie war es für Sie, als Sie erfahren haben, dass er davonkommt?«

»Na, ich hab mich natürlich für ihn gefreut.«

Er starrt mich weiter an.

»Wissen Sie etwas über das Leben des Königs?«

»Nicht wirklich, nein, oder ich hab's vergessen.«

»Er ist vor allem dafür bekannt, dass er ein paar seiner Ehefrauen hat hinrichten lassen. Der Volksglaube behauptet sogar gerne, er habe sie ermordet, was nicht stimmt. Aber das denken eben alle.«

Leere.

»Ein blutrünstiger König, wenn man so will …«

Meine Knie fangen unter dem Schreibtisch an zu zittern.

Mit sanfter Stimme fährt er fort: »Sie dürfen es ruhig aussprechen, Thierry.«

Ich schaue ihn verständnislos an. Was aussprechen?

»Irgendwo tief im Inneren wünschen Sie sich, dass Guy begnadigt wird, nicht wahr?«

Uppercut in den Magen.

»Thierry?«

Eine Art Damm bricht. Und dann die Worte. So schlichte Worte, die in mir aufsteigen, aber nicht hinauswollen. Worte, an denen tausend Tränen hängen und die alles vereinnahmen. *Ich bin so allein, bitte machen Sie, dass er wieder mein Freund ist.*

21

Erst als wir wieder zur Haustür hinein sind, macht Élisabeth endlich den Mund auf und teilt mir mit, dass sie nicht mehr schlafen kann. Dass es ihr leidtut. Dass sie nicht mehr weiss, wo oben und unten ist. Dass ich nichts dafür kann. Dass sie in der Tat einen der Psychiater anrufen wird, damit er ihr Medikamente verschreibt. Dass sie dennoch lieber mit einer Frau arbeiten will. Nicht dass der Psychologe ihr missfallen hätte. Um ehrlich zu sein, weiss sie es nicht. In ihrem Kopf herrscht ein einziges Chaos. Sie hat an nichts mehr Freude. Gerade jetzt zum Beispiel muss sie sich unheimlich anstrengen, um nicht wieder mit Weinen anzufangen. Sie muss die ganze Zeit an das unterbrochene Gespräch mit Chantal denken. An das Kind, das ins Wasser gefallen ist. Warum gerade in dem Moment? An all die Blumen. An die auf unserem Bettlaken. An Guys Hass in dem Moment, als er die arme Kleine darin eingewickelt hat. An den Hass von Reportern und gewissen anonymen Anrufern, die sie auf der Mailbox hemmungslos beschimpfen. Manchmal wäre sie gern bei Jules. Die schwere Erde auf sich spüren. All die Schreie in ihrem Kopf. Sie kann keinen Schritt mehr machen, immer hört sie sie. Der Psychologe hat recht, sie muss so schnell wie möglich Antidepressiva nehmen. Sie schafft es nicht mal, ihre Schwestern um Hilfe zu bitten. Sie hat Angst vor ihren Blicken. Sie fragt sich, wie ich das durchhalte. Manchmal ist sie wegen dieser Stärke wütend auf mich.

Dann wieder denkt sie, es sei ein Glück, und klammert sich an mich wie an eine Boje. Bloss dass die Boje allein auf dem weiten Meer treibt. Eine Boje, die also nichts nützt. Sie steht auf, geht wieder schlafen, fragt sich, warum sie noch am Leben ist. Im Grunde fände sie es einfacher, wenn Guy sie umgebracht hätte und mich gleich mit. Dann hätte sie jetzt nicht mit all dem Leid zu tun. So, nun ist es raus. Sie hätte nicht gedacht, dass sie eines Tages so nah damit in Berührung kommen würde. Dabei hatte sie sich durchaus schon gegen einige grässliche Sachen, die in der Welt passierten, eingesetzt. Manchmal hatte sie davon sogar Albträume. Bei ihren Patienten genauso. Aber das hier ist anders.

»Alles klebt.«

Sie wiederholt es, mit leerem Blick, im gleichen Tempo. Ein beinahe schwachsinniges Tempo.

»Alles klebt.«

Sie senkt den Kopf, und ich denke, sie will den Knopf an ihrer Jacke aufmachen. Doch nein. Sie bleibt so stehen. Mit gesenktem Kopf. Den Blick starr zu Boden gerichtet. Und ich wage keine Bewegung, weil sie gesagt hat, ich soll sie nicht anfassen. Dann eine neuerliche Wörterflut. Das Blut der Mädchen, das sie überall sieht. Und wenn es nicht das Blut ist, dann sind es ihre schreckgeweiteten Augen. Augen so gross wie ihr Körper. Ihr Körper, der nichts gesehen hat. Nichts gehört hat. Ihr Körper, der alles abgedeckt hat. Da, das nächste Wort ist raus. Das Grauen abgedeckt, so, wie die Stimme der Moderatoren die Bilder von Massakern im Fernsehen abdeckt, oder auch im Radio, die Schreie alter Leute, die in ihrem Zimmer heulen. Und sie hatte geglaubt, sie sei empathisch. Das dachte sie wirklich. Selbst die Luft, die sie atmet, widert sie an. Sie kann nicht mehr essen, sich nicht mehr im Spiegel ansehen. So, sagt sie. Wieder einmal würde ich gern die richtigen Worte finden, um sie zu trösten. Aber ich bin so verunsichert seit dem Gespräch mit dem Psychologen.

»Es tut mir leid, Thierry.«

Niedergeschmettert schaue ich zu, wie sie die Treppe hinaufgeht und in unserem Schlafzimmer verschwindet.

Auf Arbeit bin ich so distanziert wie möglich. Trotzdem vergeht kein Tag, an dem nicht einer von den Kollegen mich in der Umkleide, in der Maschinenhalle, auf dem Parkplatz mit bekümmerter Miene anspricht: »Also, ich möchte ja nicht in deiner Haut stecken. Das muss echt schlimm sein.« Je länger das so geht, desto unerträglicher finde ich es, als würde ich innerlich etwas ganz anderes erwarten, den Versuch einer Antwort vielleicht, das verwässert aber mit jedem Tag mehr in ihrem Mitleid. Deshalb muss ein Ausweg her. Irgendeiner. Einer, der mir und Élisabeth unser Leben zurückbringt. Unser ganzes Leben. Sonst geh ich am Ende noch drauf in diesem Morast miefender Mildtätigkeit.

Dorian mustert mich skeptisch aus ein paar Metern Entfernung. In letzter Zeit vermeidet er mir gegenüber jedes unnütze Wort, und ich bin ihm so dankbar dafür. Ich muss nur die Hand ausstrecken, er reicht mir das passende Werkzeug. So vergehen die Tage, während Élisabeth mit Medikamenten vollgepumpt zu Hause schläft. Auf dem Heimweg bete ich stumm, dass ich sie in besserer Verfassung vorfinde und die Dinge wieder ins Lot kommen. Aber stets sind da weitere Löcher am Ende der Zufahrt. Weitere Männer im weissen Schutzanzug. Und weitere Reporter, auch Fernsehleute. Als gäbe es nichts anderes mehr, um die Welt zu erleuchten.

Eines Morgens steht Lisa dann doch fertig angezogen in der Küche. Sofort setzt mein Herz zum Höhenflug an. Es ist so weit, es geht ihr besser, die Medikamente zeigen Wirkung. Ich schenke ihr mein schönstes Lächeln. Sie wendet kaum merklich den Blick ab.

»Ich geh dann.«

In mir steigt eine süsse Hoffnung auf. »Gehst du wieder auf Arbeit?«

»Nein, Thierry. Ich ziehe aus.«

Mit offenem Mund starre ich sie an.

»Ich habe alles mit meiner Schwester besprochen. Ich ziehe zu ihr.«

Mein Herz setzt aus. »Du ziehst aus?«

»Ich muss hier weg, Thierry, weit weg.«

Ich bin wie versteinert. »Aber … und ich?«

»Wenn du willst, kannst du mich ab und zu besuchen.«

Das ist ein Witz, das kann nicht sein. Sie war noch nie weg.

»Wie lange?«

»Ich weiss es nicht.«

Ich reisse die Augen, den ganzen Körper auf. »Nein, du kannst mich nicht einfach zurücklassen.«

»Wenn ich bleibe, geh ich drauf, Thierry.«

Sie dreht sich um. Ich sehe ihr nach. Verzweifelt. Sie nimmt den Koffer. Geht hinaus. Von der Schwelle aus höre ich, wie der Motor angeht. Ich betrachte die Wipfel. Ich flehe sie an, mir Lisa zurückzubringen. Ihr Auto fährt auf den Weg und verschwindet. Ich weiss nicht, was mich dann packt. Ich falle auf die Knie und brülle. Im Garten nebenan halten alle inne.

Alle
Im Garten nebenan
Umgeben von Toten und Finsternis

22

Seit sie weg ist, treibe ich in einer Art Halbnebel. Zu meinem Glück geht auf Arbeit nichts kaputt, Romain lässt mich in Ruhe. Ich nutze die Zeit für eine Bestandsaufnahme, erstelle eine gründliche Bilanz jeder Maschine. An die zwanzig Mal rettet Dorian mir den Hals, einmal weil ich die falsche Zange habe, einmal weil ich die falsche Bedienungsanleitung nutze und einmal weil ich vergesse, was mir ein Anlagenführer gerade über eine Maschine gesagt hat. In manchen Momenten ist mir so schwindelig, dass ich mich hinsetzen und verschnaufen muss. Wenn das Unwohlsein länger anhält, benetze ich mir in dem kleinen Waschraum das Gesicht mit Wasser. Bei jedem eiskalten Spritzer habe ich das Gefühl, aus einem langen Albtraum aufzuwachen. Dann mache ich die Tür auf. Und der Albtraum ist wieder da.

In der Pause versuche ich jedes Mal, Élisabeth zu erreichen. Ich lasse es bis zu fünfzig Mal klingeln, dann lege ich auf und fange von vorne an. Inzwischen trauen sich die Jungs gerade noch so, mich auf dem Gang im Vorbeigehen zu grüssen, und sollte ich doch mal den Aufenthaltsraum betreten, um mir einen Kaffee zu holen, machen sie sofort Platz, und wie von Zauberhand geht der Fernseher aus.

Zurück zu Hause, steige ich mit klopfendem Herzen die Stufen hoch. Ist sie endlich wieder da? Wird sie mir die Tür aufmachen? Und dann nichts. Oder doch. Brotkrümel auf dem leeren Sofa. Ein schmutziger Teller auf dem Fensterbrett. Der Schmerz über ihre Abwesenheit, wie viele Tage sind das jetzt schon?

Eines Abends lässt Marc sich endlich herab und geht ran. Diese lange Funkstille von fast zehn Tagen!

»Aber, Papa, ich hab euch doch schon vor Wochen von der Trekkingtour erzählt!«

Er lässt mir keine Zeit, mich weiter aufzuregen, und fragt, ob die Geschichte mit Guy stimmt. Er hat die Meldung auf RFI gehört. Ich bestätige mit einem Murmeln.

»Shit, das ist ja Wahnsinn! Die haben so nett gewirkt.«

Dann, ohne meine Reaktion abzuwarten, wechselt er erneut das Thema und fängt an, mir von der Tour zu erzählen, auf der er wilde Elefanten gesehen hat.

»Und einen Stamm! Alte Frauen, die sind einfach oben ohne rumgelaufen, mit ganz faltigen Brüsten.«

Mehrmals versuche ich, ihn zurück zum Thema Guy zu bringen. Ich muss ihm ganz dringend sagen, dass seine Mutter ausgezogen ist. Und dass er mir fehlt. Unser schlichtes Leben zu dritt. Und nun das Absperrband gegenüber. Goldgelb wie Weihrauchharz zum Balsamieren. Unserer beider Verwesung. Meine, hier, dass ich mir die Haut von den Fingern schaben könnte. Die seiner Mutter, dort, die unser ganzes Leben löschen will. Ein Wort von ihm. Nur eins, damit ich ihm von dem Tagebuch erzählen kann, das ich lese und in dem ich vom Bauernhof meines Grossvaters erzähle. Von meinen Sommern bei ihm, meiner damaligen Gewissheit, später Bauer zu werden wie er. Und dann sein plötzlicher Tod. Wie einsam ich heute bin in diesem Haus. Mein Verlangen, drei-, vier-, fünfmal am Tag, hinauszurennen, durch *ihren* Garten, an *ihrer* Tür zu klingeln und Guy um einen Gefallen zu bitten. In dem kleinen Viereck seines Bildschirms bemerkt Marc meine Verzweiflung nicht.

»Du und Maman, ihr müsst unbedingt die Petition für den Wald unterschreiben. Das ist wichtig. Wenn das so weitergeht, ist in nicht mal fünf Jahren nichts mehr übrig.«

Diese Freude in ihm. Diese Leichtigkeit, wo doch bei mir und seiner Mutter gerade alles den Bach runtergeht …

Ich weiss nicht mal mehr, was ich erwidert habe. Ich glaube, ich habe einfach den Computer zugeklappt.

Später, nachts, bin ich noch mal in die Küche runter. Ich sass vor dem schwarzen Bildschirm und habe angefangen, ihm zu erzählen, wie mein Grossvater Raymond jeden Morgen bei Tagesanbruch ans Barometer klopfte und dann hinausging und einen Blick auf das Massif du Sancy warf. Nebel war ein gutes Zeichen. Wir brachten die Kühe auf die Weide und begannen zu mähen. Danach trieben wir die Tiere zu den Quellen und assen zu Mittag. Was für ein Genuss. Wenn die Nachmittagshitze einsetzte, ging es ans Heuwenden. Mit einem grossen Holzrechen breitete ich das Gras aus. Und wie ich das liebte … Abrupt klappe ich den Computer zu. Eine Petition zur Waldrettung am anderen Ende der Welt. Und wir, verdammt noch mal? Ist er wenigstens glücklich? Verdient er genug Geld? Abdane lachte immer, wenn ich so vor mich hin lamentierte. Schon in den ersten Tagen waren all meine Versuche, ihn auf Abstand zu halten, kläglich gescheitert. Er wirkte jedes Mal wie ein amüsierter Zuschauer. Zweifellos hat mich dieser Wesenszug am meisten verunsichert. Diese Art, nicht begreifen zu wollen. Aber auch nie gekränkt zu sein. Einfach zu lieben, ohne jemals vom Gegenüber das kleinste Entgegenkommen zu erwarten. Dass ich ein Gesicht zog, machte gar nichts. Stets tauchte er mit einem Lächeln auf den Lippen auf, manchmal mit einem Witz, manchmal mit einem Käse, einer Flasche Wein. Und zwar bei allen, ganz egal bei wem. Chef oder Kollege. Eigentlich hätte mich das sehr schnell gegen ihn aufbringen müssen. Zu meiner grossen Überraschung passierte das Gegenteil. Ich weiss nicht, mit welchem Zaubertrick das geschah, aber da er meine Mauern ganz offen ignorierte, lösten sie sich irgendwann in Luft auf. Und so ertappte ich mich eines Morgens dabei, dass ich auf ihn wartete. Er war gut zehn Minuten zu spät und ich ganz krank vor Sorge. Das passte nicht zu ihm. Was konnte ihm nur zugestossen sein? Ich tippte nervös mit dem Fuss auf den Boden, plötzlich stand er vor mir. Und da ist mir das Herz aufgegangen. Er hat es gesehen. Strahlend lächelte ich ihn an. Seitdem waren wir unzertrennlich gewesen. Abdane besass nicht nur Natürlichkeit und Güte. Er hatte auch einen herrlichen Sinn für Humor. Und diese Kunstfertigkeit, mit der er Maschinen reparierte. Als ich ihn zum ersten Mal bei der Arbeit sah, stand mir der Mund offen. Er flüsterte ihnen Schmeicheleien zu, erzählte ihnen Witze, und all das mit unerhörter Präzision und Anmut. Was würde er wohl jetzt zu mir sagen? Wie hätte er reagiert? Eins ist sicher, er hätte angeboten, bei uns zu übernachten und »für uns zu kochen«. Und sicherlich hätte er gewusst, was er sagen muss, um uns zum Lachen zu bringen. Etwas Verrücktes. Etwas Krasses. Das Einzige, was uns aus unserer Schreckensstarre geholt hätte.

Diese Nacht hatte ich wieder einen Traum. Ich ging einen Gang entlang, da stand ein riesiges Regal, vollgestopft mit alten Puppen. Alles roch nach Staub. Am anderen Ende stand im schwachen Licht eines Kellerfensters ein Mann in einem Kittel. Als ich näher kam, erkannte ich zu meiner Verblüffung Guy.

»Na, so was! Was machst du denn hier? Bist du jetzt unter die Puppenverkäufer gegangen?«

»Das ist ein Museum, aber ich kann Ihnen auch welche verkaufen. Was hätten Sie denn gern?«

»Nun ist aber gut, Guy, ich bin's, Thierry! Tu nicht so, als ob du mich nicht kennst.«

Perplex schaut er mich an, und ich denke schon, er will mich veralbern, als sich plötzlich zu meiner Linken eine der Puppen bewegt.

»Ist die … lebendig?«

Er nickt und lächelt dabei.

Entsetzt weiche ich zurück. »Aber wie ist denn das möglich? Wie hast du das gemacht?«

Er schaut mich eindringlich an. »Ich hab sie gefressen und wieder ausgespuckt.«

Verständnislos schüttele ich den Kopf.

Er fängt an, wie ein Irrer zu lachen. »Ich hab sie gefressen! Gefressen! Gefressen! Gefressen!!!«

Ich schrecke hoch, taste mit der Hand nach Élisabeth. Sie ist nicht da. Ich finde keinen Schlaf mehr, stehe auf, geistere durchs Haus. Im Morgengrauen schalte ich schliesslich den Fernseher ein. Aus den Kurznachrichten erfahre ich, dass eine zweite Leiche gefunden wurde, Margarita, neunzehn Jahre alt, Biochemiestudentin, sie ist vor drei Jahren verschwunden, am 21. Mai 2016, da war sie auf dem Weg zu ihrer Grossmutter. Das »Monster« habe sie erst in seiner Waldhütte, dann im Keller seines Hauses gefangen gehalten und mehrfach vergewaltigt, eher er sie schliesslich erwürgte. Die Überreste wurden im Garten der beiden gefunden. Fünf Werbespots. Dann wieder die Sprecherin, die eine weitere Sensationsmeldung angekündigt hat. Mit zitternder Stimme erzählt sie, dass Chantal, die Ehefrau des »Monsters«, den kleinen Opfern offenbar Kuchen brachte. »Selbstgebackenen Kuchen«. In meinem Kopf wird es schwarz. Bretans Fragen tauchen wieder auf. »Für wie viele Personen? Wie viel Zucker?« Ich schliesse die Augen, zähle bis zehn, dann noch mal. Ich weiss nicht, warum. Um das Grauen zu vertreiben wahrscheinlich, um nicht an den übrig gebliebenen Kuchen zu denken, den sie uns oft, viel zu oft, vorbeibrachte. Und den wir assen … Ich hole gerade erneut tief Luft, da höre ich das Klirren einer Fensterscheibe. Ich renne in die Küche, ungläubig sehe ich, dass ein junger Mann mit blutender Hand vor mir steht. Ehe ich etwas sagen kann, zückt er seinen Presseausweis. Fleht mich an zu reden. Verspricht mir ein hübsches Sümmchen. Er ist sich nämlich sicher, dass ich »etwas weiss«. Nebenher fragt er noch nach Wasser, will seine Verletzung versorgen. Versichert mir, dass ich mir keinen Kopf machen muss: Seine Zeitung komme natürlich für die Reparaturkosten der Scheibe auf.

Ich denke nicht mehr nach. Ich packe ihn am Kragen, drücke ihn gegen die Wand. »Den Nächsten, der einen Fuss in dieses Haus setzt, mach ich zu Hackfleisch, verstanden?«

Das Blut an seiner Hand. Ich zittere am ganzen Körper.

»Jetzt hau ab.«

Er gehorcht. Und lässt die Tür weit offen. Da rufe ich Bretan an. Ich bin ausser mir, brülle, dass so ein Schweinehund bei uns eingedrungen, dass meine Frau abgehauen ist, dass wir Chantals selbstgebackene Kuchen dutzendweise verdrückt haben, und Torten ebenso, Vanille, Erdbeer, Nuss, Schokolade, ich kann ihm auch die Rezepte geben, wenn er will, sogar die Geheimtipps, damit sie nach dem Backen schön frisch bleiben! Und dass er mir bloss nicht mit dem Spruch kommt, wir müssten froh sein, dass wir noch leben, und auch nicht mit dem Eingeständnis, dass es bei Typen wie Guy nicht wirklich Antworten gebe, weil all das ohne Antworten, das geht einfach nicht, es muss eine geben, und nicht bloss so ein nettes Schultertätscheln, nein, nicht bloss so was, und auch keine Träume über diesen verfluchten Heinrich VIII., weil sonst ist nämlich nichts im Leben mehr irgendwas wert, nicht mal die Kinder, mit denen er in den Wald geht, oder die, die bei irgendwelchen Stämmen rumspringen, und auch nicht meine lange Wanderung an dem verdammten Strand, an dem die Welle alles zerstört hat, nichts, sage ich zu ihm, solange er mir nicht sagt, warum das alles passiert ist.

23

Ich habe ein weiteres Schloss an der Garage sowie an der Haustür und meiner Werkstatt angebracht. Die Küchenfenster habe ich mit dickem schwarzem Paketband abgeklebt.

In der Zwischenzeit rief Bretan mich zurück und teilte mir mit, dass zwei zusätzliche Polizisten für die Bewachung unseres Hauses abgestellt worden seien. Kein Wort zu meiner irren Nachricht auf seiner Mailbox.

Ich bedanke mich widerwillig, frage, ob Guy seine Opfer wirklich in den Keller und die Waldhütte gesperrt hat. »Im Fernsehen wird so viel Mist erzählt …«

»Das stimmt leider, Thierry.«

Nichts. Nichts bleibt mir erspart. Ich starre auf die hölzerne Tischplatte, hole tief Luft. »Wie lange hat er sie gefangen gehalten?«

»Schwer zu sagen …«

Die Scham in seiner Stimme. Ich bin so kurz davor aufzugeben. Der Feind erweist sich als fürchterlich. Den kriege ich niemals klein.

»Thierry?«

Es ist ein erbitterter Kampf. Ein Kampf im Schlamm, in einer sehr kalten Nacht.

»Wir haben nichts gehört. Nicht einen Schrei. Nichts.«

»Er hat an alles gedacht. Er hat den Keller schalldicht isoliert.«

»Und die Waldhütte?«

»Sie hat er wohl nur dann in die Hütte mitgenommen, wenn niemand dort war.«

»Aber was, wenn nicht.«

»Thierry …«

»Einmal hat er mich gebeten, draussen zu warten, wegen … *dem ganzen Chaos da drin.*«

»Wissen Sie noch, wann das war?«

»Keine Ahnung, es verschwimmt alles … Glauben Sie, das hätte er gemacht?«

»Im Moment habe ich nicht genug Einzelheiten, und ich kann nur wiederholen …«

Ich weiss, er darf mir keinerlei Informationen geben. Trotzdem …

»Wann sind Sie hier fertig, Sie und Ihre Männer? Vorher kommt meine Frau nicht zurück. Und ich, ganz alleine hier draussen …«

Leider ist er nicht in der Lage, ein genaues Datum zu nennen. Seine Teams finden täglich Neues. Ausserdem dauern die Analysen lange. Sehr lange.

»Wenn ich Sie wäre, würde ich es wie Ihre Frau machen und das Weite suchen.«

Das Weite suchen, ja, wo denn, das Weite? Und wie lange überhaupt, und bei wem? Würde er vielleicht bei anderen Leuten wohnen wollen? Nein, hier ist mein Zuhause. Das habe ich ihm schon mal gesagt. Und es kommt nicht in Frage, dass das Arschloch, zusätzlich zu allem, was es angerichtet hat, mich noch aus meinem eigenen Haus vertreibt.

»Und überhaupt wohnen meine Schwägerinnen zu

weit weg. Wenn ich zu ihnen ziehe, bin ich meinen Job los.«

Nun verfällt er auf die Idee, ich könne doch in den Urlaub fahren. Ich schwanke zwischen einfach auflegen und Handy in die Ecke feuern. Ich schaue die Wand an, frage mich, welche Wurfgeschwindigkeit es wohl braucht, damit es zerschellt.

»Thierry, ich habe mich unglücklich ausgedrückt. Ich weiss doch, dass Sie meilenweit davon entfernt sind, in die Sonne zu fahren. Ich sage nur, Sie sollten ein bisschen Abstand gewinnen. Sie könnten zum Beispiel eine Hütte mieten.«

Jetzt also eine Hütte. Als ob die frische Bergluft mich alles vergessen lassen würde.

»Ich bin müde, Thierry, ich weiss nicht, was ich Ihnen sagen soll, da ruft jemand an, ich muss los.«

Er legt auf, ohne dass ich die Möglichkeit habe, mich nach seinen Kindern zu erkundigen. Was für Geschichten liest er ihnen vor, wenn er abends nach Hause kommt?

Aus dem Fernsehen erfahre ich, dass Anne-Cécile, Guys letztes Opfer, aus dem Krankenhaus entlassen wurde. Den Psychiatern zufolge, die sich vor den Kameras präsentieren, wird es ein gutes Stück dauern, ehe sie wiederhergestellt ist. Dann folgt eine Meldung über Demonstranten, die am vergangenen Samstag den Kreisverkehr vier Kilometer vor P. blockiert haben. Nahaufnahme einer Mutter, die klagt, sie habe eine Stunde im Stau gestanden. Ich schalte um, ein Werbespot, der die Vorzüge eines Schokomüsliriegels anpreist, dann ein zweiter und dritter, für einen Joghurt und eine Bank. All meine zärtlichen Liebesworte. Wie konnte sie nur dem Psychologen erzählen, ich sei nicht da? Ich stehe auf, versuche ein weiteres Mal, sie anzurufen, vergeblich. Auf gut Glück probiere ich es mit der Nummer ihrer Schwester Delphine, die wie durch ein Wunder rangeht. Als ich allerdings darum bitte, Lisa ans Telefon zu holen, erwidert sie verlegen, dass diese jetzt Zeit für sich brauche. Ich explodiere. Dreissig Jahre, Herrgott noch mal, alles haben wir gemeinsam gemacht, Einkaufen, Ferien, Wochenende, und nun plötzlich diese Funkstille im denkbar schlechtesten Moment! Wie soll ich das bitte verstehen? Und wie soll ich das aushalten?

»Thierry, dir war das vielleicht nicht bewusst, aber Lisa geht es schon eine ganze Weile nicht gut …«

»Wovon redest du?«

»Hör zu, es ist nicht so einfach, dir solche Dinge zu erzählen, aber sie hatte schon vor der ganzen Sache geplant, eine Zeitlang bei mir zu wohnen.«

Ich verliere den Halt.

»Aber … warum wollte sie zu dir?«

»Um durchzuatmen. Klarer zu sehen.«

»Ich … ich verstehe das nicht …«

»Hör zu …«

»Wegen ihrer Überstunden, oder was?«

»Wegen ihrer Überstunden, aber auch wegen anderer Sachen, wegen denen sie wieder zu sich selbst finden muss, verstehst du?«

Zu sich selbst finden! Weiss sie wenigstens von Chantals Kuchen, den gefesselten Mädchen in Guys Keller, den Löchern, von denen es überall wimmelt? Wie kann man inmitten einer solchen kranken Atmosphäre zu sich selbst finden wollen? Es sei denn, sie will mir die Wahrheit verschweigen. Ich schliesse die Augen, halte die Luft an.

»Gibt es jemand anderen?«

»Nein …«

»Was dann? Ich liebe sie! Ich brauche sie.«

»Hör zu, sie braucht Zeit.«

»Aber wofür denn?«

»Ich muss auflegen. Mach's gut, Thierry.«

Zehnmal habe ich versucht, sie zurückzurufen. Immer das gleiche penetrante Läuten, es schellt ins Leere. Da packt mich die Wut. Ich stürme die Treppe hoch, reisse die Tür zu ihrem Atelier auf, erfasse mit einem Blick die Gemälde. Bestimmt ist es ihretwegen. Ich hätte Lisa anlügen sollen. Hätte sagen sollen, dass sie mich tief berühren. Mich überkommt das grimmige Verlangen, sie allesamt aus dem Fenster zu werfen. Und nicht nur sie. Farbtuben, Staffeleien, Lappen, Pinsel. Dafür wird sie ja wohl nicht dreissig Jahre des Zusammenlebens wegschmeissen wollen! Habe ich je von ihr verlangt, dass sie Angeln mag oder Spaziergänge am Ufer der Aune? Sie hat noch nicht mal was verkauft. Und zu Recht! Ich stehe im Atelier meiner Frau und lache. Lache aus voller Kehle, schreie im Atelier meiner verwandten Seele. Ich packe einen Pinsel. Breche ihn entzwei. In ihrem Atelier, ihrem »Refugium«, kurz und klein schlagen will ich es, auf der Stelle, mit blossen Händen. Umgeben von den Gemälden der Frau, für die mein Herz jede Sekunde schlägt. Und für die ich, ohne zu zögern, mein Leben gäbe. Warum ist sie dann gegangen?

»Warum?«

»Setzen Sie sich.«

»Ich habe ihr nichts getan. Gar nichts!«

»Sie reden zu schnell. Ich kann Ihnen nicht folgen. Setzen Sie sich, und erzählen Sie mir, was passiert ist.«

»Sie fragen, was passiert ist? Die ganze Welt weiss, was passiert ist! Und wir, wir kannten sie, wir haben sie umarmt!«

»Hören Sie, da wäre jeder ausser sich, und ich verstehe Ihre Wut, aber …«

»Ich flehe Sie an, sagen Sie mir, warum sie gegangen ist.«

»Das hat sie Ihnen selbst gesagt. Sie brauchte Abstand.«

»Und lässt mich allein zurück?«

»Nach sehr heftigen Schocks springt bei jedem ein ganz persönlicher Verteidigungsmechanismus an, manchmal auch zuungunsten eines geliebten Menschen.«

»Nur dass ihre Schwester behauptet, sie hatte das schon länger vor … Ich meine … Die Idee wegzugehen … Ich habe solche Angst, dass sie mich verlässt!«

»Angst?«

»Angst, ja, halb tot vor Angst bin ich, wenn Sie's genau wissen wollen.«

»Und warum?«

»Warum? Na, weil ich sie liebe!«

»Nein, ich meine, warum diese Angst?«

»Ich weiss nicht. Ohne sie … ich … dann geht gar nichts mehr.«

»Was ginge dann nicht mehr, Thierry?«

»Na, das Leben. Alles, halt.«

»Und warum? Warum geht das ohne sie nicht mehr?«

»Na, weil ich sie liebe.«

»Nichts hindert Sie daran, sie weiterhin zu lieben.«

»Ja, schon, aber um sie zu lieben, muss sie da sein. Ich brauche ihre Gegenwart!«

»Da haben wir's. Sie brauchen ihre Gegenwart.«

Ungläubig starre ich ihn an. »Na, ja klar, das ist doch normal, oder?«

Er lässt die Frage unbeantwortet, versenkt wieder den Blick seiner grossen schwarzen Augen in meinen.

»Gab es einen Moment in Ihrem Leben, in dem Sie jemandes Gegenwart schmerzlich vermisst haben?«

Warum kommt dieses Bild wieder hoch? Warum gerade dieses von Tausenden anderen, die ich in mir trage? Meine Mutter, mit dem Rücken zu mir, leicht nach vorn gebeugt, und ich, wie alt mag ich sein? Sechs, acht? Mit angezogenen Knien auf meinem Bett, ich flehe sie an, mich zu trösten. Aber es ist, als ob sie mich nicht hört, als ob sie mich nicht sieht. Da fange ich an zu schluchzen. Sie rührt sich noch immer nicht. Wie viele Nächte habe ich gebettelt? Mit dieser Angst, die in meinem kindlichen Geist nur immer grösser wird. Diese Angst, die mir zuraunt, dass Mutter vielleicht tot ist. Oder ich. Ich, das Kind, das sie nicht mehr sieht oder hört und dessen Geist in dieser Wohnung umgeht. Ja, ich bin es, der tot ist. Vielleicht.

24

Kaum habe ich die Fabrik betreten, fängt mich Valérie, die Personalchefin, ab. »Hast du mal eine Minute? Ich muss mit dir reden. Romain weiss Bescheid, er hat nichts dagegen.«

Perplex folge ich ihr in den ersten Stock und gehe dabei alle Dummheiten durch, die mir unterlaufen sein könnten, finde aber keine so schwerwiegende, dass es diese Dringlichkeit rechtfertigen würde. Will sie mich über Guy ausfragen? Die Apothekerin aus P. hat mir über fünfzehn Nachrichten hinterlassen, dicht gefolgt vom Bürgermeister, von seiner Sekretärin, der Chefin des Mini Market sowie einem Heer an Reportern, die mir alle im Tausch gegen »Exklusivität« goldene Berge versprechen. Andererseits, warum hätte Valérie so lange warten sollen, um darüber zu reden?

Mit der für sie typischen Mischung aus Eile und Freundlichkeit hält sie mir ihre Bürotür auf und deutet auf einen Stuhl. Will sie mir jetzt so einen verfluchten Umstrukturierungsplan präsentieren, dessen Kern Personaleinsparung ist? Als sie mich am Ausgang der Umkleiden abgefangen hat, hat sie mir nicht mal Zeit gelassen, einen Blick in meine Mails zu werfen. Was werden die Jungs aus der Produktion denken, wenn ich nicht komme?

Steif und ohne ein Lächeln nimmt sie mir gegenüber Platz. »Ich komme direkt zum Punkt, Thierry. Dorian ist weg.«

Immense Erleichterung gemischt mit echtem Erstaunen.

»Was ist passiert?«

Sie spannt kaum merklich den Kiefer an. Ich kann nicht sagen, ob sie verärgert oder entnervt ist.

»Er konnte nicht mehr.«

Verständnislos schaue ich sie an. »Aber die Arbeit war doch gar nicht so schwer.«

Sie mustert mich sekundenlang, als wolle sie den Grad meiner Ehrlichkeit ergründen.

Ich schüttele den Kopf. »Wirklich, Valérie, ich kapier's nicht.«

Sie seufzt, und ich meine die gleiche genervte Erschöpfung wahrzunehmen wie bei Élisabeth, kurz bevor sie mir ihr Vorhaben, »Abstand zu brauchen«, verkündet hat.

»Er konnte dich nicht mehr ertragen.«

Sprachlos starre ich sie an. »Mich?«

Sie wedelt ungeduldig mit der Hand. »Ja, dich. Mit dir hat man's nicht leicht, Thierry …«

»Na, sag mal … warum das denn? Was habe ich dem Jungen denn getan?«

»Das ist schon der dritte Praktikant, der das Handtuch wirft. Der dritte, Thierry.«

»Nun mal langsam, der letzte hat nur Mist gebaut.«

»Gut, der vielleicht, ja, aber der kleine Francis, und nun Dorian?«

»Francis musste ich ab und zu ermahnen. Aber was soll ich denn sonst machen? In unserem Beruf kann man sich keine Fehler erlauben, und …«

»Stopp. Francis ist nicht weg, weil du ihn ermahnt hast, und Dorian auch nicht …«

»Na, wegen was denn dann?«

Sie wird sauer. »Das habe ich dir gerade gesagt. Du bist schwierig, Thierry. Die Jungs halten das nicht durch, wie man sieht, einer nach dem anderen.«

Was haben die bloss alle mit ihren fixen Ideen, verdammmich?

»Alles, was Dorian kann, habe ich ihm beigebracht.«

»Komm mal runter, Thierry. Das betrifft nicht nur Dorian und Francis. Alle haben die Nase voll.«

Ich reisse die Augen auf. Die Nase voll? Wegen Guy, oder was? Wegen dem toten Mädchen in seiner Waldhütte? Wegen Chantals Kuchen? Unserem gelben Bettlaken?

Bei meinem hilflosen Blick wird sie milder. »Hör mal, wir wissen alle, dass du gerade eine schwere Zeit durchmachst, bloss stehen diese Dinge ja nicht erst seit gestern im Raum. Dorian hätte in der ersten Woche schon fast hingeschmissen.«

»Ich hab mir immer Zeit genommen, ihm alles richtig zu erklären, und ich war nie unfair zu ihm.«

»Darum geht es nicht, Thierry. Dir macht auch niemand Vorwürfe, wie du deine Arbeit tust. Es ist nur …«

Immer diese Rätsel. Nun verliere ich meinerseits die Geduld: »Was?«

»Du bist reserviert. Als hättest du gar kein Interesse an den anderen. Als ob du … sie gar nicht siehst.«

Ich schlucke. Man könnte meinen, sie hätte mit Lisa gesprochen.

»Das stimmt nicht.«

»So wirkt es aber, Thierry.«

Der Sand an dem Strand inmitten von Ruinen wird brennend heiss.

»Wir haben dir eine Weiterbildung angeboten, damit die Mitarbeiter lernen, Probleme besser zu erkennen. Warum hast du die abgelehnt?«

»Ich bin für so was nicht gemacht.«

»Und warum sind wir dann auf dich gekommen? Denkst du, wir verstehen nichts von unserem Beruf?«

»Das wollte ich damit nicht sagen …«

Wie lange muss ich noch im Schraubstock stecken? Und nicht das kleinste bisschen Schatten zum Ausruhen.

»Und das ist nur eine Kleinigkeit unter vielen, Thierry.«

Den Leichen ausweichen. Den Löchern ausweichen. Mir einen Weg unter den Decken durch bahnen, um jeden Preis …

Ich blicke auf, schaue sie fest an, entschlossen, mich zu wehren. »Ich war trotzdem immer auf der Seite der Jungs.«

»Ja, das stimmt.«

»Warum haben sie dann die Nase voll? Und wieso belästigt ihr mich mit diesen dämlichen Gruppendynamikgeschichten?« Fast habe ich es geschrien.

Und all der brennend heisse Sand. Und alle lassen mich allein, Dorian, Lisa, Guy, Marc, Abdane und sogar mein Bruder, dabei war ich erst neun, mein Bruder, der mir ständig Nachrichten hinterlässt und den ich nicht zurückrufe.

Nun starrt sie mich an. »Das ist nicht bloss eine dämliche Gruppendynamikgeschichte, sondern hat mit Beziehung zu tun, Thierry. Wenn eine Maschine defekt ist, das muss ich dir lassen, dann fühlst du dich zuständig und kümmerst dich um den Anlagenführer. Aber sobald irgendwas das Kollektiv betrifft, ist Schicht im Schacht. Du kommst nie zu irgendwelchen Feiern, bist nicht in der Gewerkschaft …«

Ich lache kurz auf. »Das sagst ausgerechnet du?«

»Ja, das sage ich. Selbst die Demos, das ist immer, als ginge es dich gar nichts an.«

»Ja, und? Wenn ich keine Lust habe, bei so was mitzumachen, ist das ja wohl mein gutes Recht, oder nicht?«

»Vielleicht, aber das wirkt dann so, als ob du dich absonderst. Und irgendwann hast du dann den Salat.«

Sie sitzt leicht vornübergebeugt wie meine Mutter und vielleicht auch wie Chantal an dem berüchtigten Tag, als ich sie am Aune-Ufer getroffen habe. Beider Blick am Rande des Abgrunds.

»Thierry?«

Aufwallende Emotion. Fies. Ich sehe auf, starre sie wutentbrannt an.

»Ich sondere mich nicht ab.«

»Die anderen denken das aber.«

Widerstehen. Um jeden Preis widerstehen. Aber ihre warme Stimme.

»Thierry, schau mich mal an.«

Dort würde ich mich gern hinlegen. Mitten hinein in diese Stimme, die mich anschaut. Warum wende ich mich dann von ihr ab?

»Die anderen sind immer heilfroh, wenn ich ihnen aus der Klemme helfe!«

Bloss widersteht sie ebenfalls. Sie lässt nicht locker.

»Eben weil sie dich schätzen, würden sie dir gern näher sein …«

Näher sein. Das Wort rieselt seltsam durch meinen Körper.

»Und warum?«

Sie macht grosse Augen. »Warum? Das ist deine Frage? Warum man den Menschen nahe sein will, die man mag?«

Mit einem Mal überkommt mich grosse Müdigkeit.

»Hör zu, Thierry, ich spreche jetzt nicht als Valérie, deine Personalchefin, zu dir, sondern ganz einfach als Valérie. Wenn es Probleme gibt, bist du da für die Jungs, das weiss ich. Aber was ist mit dir, da drin? Mit deinen Problemen? Warum behältst du alles für dich? Warum teilst du nie was?«

Die Sonne am Strand blendet mich. Wo sind die Leichen hin? Und woher kommt der Knoten in meiner Brust?

»Du hast sieben Tage lang kein Wort zu Dorian gesagt.«

»…«

»Du hättest ihn gestern mal sehen sollen. Der war fix und fertig. Das hatte er nicht verdient, Thierry.«

»…«

»Gut, ich schlage Folgendes vor: Du lässt dich für zwei Wochen krankschreiben und hängst deine drei Wochen Urlaub hintendran.«

»Was, nein …«

»Doch, Thierry. Du brauchst das. Und alle anderen auch.«

»Valérie, bitte.«

»Zwing mich nicht, laut zu werden. Du nimmst dir diese Auszeit, denkst in Ruhe nach, wenn du wieder da bist, sehen wir weiter.«

25

Ich konnte durchsetzen, dass ich meinen Arbeitstag noch regulär zu Ende bringen durfte. Ich sah mir die Maschinen an, teilte den Anlagenführern mit, dass ich fünf Wochen weg sein würde. Niemand stellte Fragen. Die meisten wünschten mir viel Glück und sogar »gute Besserung«. Anschliessend rief ich die Leiter der zweiten Schicht an, um die Planung zu besprechen. Auch da keine Fragen. Allenfalls peinliches Schweigen gefolgt von einem »Bis bald«. In der Pause flüchtete ich mich ins Auto. Drehte das Radio voll auf. Dann räumte ich meinen Schreibtisch auf und ging, ohne mich von jemandem zu verabschieden. Kurz vor der Kurve stürzten sich die Reporter auf mich, sehr schnell kamen vier Polizisten dazu, denen es mehr schlecht als recht gelang, sie auseinanderzutreiben.

Trotzdem hatte ein Typ es an ihnen vorbeigeschafft und haute mir an die Scheibe. »Wenn du nicht redest, hast du selbst was zu verbergen, Arschloch!«

Kurz war ich versucht, auszusteigen und ihm eine reinzuhauen. Doch nein. Gewalt widert mich dermassen an. Guy bewunderte mich dafür, und ich bereue auf einmal, dass ich ihm nichts von den Abscheulichkeiten erzählt habe, die mein Vater in seinen Kriegsjahren begangen hatte, in Indochina und Algerien. Abscheulichkeiten, von denen er niemals sprach, aber die ich fast mit Händen greifen konnte, sobald er näher kam. Als ob sie immer noch in ihm schrien. Stattdessen gab es stets die gleichen Geschichten von Heldentaten, Medaillen, Freundschaft, Ehre. Was hätte das wohl mit Guy gemacht, wenn er mich so reden gehört hätte? Der Anblick von Élisabeths Kombi vor dem Haus reisst mich abrupt aus meinen Gedanken. Wie der Blitz stürze ich aus dem Auto, werfe den beiden wachhabenden Polizisten an der Treppe gerade noch ein »Guten Tag« zu, nehme im Laufschritt die Stufen. An der Tür reisse ich mich allerdings zusammen. Es bringt nichts, sie zu brüskieren oder gar zu erschrecken. Also nicht so stürzen. Die Welle vergessen, nicht mehr diesen Strand entlanggehen. Ruhigen Schrittes das Haus betreten, als wäre es ein ganz normaler Tag, nebenan der Duft von Chantals Blumen, frisch gewaschener Wäsche und vielleicht sogar das Brummen des Rasenmähers. Ihr mit einem friedvollen Lächeln begegnen, wie jemand, der gerade nach Hause kommt. In dieses Haus, in dem Marc aufgewachsen ist, unser einziger Sohn, Jules, unsere Hündin, und in dem wir niemals aufgehört haben, uns zu lieben.

Ich gehe durch den Flur und sehe sie in der Küche sitzen. Aus ihrer Haltung, die verschränkten Arme auf dem Tisch, schliesse ich, dass sie schon eine ganze Weile auf mich wartet, und ich muss mich mit aller Gewalt zurückhalten, damit ich nicht zu ihr stürze. Im fahlen Licht des späten Nachmittags, Gott, wie schön sie ist. Im Stehen lächle ich sie an. Doch alles ist so zerbrechlich. Um nichts in der Welt will ich ein Ende ihres Erscheinens provozieren. Sie hat mir so gefehlt. Ich beschliesse, nichts zu sagen, um sie so lange wie möglich bei mir zu behalten. Sie, meine Lisa, deren Züge wieder ein wenig frischer wirken und die nachdenklich die dicken schwarzen Klebestreifen auf den Fenstern betrachtet. Aber nichts. Nichts würde ich sagen, solange sie nicht geredet hat. Endlich wandert ihr Blick zu mir oder besser gesagt zu meinem Gesicht, mustert mich lange. Ich halte den Atem an.

»Hast du die Scheibe kaputtgemacht?«

»Nein, ein Reporter, der versucht hat einzusteigen.«

In ihr spannt sich etwas an.

»Keine Sorge. Inzwischen bewachen zwei Beamte das Haus. Das wird nicht noch mal passieren.«

Sie nickt langsam, genauso nachdenklich.

Ich deute auf die Gläser. »Willst du was trinken?«

Sie schüttelt den Kopf, streicht mit dem Finger über die Tischdecke. »Wie läuft es auf Arbeit?«

Bloss nichts Alarmierendes sagen. Womöglich überlegt sie es sich anders.

»Einfach ist es nicht, aber ich komme zurecht.«

Ich traue mich nicht, sie zu fragen, ob sie beschlossen hat, wieder arbeiten zu gehen. Jedes Wort ist bedeutungsschwer. Im Flur habe ich keinen Koffer gesehen, aber sie hat ihn wahrscheinlich im Auto gelassen.

Sie streicht eine Strähne zurück, schaut wieder zu den Klebestreifen, dann durch die Fensterfront zu der unfertigen Terrasse, bei der sich nichts getan hat. »Es tut mir wirklich leid, Thierry.«

Mein Herz macht einen Satz. »Ich liebe dich, Lisa.«

Die Traurigkeit in ihrem Blick.

»Ich habe dir etwas Wichtiges zu sagen.«

Ich wage keinen Mucks.

»Ich hatte viel Zeit zum Überlegen, und glaub mir, ich habe die Frage gedreht und gewendet.«

Überrascht will ich ansetzen.

»Lass mich bitte ausreden. Ich weiss nicht mal, wie ich es dir sagen soll. Ich hab solche Angst vor deiner Reaktion.«

Angst?

Sie holt tief Luft. »Ich will das Haus verkaufen, Thierry.«

Habe ich richtig gehört?

Sie redet weiter: »Ich will hier nicht mehr leben. Nur für die paar Minuten wieder hier zu sein kostet mich schon übermenschliche Kräfte. Alles erinnert mich an die beiden. Lass uns verkaufen, Thierry. Lass uns von hier wegziehen.«

Der Schock ist so gross, dass ich keinen klaren Gedanken fassen kann. »Aber … aber, Lisa. Das ist unser Haus. Unsere Erinnerungen.«

»Das weiss ich.«

Ich schwanke. »In einem Monat sind die alle weg, glaub mir.«

»Und was, glaubst du, ist dann? Dann denken wir einfach nicht mehr dran?«

Eine Antwort finden, irgendeine, alles, nur nicht diesem Irrsinn zustimmen.

»Ich pflanze Bambus an. Dann sieht man nichts mehr.«

Sie lacht freudlos auf. »Bambus! Liebe Güte, ich glaube nicht, dass du es verstanden hast. Selbst wenn *ihr* Haus abgerissen werden sollte, würde ich jedes Mal, wenn ich aus diesem Fenster sehe, daran erinnert werden!«

Jeden Schlag parieren, kontern.

»Das sagst du jetzt.«

»Nein, Thierry, sie waren hier. Jedes Zimmer, jedes Möbelstück erinnert mich an sie.«

»Irgendwann haben wir es vergessen.«

»Thierry, ich flehe dich an, hör auf mich, lass uns verkaufen!«

Und ich dachte, sie kommt zurück!

»Wie kannst du so etwas von mir verlangen? Ich habe hier alles gebaut!«

»Wir bauen woanders etwas Neues auf.«

Sie wirkt so entschlossen. Es zieht mir den Boden unter den Füssen weg.

»Und … die Terrasse?«

»Du baust einfach eine neue.«

Ich verliere endgültig den Verstand.

»Aber Marc?«

»Marc lebt zehntausend Kilometer entfernt. Lass uns verkaufen und wegziehen, Thierry. Weit weg!«

»Aber … meine Arbeit? Und deine? Bist du denn völlig verrückt geworden?«

»Ich wusste, dass du so reagieren würdest.«

»Lisa, du sprichst davon, alles kaputtzumachen, was wir uns aufgebaut haben!«

»Du begreifst es nicht! Ich kann nicht hierbleiben.«

»Der Psychologe hatte recht, du stehst unter Schock. Du weisst nicht mal mehr, was du sagst.«

»Ich stehe nicht unter Schock! Ich will hier nicht mehr sein!«

»Und was, wenn ich nicht will?«

Sie schreit mich an. Sie wusste von Anfang an, dass mit diesem Haus etwas nicht stimmt. Aber es musste eben alles nach meinem Kopf gehen, wie immer, sogar lustig hätte ich mich gemacht, als sie mir erzählte, dass die Leute aus der Gegend sagten, es spuke hier.

»Das war vor dreissig Jahren, Lisa, und solche Schauermärchen gibt es überall.«

»Nein, die gibt es nicht überall. Und jede Wette, hat genau das Guy gefallen, das war vielleicht sogar der Grund, warum er es gekauft hat. Gleich und Gleich gesellt sich gern!«

»Gleich … und Gleich?«

»Wenn du dir mal die Mühe machen würdest, dich für andere Menschen zu interessieren, hättest du die Geschichte auch gehört! Anfang des Jahrhunderts wurden die Überreste von drei kleinen Mädchen in dem Bauernhaus gefunden. Drei kleine Mädchen, klingelt da was bei dir?«

Die Augen treten ihr fast aus den Höhlen, sie zittert, ich erkenne sie nicht wieder, und Guy in seiner Zelle lacht aus vollem Halse. Aber keiner von euch kriegt mich klein. Ich bin das Kind, das unter seinen dicken Decken einen Schwur geleistet hat. Das ist mein persönlicher Kampf. Ein stiller Kampf, der ausschliesslich aus Mauern besteht. Und mittendrin würde nichts mehr Gewicht oder Bestand haben. Und dorthinein werde ich verschwinden oder bin sogar schon dabei, hörst du, meine Lisa?

Sie tritt zu mir, so ausser sich wie noch nie. »Und

im Zweiten Weltkrieg haben Widerstandskämpfer der letzten Stunde aufgegriffene Milizen da drin zu Tode gefoltert.«

Sie fängt an zu weinen.

»Ich will hier nicht mehr leben!«

Den Zusammenbruch verhindern, koste es, was es wolle.

»Denk doch mal nach. Nach dem, was passiert ist, wird niemand kaufen wollen.«

Ihr wilder Blick.

»Von wegen, es gibt Leute, die sich noch daran aufgeilen! Manche wollen einen Gedenkpark anlegen, andere ein Museum eröffnen!«

»Wo hast du denn das aufgeschnappt?«

»Woher? Von den Leuten, Thierry! Von Leuten, zu denen ich Kontakt habe und die du ignorierst.«

»Ich ignoriere sie nicht.«

»Und warum sagen das dann alle? Du ignorierst uns, uns alle!«

»Das … das stimmt nicht. Dich, dich liebe ich.«

Sie weint noch heftiger. »Wenn du mich lieben würdest, würdest du zustimmen und verkaufen.«

Aber verkaufen würde bedeuten, die jahrelang gebrachten Opfer zunichtezumachen.

»Sag ja, bitte, Thierry.«

Den einzigen Ort verlassen, an dem ich nicht wegrutsche. Nicht falle.

»Du willst also nicht?«

Für den Rest meines Lebens Guy im Ohr haben, sein Lachen hören.

»Nein, Lisa, das geht nicht.«

Da steht sie wortlos auf und knallt die Tür hinter sich zu.

26

Durchhalten. So tun, als käme sie jeden Moment zurück. Die Eichentür abschleifen, die bald unsere jetzige Schlafzimmertür ersetzen wird. Weiter in meinem Tagebuch lesen, Bretan anrufen und ihm sagen, dass Guy mich am 24. April, das heisst am Tag nach dem Verschwinden der kleinen Violine, gebeten hat, ihm zu helfen, im Schlafzimmer eine neue Fensterscheibe einzusetzen. Trotz der *Scherereien,* wie ich schreibe, *war er ziemlich gut gelaunt.* Nein, das Bett war gemacht, und nein, Chantal hatte ich nicht gesehen. Das Opfer? Nein, ich hatte keine verdächtigen Geräusche gehört, und damit beende ich das Telefonat, weil ich mir nicht den Rest des Tages vorstellen will, wie das arme Kind im Keller gefangen gehalten wird.

Zehnmal wähle ich Dorians Nummer. Zehnmal lege ich nach dem ersten Klingeln auf. Wie ihm begreiflich machen, dass er nichts dafür kann. Mir sogar fehlen wird. Es mir tausendmal lieber wäre, wenn die Dinge sich anders entwickelt hätten. Dass mir alles entgleitet. Das Aussen, meine ich. Die Körper, alle Körper, meiner vor allem. Dass der Strand, den ich entlanglaufe, nicht nur ein Nach-Guy-Strand ist, sondern auch der Strand einer Wohnung, die immer leerer wird. Mit zusammengekauerten Schluchzern in jedem Winkel. Und einer Frau und abwesenden Menschen, die wie die weissgekleideten Männer in Guys Garten riesige Löcher zurücklassen. Löcher, in die man tunlichst nicht hineinfallen sollte, falls man jemals wieder an die Oberfläche will. Also, an die Oberfläche … Ans Licht wohl eher. Ans Licht der Baumwipfel, zum sanften Wiegen der Blätter und zu ihrem wilden Duft. Nein, Dorian würde sicher kein Wort verstehen. Noch weniger, wenn ich ihm von meiner ersten Begegnung mit Élisabeth erzählen würde. Ich war Anfang zwanzig, hatte gerade meinen BTS* in der Tasche. Nach einem harten Arbeitstag trank ich auf einer Caféterrasse ein kleines Bier. Sie setzte sich an den Nachbartisch, drehte sich zu mir und bat um Feuer. Ich kann nicht sagen, ob es die grünen Augen waren, das offene Lächeln, die schimmernde Haut, die festen Rundungen von Busen und Hintern oder aber das leuchtend rote kurze Wickelkleid, die ihre Schönheit ausmachten. Ich war sofort in sie verliebt. Sie bedankte sich und vertiefte sich in ein Buch, das mir sehr dick vorkam. Wie sollte ich sie auf mich aufmerksam machen? Denn ich musste unbedingt weiter mit ihr reden. Unbedingt, weil ich nämlich den Rest meines Lebens an ihrer Seite verbringen würde. Woher kam diese Gewissheit bei mir? Um ehrlich zu sein, ich habe nicht den blassesten Schimmer. Sie war einfach über mich gekommen, als unsere Blicke sich begegneten. So verging eine gute halbe Stunde, ohne dass ich den Mut fand, sie anzusprechen. Bis dahin hatten Mädchen keine grosse Rolle gespielt. Sie spazierten in mein Leben hinein und wieder hinaus, ohne wirklich Raum einzunehmen; das Flirten war mir leichtgefallen. Aber jetzt, bei so starken Gefühlen? Ich drehte mein Glas in

* Entspricht einem Fachhochschulabschluss.

den Händen, unfähig, auf sie zuzugehen, als sie plötzlich aufstand. Jetzt oder nie, bloss war ich wie gelähmt. Ich biss mir in die Faust, als ich ihr nachblickte und sie hinter der nächsten Strassenecke verschwinden sah. Toll, das war's, und ich hatte nicht gezuckt. Ich hob die Augen zum Himmel, schwor, meine Angst zu überwinden, wenn nur irgendjemand da oben mir noch eine Chance gäbe, sie wiederzusehen. Genau in dem Moment tauchte sie wieder auf. Nein, das war kein Traum. Sie war es, und sie kam direkt auf mich zu. Gab es einen Gott?

»Entschuldigung, Sie haben nicht zufällig mein Portemonnaie gesehen? Ich muss es auf dem Tisch liegengelassen haben.«

Sofort war ich unter den Tisch getaucht, hatte gesucht und es, o Wunder, gefunden. Da schenkte sie mir das schönste Lächeln der Welt. Aber so konnte es nicht enden.

»Darf ich Sie zum Abendessen einladen?«

Unbeholfen, aber charmant. Sie hatte gelacht. Viel später gestand sie mir, dass sie nur zugesagt hatte, weil sie hoffte, den Typen eifersüchtig zu machen, der sie gerade urplötzlich sitzengelassen hatte. Dann hatten wir uns wiedergesehen, und mein Schweigen hatte ihr gefallen. Darin lag etwas Verlässliches. Etwas, was sie, anders als meine Vorgänger, nicht an der Nase herumführen würde. Und dann meine Art, sie mit den Augen zu verschlingen. Noch nie hatte ein Mann sie so sehr geliebt. Sicher, ich war sehr zurückgezogen, aber sie würde die Tür unseres Hauses weit aufmachen und viele Menschen hereinlassen. Und Krach. Und Leben, mit ihrem kugelrunden Bauch. Was konnte ein Kerlchen in Dorians Alter von so einer Geschichte verstehen?

Die Tage reihen sich aneinander. Ich putze das Haus von oben bis unten, decke zu jeder Mahlzeit eine festliche Tafel mit Tischdecke, Kerze, ihrem Lieblingssalzstreuer und unseren schönsten Tellern.

»Es gab immer nur sie, warum kommt sie nicht zurück?«

»Und die anderen Menschen um Sie herum? Ihre Familie, Ihre Kollegen, die Schwestern oder Freunde Ihrer Frau?«

»Nein, ich kann nicht behaupten, ich würde sie lieben.«

»Was heisst das, Thierry?«

»Für sie würde ich nicht mein Leben geben, verstehen Sie?«

Der Anflug eines überraschten Zuckens, dann sagt er eine ganze Weile nichts.

»Aber Ihren Sohn doch?«

»Das ist was anderes. Den hat sie mir geschenkt.«

»Sie meinen, Sie lieben ihn ihretwegen.«

»Ja, wie ihre Schwestern, wie Chantal.«

»Chantal?«

Ich werde feuerrot. Was hat mich bloss geritten, dass ich von ihr anfange?

»Meinen Sie die Frau von Guy Delric, Ihrem Nachbarn?«

Wie gelähmt vor Scham, nicke ich.

Ganz sanft redet er weiter: »Und hätten Sie für ihn auch Ihr Leben gegeben?«

Die Messerklinge dringt tief ein. Ja, hätte ich, und für Abdane auch, aber der ist tot.

»Tot?«

Tot, ja. Und die kleinen Mädchen auch. All die kleinen Mädchen, die ich nicht schreien gehört habe. Das ist wahrscheinlich der Grund, warum Élisabeth verkaufen will. Sie will mich verlassen, so wie sie alle. Warum sonst würde sie es wagen, so etwas von mir zu verlangen?

»Was an diesem Haus ist so wichtig, Thierry?«

»Ich habe es gebaut.«

»Sicher, aber handwerklich begabt, wie Sie sind, könnten Sie doch ein neues bauen, oder nicht?«

»In dem Haus steckt mein ganzes Leben mit ihr.«

»Und woanders nicht?«

»Nein.«

»Erklären Sie mir das.«

»Woanders würde es mich nicht mehr beschützen.«

»Das Haus, meinen Sie?«

Woanders würde die Welt eindringen und mich tot zurücklassen. Was ich ohnehin schon bin.

»Tot?«

Tot unter der Decke. Tot in der Küche. Tot vor Guys Lachen. Tot in den Mündern der kleinen Mädchen. Tot vor der Welle. Tot in den leeren Zimmern. Tot vor Abdanes Leiche. Tot vor dem Rücken meiner Mutter. Tot in den tobenden Kriegen meines Vaters.

»Nein, Thierry, ich kann nicht hinnehmen, dass Sie das sagen.«

»Ohne das Haus und ohne Élisabeth ist es aber so.«

Da beginnt er von meiner Liebe zu Insekten zu reden, von dem Panzer, den sie alle gemeinsam haben, der sie beschützt. Ein Panzer, den ich in seinen Augen ebenfalls besitze und der bei mir die Gestalt meines Hauses angenommen hat. Jetzt werde ich wirklich sauer. Diese ganzen Ergüsse sind ja schön und gut, aber wo steht meine Frau bei alldem? Sie wird doch zurückkommen, wird verstehen, dass wir nicht verkaufen dürfen, nicht wahr?

»Das weiss ich nicht, Thierry.«

»Wozu ist Ihre Arbeit denn dann gut, wenn Sie es nicht wissen?«

»Zum Verstehen, oder es wenigstens zu versuchen. Aber dafür braucht es zwei.«

Wieder schaut sein Blick forschend in mich hinein. Was würde es ihn denn verdammt noch mal kosten, einfach »Ja, Thierry, sie kommt zurück« zu erwidern, mir die Hand zu reichen, aber nein, Monsieur spielt lieber den Gelehrten und vergleicht mich mit einem Insekt.

»Ich spüre da gerade Wut bei Ihnen.«

»Ich bin kein Käfer!«

»Das habe ich auch nicht gesagt. Ich habe lediglich die Sache mit dem Panzer angesprochen.«

»Aber der Panzer ist mir scheissegal. Ich will nur verstehen, was im Kopf meiner Frau vorgeht.«

»Das hat sie Ihnen gesagt. Sie will das Haus verlassen, das Ihnen Schutz bietet, Thierry.«

»Aber warum? Warum will sie das?«

»Das hat sie Ihnen ebenfalls gesagt. Wegen all dem, was dort passiert ist, aber auch weil sie es nicht mehr erträgt, wie Sie sich darin verschanzen.«

»Ich verschanze mich nicht!«

»In ihren Augen schon, und jetzt hat sie das Bedürfnis, Sie da herauszuholen. Sie möchte im Grunde, dass Sie sich mausern.«

»Dass ich mich mausere? Der war gut!«

Er reagiert nicht.

»Wenn Sie bloss mit solchem Kokolores um sich werfen, brauchen wir nicht weiterzumachen.«

Er rührt sich nicht, sieht mich nur an.

Rasend vor Wut, starre ich zurück. »Und wie soll ich mich bitte schön mausern? Verkaufen, stimmt's? Ihr zustimmen?«

Immer noch keine Reaktion.

»Niemals, merken Sie sich das!«

Nichts. Keine Bewegung.

Ich springe auf, donnere mit der Faust auf seinen Tisch. »Wie viel hat sie Ihnen gezahlt, damit Sie mich mürbemachen, he? Wie viel?«

Er antwortet noch immer nicht. Da mache ich auf dem Absatz kehrt und stürme türenknallend hinaus, ohne zu bezahlen. Und sobald ich zu Hause bin, decke ich den Tisch, mache in der Mikrowelle eine Packung Fertigpaella warm, schütte sie in die Porzellanschale, die ihre Schwestern uns zu Weihnachten geschenkt haben, und warte auf Élisabeth, mit geballten Fäusten, während der Dampf in kleinen Spiralen zur Decke steigt.

27

Drei Tage schrubbe ich alles mit Javelwasser, sogar Türklinken und Lichtschalter. Werfe alles weg, was *sie* je angefasst haben: die beiden Stühle, auf denen *sie* immer sassen, Geschirr, das wir *ihnen* geliehen hatten, Gläser, das Gästeservice, Tischdecken, Kaffeetassen, die zwei Wasserkaraffen und sogar den Portwein und den alten Rum.

Drei Tage. In denen ich Stühlen Fusstritte versetze, die Psychologen verfluche, Élisabeth lauthals drohe, sie zu verlassen, wobei ich gleichzeitig wie ein Wahnsinniger auf das Brummen ihres Autos lauere.

Drei Tage. Mit all meiner Wut.

Dann die Entdeckung einer weiteren Leiche ein paar Meter neben der Waldhütte: Zoé, angehende Floristin, zweiundzwanzig, die am 2. Juli 2015 »auf dem Weg zu ihrem damaligen Freund« verschwand.

Und wieder diese makabre Erregung in den Gesichtern. Als ob dieser weitere Schritt ins Grauen sie stärkt. Schlimmer. Neu belebt.

»Laut den jüngsten Aussagen der Ehefrau des ›Monsters‹ hat die junge Frau sich heftig gegen die Entführung gewehrt. Um die Nachbarn nicht zu erschrecken, sei ihr Mann auf den Gedanken gekommen, sie in die Waldhütte zu sperren, wo er sie vergewaltigte und anschliessend mit blossen Händen erwürgte.«

»Erschrecken …« Fassungslos starre ich in den Fernseher. Doch, ja, genau dieses Wort wiederholen die beiden Journalisten immer wieder, stolz auf ihren Geistesblitz.

Und ich habe bis jetzt noch versucht, dich zu retten, Chantal. Warum nicht gleich »stören«, wo du schon mal dabei bist? Die Zeit zurückdrehen, zurück ans Ufer der Aune, dir noch einmal begegnen, dir und deiner betrübten Miene, und mich diesmal jeglichen Mitleids enthalten, hörst du, Chantal?

Jeglichen Mitleids.

Es klingelt. Wer kann das nur sein? Ich erwarte niemanden, also, doch, meine Frau, aber meine Frau hat einen Schlüssel, wer ist das also? Die Spurensicherung? Nein, also, das ist jetzt wirklich nicht der richtige Moment! Aber ich mache auf. Warum, weiss ich selber nicht. Wahrscheinlich, um das gerade Gehörte zu vergessen oder weil ein unsinniger Teil von mir immer noch an Lisas Rückkehr glauben will. Und dann geht alles so schnell, dass ich nicht mal Zeit habe, mich zu wehren. Der Mann, der da vor mir steht, ist so gross. Ich habe ihn noch nie gesehen. Mit einer unheimlichen Kraft stürzt er sich auf mich, wirft mich zu Boden und schlägt unter Gebrüll auf mich ein.

»Du hast sie doch gesehen, in der Hütte, he? Sag es!! Sag, dass du sie schreien gehört hast, und nichts hast du gemacht! Du verdammtes Schwein! Dachtest wohl, du kommst so einfach davon! Ich bring dich schon zum Reden, du! Ich nehm dich mir vor, bis du die Scheisse ausspuckst! Das war meine Tochter! Mein kleines Mädchen, kapierst du das? Warum hast du nichts gesagt? Was hat sie dir denn getan, meine kleine Zoé? Was hat sie dir …«

Zwei Polizisten reissen die Tür auf, werfen sich auf ihn und machen ihn unschädlich. Zwei andere helfen mir hoch. Ich lehne mich an die Wand, um wieder zu Atem zu kommen. Meine Wange und das rechte Auge sind geschwollen, die Unterlippe blutet. Ein Polizist teilt mir mit, der Krankenwagen sei da. Ich winke ab, nicht nötig. Er besteht darauf und entschuldigt sich gleichzeitig. Der Mann hatte sich offenbar auf die Lauer gelegt und den Moment des Dienstwechsels ausgenutzt, um mich anzugreifen. Er soll still sein. Niemand soll mir irgendwelche Erklärungen mehr geben. Vor meinen Augen legen sie ihm Handschellen an. Weinend, wortlos, mit gesenktem Kopf wird er vor mir abgeführt.

»Monsieur, hören Sie mich?«

Das strahlende Lächeln seiner Tochter, ihr knallgelbes Sweatshirt auf den Fotos.

»Ich sagte eben, dass Sie mitkommen müssen, damit wir die Anzeige aufnehmen können.«

»Nein.«

Der Polizist fragt sich, ob er sich verhört hat. Er hat ja nicht die geringste Ahnung, wie viele Nachmittage ich im Juli 2015 in Guys Waldhütte verbracht habe, wie viele Biere wir zusammen getrunken, wie viel Holz wir gehackt, wie viele Heupferde, Fangschrecken und Käfer wir gefangen haben, und glücklich waren wir, so glücklich, mein Gott … Verdutzt starrt er mich an.

»Sie wollen keine Anzeige erstatten?«

Das Gebrüll, als der Vater des armen Mädchens mich gesehen hat, warum bloss hat er nicht fester zugeschlagen?

»Nein.«

»Aber, Monsieur …«

»Gehen Sie jetzt. Alle.«

Leere.

Ich spüle meine Lippe. Starre lange das geschwollene Auge im Badezimmerspiegel an. Später laufe ich durchs Haus und bitte Zoé um Verzeihung. Dann gehe ich hinunter in meine Werkstatt, öffne die Doppeltür, die nach hinten zum Wald rausgeht. Ich trete zu den Glasglocken, unter denen ich meine Marienkäfer, meinen Pelzbienenölkäfer und meine Fangschrecken halte. Ich lüfte die Glocken, und ohne die geringste Gefühlsregung lasse ich sie frei, sehe zu, wie sie davonfliegen. Dann gehe ich hoch ins Schlafzimmer und packe ein paar Sachen zusammen. Die Sonne durchflutet den Raum. Ich bin schweissgebadet. Draussen herrscht eine Gluthitze, wie überall in Frankreich. Anschliessend werfe ich die Tasche ins Auto und fahre los.

Als sie mein Auto sehen, kommen sofort wieder Reporter angerannt. Draufhalten, die Menge teilen, und seien es auch noch so viele. Mich losreissen.

Auch wenn sie sich festbeissen.

Oder aber ganz plötzlich untergehen wie meine Mutter und mit verschlossener, bockiger Miene vor den Türen stehen.

Also fahre ich. Lasse alle stehen: Ehefrauen, Söhne, entschlafene Hunde, Polizisten, Kollegen, Personalchefinnen, Opfer, deren Eltern, Monster, Praktikanten, Raubvögel.

Und vor mir die Strasse. Scharlachroter Asphalt. All die Tiere im Wald und vor mir Leere, Himmel, Schilder, Abzweigungen.

II

28

Verlangen nach Heidekraut. Jungem blassrosa Heidekraut, kurz bevor es lila wird, inmitten von rissigem, getrockneten Schlamm, Douglasien und Ginster. Zurück in die glückliche Kindheit. Zu wilden Jagden über Weiden und Bäche, Hügel und Hänge. Zurück zu der alten Sprache, die niemand mehr kann, zu den gerollten R wie Geröll in den Wildbächen, zu den warmen, feuchten Worten, die nach Erde riechen und in der Kehle kitzeln. Noch einmal den Geschmack dampfender Milch schmecken, Sahneränder in den Mundwinkeln, Quellwasser trinken, mich unter Haselnussbäume und wilde Himbeersträucher legen. Das ganze Blut vergessen. Vorwärts, den Blick fest auf gewesenes Glück gerichtet, unser Leben zu dritt im Haus, Marc, Lisa und ich. Jules, die uns vor die Füsse lief. Guy, wie er stolz den Korb voller Flusskrebse hochhält, die Hündin Nelly, wie sie sich vor einer Waldmaus erschreckt und den Tisch mit Würstchen und Salaten umwirft. Hinter mir das Gelächter der Frauen. Marcs Lachen. Alles wegradieren und abbiegen. Fliehen, dahin, wo keiner von ihnen mich mehr verraten, verlassen kann.

Nach dreizehn Kilometern und einigen Kreisverkehren fahre ich auf die A 28 Richtung Tours, nach achtundfünfzig Kilometern dann auf die A 10/E 5 Richtung Bordeaux/Vierzon. In dem Moment fällt mir ohne jeden Grund das Gesicht einer bestimmten Arbeiterin aus der Fabrik wieder ein. Ihre tränenreiche Schilderung, während ich versuchte, ihre Maschine flottzumachen. Der Vater ihrer beiden Kinder hatte ihr eröffnet, dass er sie verlassen würde. Seither hatte er zu Hause kein Wort, keinen Blick mehr für sie. Sie konnte ihn anflehen, wie sie wollte, es war, als sehe er sie gar nicht mehr. Schlimmer. Als würde ihre Gegenwart ihn nur noch stören. Sie bekam nichts mehr hinunter und hatte in nicht mal einer Woche über sechs Kilo abgenommen. Ihm war das scheissegal. Wie war so eine 180-Grad-Drehung möglich, nach zwanzig gemeinsamen Jahren? Wo sie doch alles geteilt hatten. Nun würde sie ihn bitten zu gehen. Pech für die Kinder. Er sollte seine Sachen packen und endgültig verschwinden. Denn er lebte noch immer zu Hause. Wenn sie abends von der Arbeit kam, sass er auf dem Sofa, telefonierte mit seiner Geliebten und plante fröhlich sein neues Leben. Sie hätte vor seinen Augen tot umfallen können, er hätte sich nicht gerührt. Wie konnte er sie nur derartig wegwischen? Und nun machte auch noch ihre Maschine Mätzchen. Sie würde ihm sagen, er solle gehen, sie in Ruhe lassen. Das war die einzige Abwehr, die ihr einfiel. Vielleicht würde er dann aufwachen, nicht? Leicht genervt hatte ich genickt. Die Panne war um einiges komplizierter als angenommen: Ich brauchte das ganze Gehirn zum Nachdenken. Überhaupt, wie soll man bitte so eine Geschichte glauben? Sie hatte mir bestimmt nicht alles erzählt, das war unmöglich. Weil sie meinen Argwohn spürte, war sie schliesslich weggegangen, und ein paar Tage später hatte sie gekündigt. In der Fabrik hatte ihr niemand nachgetrauert. Sie war erst kurz zuvor eingestellt worden. Und jetzt auf einmal die Erinnerung an sie, auf dieser Autobahn, ihre Verzweiflung, der meinen so ähnlich. Hatte ich wenigstens ihre Maschine anständig repariert? Und ihr Mann? War der zurückgekommen? Wenn ich nur wüsste, wo sie wohnt. Ich würde sie so gern sagen hören, ja, natürlich, schon nach wenigen Tagen habe er gemerkt, wie sehr sie ihm fehle, er sei mit gesenktem Kopf zurückgekehrt, verrückt nach ihr, und alles sei wieder wie vorher gewesen. Dann würde ich sie nämlich ebenfalls um Verzeihung bitten, Verzeihung, weil ich ihr nicht geglaubt hatte. Und ihr alles erzählen, die Kriege meines Vaters in Indochina und Algerien, wie ich Lisa kennenlernte, Marcs Geburt, meine Freundschaft mit Guy, sogar von der Blutlache um Abdanes Körper im Hof der Fabrik, das Gebrüll von Zoés Vater, seine Schläge. Und alles könnte von vorn anfangen. Lisa käme zu mir zurück. Leider kann ich mich nicht mehr an den Vornamen der Frau erinnern. Also zum Bauernhof. Zum Bauernhof, wo noch immer die Kindheit strahlt.

Als ich ankomme, ist es seit geraumer Zeit dunkel. Im Unterdorf entlang der stillgelegten Eisenbahnlinie entdecke ich einen Schwung Einfamilienhäuser, die vorher nicht da waren. Mit zugeschnürter Kehle fahre ich die Strasse ins Oberdorf hinauf. Wenn dort nun alles abgerissen worden ist? Wenn wie hier unten überall Neubauten stehen? Als die ersten Häuser in Sicht kommen, lösen meine Befürchtungen sich sofort in Luft auf. Sogar die mit Brombeerranken zugewucherte Strassenlaterne und der alte Briefkasten sind noch da, nichts hat sich verändert. Allerdings ist in der ganzen Umgebung nirgendwo ein Hinweis auf Leben auszumachen. In vollen Zügen atme ich die frische Luft ein, hebe den Blick zu Milliarden von Sternen.

Ein Stück weiter erblicke ich das grosse Granitbecken am Waschplatz mit dem eiskalten Wasser, die Quelle entspringt etwa zwanzig Meter weiter oben. Ich gehe hin und trinke, dann nehme ich die Strasse, die sich in Serpentinen den Wald hinaufschlängelt. Dort oben, in etwa achthundert Metern Höhe, steht immer noch der Hof. Ringsumher scheint das Gras gewachsen zu sein, aber wegen einer dicken Wolke, die sich vor den Mond schiebt, sehe ich es nicht mehr so genau. Auch hier wieder kein Hinweis auf Leben. Ich parke, gehe ein paar Schritte, strecke mich im Gras aus, es ist fast trocken. Alles ist so einfach. Wie hatte ich nur so lange warten können? Die Fahrt hatte kaum vier Stunden gedauert. Warum war ich nie mit Marc und Élisabeth hergekommen? Ich schliesse die Augen, versuche mir unser Haus vorzustellen. Alles erscheint mir so weit weg: Guy, seine Abscheulichkeit. Zum ersten Mal seit ich weiss nicht wie langer Zeit fühle ich mich leicht. Liegt das am weichen Gras? Am betörenden Duft des Weissdorns? Guy existiert nicht mehr, und Lisa ähnelt einem Traum. Es gibt keinen Sohn und keinen Psychologen mehr, die mich zwingen, zuzugeben, wie allein ich doch jenseits ihrer Küsse bin, schon immer. Allein mit ihnen allen, am Ufer der Aune und unter den Decken. Allein. Mit ihnen allen, obwohl ich sie liebe. Sie alle, die mich jetzt verraten. Und verlassen.

Schlafenszeit. Den Autositz umklappen. In die Nacht eintauchen. Warten auf den Morgen.

29

Das Schillern eines Sonnenstrahls weckt mich. Die zarte Wärme auf den Augenlidern. Als ich sie aufschlage, will das rechte Auge nicht so recht. Im kleinen Viereck des Rückspiegels sehe ich, dass es über Nacht noch stärker angeschwollen ist. Und ein bisschen blau. Ich strecke mich vorsichtig. Vor mir im goldenen Licht steht der Bauernhof meiner Kindheit. Ringsumher glitzern taubehangene Grashalme. Sie wurden schon lange von niemandem mehr gemäht. Ich setze mich halb auf. Öffne die Tür. Steige aus. Die Erde unter meinen nackten Füssen ist feucht. Auf der Suche nach Kühle wühle ich mich hinein. Das Massif du Sancy gegenüber ist in Nebel gehüllt. Heute wird es schön und bestimmt wieder sehr heiss. Nicht ein Lüftchen weht. Die Bäume sind wie erstarrt. Ich binde mir die Schuhe zu, werfe einen Blick auf die Weiden weiter unten, halte nach einer Herde Ausschau. Nicht mal der Schatten eines Tieres. Ich gehe zum Hof. Vordertür und Fenster sind mit schräg angebrachten Brettern vernagelt worden. Ich gehe ums Haus herum, weil ich hoffe, einen anderen Weg hinein zu finden, aber auch hier hat jemand dafür gesorgt, dass sämtliche Eingänge verrammelt wurden, entweder mit Brettern oder mit Hohlblocksteinen. Verdrossen mache ich mich auf den Weg zur Scheune. Das grosse Eichentor ist noch da, hängt schief in den Angeln. Bei dem Anblick habe ich sofort die Anfeuerungsrufe meines Grossvaters im Ohr, wenn er seine beiden vor den Wagen gespannten Kühe manövrierte.

»Allez! Allez! Allez!«

Damals waren nur wenige reich genug, um sich Ochsen leisten zu können, und Kühe hatten ausserdem einen Vorteil: Sie bekamen Kälber. Ich sehe ihn beim Heumachen, wie er, mit einer grossen Gabel bewaffnet, das gemähte Gras auf Schwad legte, während ich die Aufgabe hatte, heruntergefallene Halme hinter ihm zusammenzurechen. Nichts durfte vergeudet werden, so lautete die Anweisung. Die Sonne verbrannte mir die Haut. Ich hatte Durst. Doch wie stolz war ich, wenn ich meinerseits auf Schwad legte, sobald ich etwa eine Heugabel voll zusammenhatte. Wenn der Wagen voll war, ging es zur Scheune, und da fingen dann die Schwierigkeiten an. Damit der Hänger hineinging, mussten die Tiere umkehren und rückwärtsgehen. Obwohl Raymond es ihnen beigebracht hatte, konnte man vorher nie wissen, ob es auch klappen würde. Der Wagen war sehr schwer, und die Kühe wussten, dass sie sich anstrengen mussten, damit er hineinpasste. Zudem war das rückwärtige Einparken durchs Scheunentor Millimeterarbeit, sonst verkantete der Wagen.

»Allez! Allez! Allez!«

Je näher die Kühe der Scheune kommen, desto lauter brüllt Raymond, damit sie das Letzte aus sich herausholen. Endlich setzt sich der Hänger in Bewegung. Wenn die Seiten den Türrahmen streifen, sieht mein Grossvater rot. Dann geschieht das Wunder. Das Gespann fährt endlich durchs Scheunentor und ist drin. Die Zeit scheint stillzustehen. Wir schauen uns an, dann rennt er hinterher, klettert auf den Wagen und beginnt mit dem Abladen. Sofort springe ich mit geschlossenen Beinen auf das Heu, das er herunterwirft, um es festzustopfen. Auch diese Anweisung ist klar und deutlich: Es muss so viel Heu wie möglich in die Scheune hinein.

In manchen Jahren war das Futter so nährstoffarm, dass wir Salz zugeben mussten, damit es den Tieren besser schmeckte. Sobald der Wagen leer war, ging es gleich wieder auf die Wiese hinaus. Auf diese Weise schafften wir zwei, drei, manchmal vier Fuhren an einem einzigen Tag, dann wurde es Abend. Die Tiere mussten nun hereingeholt werden.

Zum Abendessen reichte Raymond mir eine Schale Suppe. »*Mingia**, mein Junge.«

Sobald ich im Bett lag, schlief ich sofort ein.

Die Zeit verging wie im Flug. Ich wartete auf nichts mehr. Weder, dass mein Vater zurückkam, noch, dass meine Mutter glücklich wurde. Wenn ich gross war, das war sonnenklar, würde ich hier auf dem Hof leben.

Ich stupse das Scheunentor an. Zitternd hält es stand. Ich streichle mit dem Finger darüber, lächle, als ich einen Rest roter Farbe entdecke. Ich habe damals im Laden diese Farbe ausgesucht. Raymond hatte nicht mit der Wimper gezuckt. Ich brauchte eine ganze Woche, um das Tor komplett zu streichen. Am letzten Tag hatte Raymond meine Arbeit eingehend begutachtet, dann war er zu mir getreten und hatte mir seine schwere Hand auf die Schulter gelegt, und ich wusste, dass er

* Okzitanisch: Iss!

zufrieden war. Kurz darauf ist er gestorben, und alles war zu Ende. Das ist fast vierzig Jahre her. Ich war gerade dreizehn geworden. Mein Vater hat den Hof sehr schnell verkauft, und ich hatte damals kein Mitspracherecht. Ich weiss nicht einmal, wem er heute gehört. So, wie er aussieht, steht er bestimmt zum Verkauf.

Ich drücke ein wenig fester ans Tor, kann immerhin den Kopf hineinstecken. Im Halbdunkel erkenne ich eine alte Plastikplane, ein paar Eisenrohre, das Wrack eines Karrens. Alles wirkt, als wäre es seit Jahren sich selbst überlassen. Zum zweiten Mal gehe ich ums Hauptgebäude herum, in der Hoffnung, vielleicht durch eine Ritze einen Blick hineinwerfen zu können. Vergeblich. Ist der Ofen noch da? Und das Balkenwerk im Dachzimmer, wo ich schlief? Vielleicht kann jemand aus dem Dorf mir weiterhelfen, mir sagen, ob drin alles so geblieben ist oder herausgerissen wurde, ob dort Kinder wie ich früher gelebt haben, ob sie genauso schnell wie ich damals unter grossem Hallo die Treppe hinuntergerast sind. Nicht mal über die Kühe weiss ich Bescheid. Wie oft habe ich meinen Vater damit genervt. Hatte der Käufer ihm versprochen, sich gut um sie zu kümmern? Und was war überhaupt aus ihnen geworden? Jedes Mal wurde er wütender. Was sollten diese Fragen? War nicht auch so schon alles schwer genug? »Dein Grossvater ist tot.«

»Tot.«

Wiederholte er.

»Und damit basta. Von daher, die Kühe …«

Es sei höchste Zeit, dass ich einen Schlussstrich zöge.

Als ich die Strasse hinuntergehe, erschrecke ich zwei Rehe auf einer Weide. Bei meinem Anblick springen sie davon. Ich sehe die beiden Spiegel durchs Gras davonhüpfen, bis sie schliesslich verschwunden sind.

Raymond hat sie gehasst. »Baumfresser sind's, sonst nichts.«

Ich nicht, ich liebte sie. Hoch am Himmel der durchdringende Schrei eines Bussards. Dann ist es erneut still. Nicht eine Wolke. Es wird heiss. Endlich bin ich am Waschplatz. Ich ziehe das Hemd aus, erfrische mich mit eiskaltem Wasser und denke dabei an Marc unter den Wolkenbrüchen von Hanoi. Ihm hätte das Leben hier so gut gefallen. Ich stecke den Kopf ins Becken, mache mir, wie als kleiner Junge, einen Spass daraus, so lange wie möglich unter Wasser zu bleiben, erst im letzten Moment tauche ich auf und schnappe gierig nach Luft. Dann lege ich mich in die Sonne und beobachte, wie die Wassertropfen auf meiner Haut einer nach dem anderen verdunsten. In der Nähe fliegt eine Wespe, singt eine Blaumeise, zeigt sich eine Mauereidechse. Heinrich VIII. kann mich mal, und die Reporter und sämtliche Personalchefinnen gleich mit. Nach einer langen Pause erhebe ich mich und setze meinen Weg fort.

Im Dorf ist keine Menschenseele. Dabei klopfe ich eifrig an alle Türen. Ich will gerade weitergehen, da lässt mich ein Donnern in der Gasse herumfahren. Als ich sehe, dass ein Dutzend Kühe direkt auf mich zugaloppiert, drücke ich mich gegen eine Hauswand. Ihre Flanken streifen mich. Das war knapp!

Ein paar Meter hinter ihnen kommt ein junger Bauer in Sicht, den Stock in der Hand. »Tut mir wirklich leid. Normalerweise ist hier nie jemand. Nichts passiert, hoffe ich?«

»Nein, nein, alles gut.«

Er tritt näher, mustert mich, mit einem Mal misstrauisch. »Sind Sie zu Fuss?«

»Mein Auto steht weiter oben. Wissen Sie, ob noch jemand im Dorf wohnt?«

Er runzelt die Stirn. »Probleme?«

»Nein, wieso?«

Seine Tiere werden unruhig.

»He! He! Da lang, hab ich gesagt! Mann, ich kann Ihnen sagen! Die Hitze macht die ganz kirre. Was ist denn mit Ihnen passiert?«

Verständnislos schaue ich ihn an.

»Na, mit Ihrem Auge und der Lippe.«

Unwillkürlich muss ich lachen. »Ach so, ja, tut mir leid. Ich … ich bin gestern mit dem Fahrrad gestürzt.«

Er hat keine Zeit, mich weiter auszufragen. Drei Kühe machen sich Richtung Strasse davon.

»Da! Was hab ich gesagt!«

»Moment, ich hol sie zurück.«

Verdutzt starrt er mich an.

»Keine Sorge. Ich hab das als Kind gelernt.«

Ich renne los, lasse ihm keine Zeit zu reagieren. Bei meinem Anblick erschrecken sich die drei Ausreisserinnen. Klar, sie kennen mich ja nicht. Glücklich wie selten sprinte ich los, überhole sie, breite die Arme aus, um sie aufzuhalten. Sie bleiben abrupt stehen. Ohne sie aus den

Augen zu lassen, gehe ich langsam in die Hocke, hebe einen Stock vom Boden auf und stelle mich wieder hin.

»So, zurück jetzt! *Allez! Allez!*«

Verschreckt machen sie einen Satz und scharen sich zusammen. Nun muss ich sie nur noch dazu bringen umzudrehen. Ich gehe um sie herum, tippe die erste Kuh freundlich an die Flanke, sie fügt sich schnell. Sofort folgen ihr die anderen beiden und traben ebenfalls zurück zur Herde.

Entzückt empfängt mich der Bauer, sein Argwohn ist wie weggeblasen. »Donnerwetter, als hätten Sie nie was anderes gemacht!«

»Ja, schön wär's, leider wurde daraus nichts.«

Er streckt mir die Hand hin. »Ich bin Frank, und Sie?«

»Thierry. Wo treiben Sie sie denn hin?«

»Dort runter, auf die Weide da. Bei der verdammten Trockenheit muss ich sie immer weiter treiben, um überhaupt noch Gras zu finden. Wenn das so weitergeht, werden wir die Reserven anreissen müssen. Vom Wassermangel will ich gar nicht erst anfangen. Wenn nichts passiert, sind sämtliche Quellen in weniger als einem Monat ausgetrocknet.«

»Ist das Ihr Ernst?«

»He! Da lang, Mädels! Hier, helfen Sie mir mal mit dem Gatter. *Allez! Allez!* Langsam! Langsam, hab ich gesagt! Haben Sie sich verfahren?«

»Nein. Ich wollte den Bauernhof meines Grossvaters wiedersehen. Er hiess Raymond Clavaud. Sagt Ihnen das was?«

»Tut mir leid, ich bin nicht von hier, ich komme aus Bordeaux. Vor fünf Jahren hab ich alles stehen- und liegenlassen, weil ich ins Grüne wollte: meine Wohnung, meinen Job und sogar meine Verlobte. Mein ganzes Erspartes ist dabei draufgegangen, und wofür? Das sind nicht mal meine Kühe, sie gehören einem Bauern, bei dem ich arbeite. Meine musste ich letztes Jahr verkaufen. Mit den grossen Handelsketten und jetzt auch noch dem CETA hat die Regierung uns schön reingeritten. Ganz zu schweigen vom Wetter. Vier Hitzesommer in vier Jahren! Das Einzige, was mehr geworden ist, sind die Schulden. Dabei hab ich mich wirklich reingekniet, aber damit es hinhaut, hätte ich auf solar umstellen und das Zehnfache an Vieh haben müssen, wie hätte ich das bezahlen sollen? Ich will nicht so enden wie die ganzen Bauern, die sich umbringen. Mehr als zehn in nicht mal drei Jahren in der Gegend. Zehn, das muss man sich mal vorstellen! Die arbeiten achtzig Stunden pro Woche und haben am Ende des Monats nicht mal genug Geld fürs Essen … Der Letzte hiess Bruno, war in meinem Alter. Hab's als Zeichen genommen. Ich weiss nicht, was ich mache, wenn ich wieder in der Stadt wohne. Eigentlich bin ich das nicht mehr gewohnt, aber na ja … Und Sie, wo wohnen Sie?«

»In der Gegend, auf dem Land.«

»Schön. Wie hiess Ihr Grossvater noch mal?«

»Raymond.«

»Und er war Rinderzüchter, sagen Sie?«

»Er hatte zehn Kühe, ja.«

»Sie wollen jetzt aber nicht seinen Hof übernehmen?«

»Nein.«

»Gut. Damit kommt man auf keinen grünen Zweig. Und ich rede nicht mal davon, wie's dem Planeten geht. Man fragt sich, was auf dieser Welt noch zu retten ist. Na, hat gutgetan, mit Ihnen zu reden. Die Stimmung ist grad echt im Keller. Keine Ahnung, was ich machen soll.«

Ich sehe ihm nach. Warum habe ich ihm nicht alles erzählt? Und warum renne ich ihm nicht laut schreiend hinterher, sondern bleibe sitzen und schaue ihm nach, bis er verschwunden ist?

30

Als ich erneut durchs Dorf laufe, steht die Sonne im Zenit. Um diese Uhrzeit wird mir bestimmt jemand aufmachen. Aber sooft ich auch an alle Türen klopfe, die Fensterläden bleiben eisern geschlossen. Ich bin wütend auf mich selbst. Worauf hatte ich denn gehofft? Ich gebe mir einen letzten Versuch, diesmal mache ich mich auf die Suche nach dem Haus der alten Jeanne, die sich um mich gekümmert hat, als ich klein war. Aber auch hier Fehlanzeige. Ich finde es nicht. Aber wo soll ich hin? Ich fühle mich so schwach, seit der Bauer weg ist.

Nach einem gut halbstündigen Marsch sehe ich in der Ferne endlich den Bauernhof auftauchen. Ich gehe auf ihn zu, bin auf einmal froh. Vorhin auf der Dorfstrasse hatte ich kurz solche Angst, ich hätte mir das alles bloss eingebildet. Wie konnte es sein, dass es kein Wasser mehr gab? Waren wir denn etwa nicht im Land der tausend Quellen? Wie konnte es so weit kommen? Aber der Hof ist tatsächlich da. Beim Anblick der dicken Steinmauern durchfährt mich ein Freudenschauer. Nein, ich habe nicht geträumt. Ich träume nicht. Da breite ich, ohne zu überlegen, die Arme aus und drücke mich an die warmen Steine. Wieder hier leben. Sie ganz in mich aufnehmen. Und nie wieder vergessen.

31

Auf dem Handy: zehn Anrufe von unbekannten Nummern, drei von meinem Bruder, fünf von Bretan. Nichts von Lisa, und komischerweise ist es mir egal. Gerade will ich Marcs Stimme hören. Marc, mein Sohn, den ich plötzlich vermisse, vielleicht wegen des Bauern in seinem Alter, wegen seiner Verzweiflung. Ihn anrufen. Seine Stimme hören. Mich mit ihm unterhalten ohne das Chaos zu Hause oder den Krach von Hanoi zwischen uns. Es klingelt ins Leere. *Dieser Schmerz, jedes Mal, wenn ich deinen Namen ausspreche. Ich liebe dich so sehr, so zärtlich, mein Sohn. Warum fällt es mir so schwer, Dinge auszusprechen? So sehr, dass ich manchmal das Gefühl habe, sie gar nicht zu spüren? Du hörst das Handy nicht. Bei dir regnet es bestimmt, aber vielleicht schläfst du mit einer Frau.* Es klingelt weiter. *Ich bin dir so böse, weil du fortgegangen bist. Weil du ohne uns glücklich bist.* Je länger es klingelt, desto heftiger hallt es nach. *Du hörst es nicht. Du schläfst tief und fest. Du bist so schön, Marc. Du bist mein Sohn. Seit Guys Festnahme ist zu Hause nur noch Chaos. Mit Maman ebenfalls. Das liegt wahrscheinlich auch wieder daran, dass ich Dinge nicht aussprechen konnte.* Es klingelt ewig. *Diese Angst, dass du mich vergisst. Warum gehst du nicht ran? Für mich war es lebenswichtig, dass ich von zu Hause abhaue, oder ich wäre eingegangen wie sie, hätte wie er zu den Waffen gegriffen. So viel Schmerz und so viel Unausgesprochenes. Aber du, mein Sohn? Dich, den ich nie aus den Augen gelassen und nie angelogen habe? Woher kommt dieses Bedürfnis, eine solche Entfernung zwischen uns zu legen?* Das Klingeln durchschneidet die Leere. *In der Firma haben sie mich gegen meinen Willen zwei Wochen freigestellt. Maman sagt, das ist wegen den furchtbaren Sachen, die Guy gemacht hat. Sie sagt auch, dass sie so oder so gegangen wäre, stell dir das mal vor. Stimmt schon, ich hätte was merken müssen. Andererseits beteuert Bretan, der leitende Ermittler, dass nie irgendjemand was merkt. Trotzdem. Maman möchte das Haus verkaufen, und hier gibt es kein Wasser mehr. Ich bin verloren, Marc. Alles fehlt mir. Maman sagt, ich würde die Leute ignorieren. Der Psychologe wiederum sagt, ich hätte mich irgendwo verschanzt. Er hat recht, Marc. Ich habe mich in der Liebe verschanzt, die ich für euch empfinde. Na und? Ist das vielleicht etwas Schlechtes, so sehr zu lieben? Ihr seid mein Leben, ihr und das Haus. Warum verlasst ihr mich? Und nun auch der Bauernhof in Le Mas-d'Artige, wo ich die schönsten Sommerferien meiner Kindheit verbracht habe. Ich dachte, ich finde hier etwas. Stattdessen stand ich überall vor verschlossenen Türen.* Dasselbe gellende Klingeln, es schrillt um sich selbst … *Wie gern hätte ich dich bei mir. Damit du mir erklärst, was Guy an mir fand, was ich tun muss, um Maman zurückzubekommen.* Das Klingeln durchschneidet die Strassen, erreicht deine Wohnung, klingelt durchs erste Fenster, läuft durchs Wohnzimmer bis zu deinem schlafenden Körper. *Marc, geh ran, bitte. Ich bin es, dein Vater, der dir so wenig über sein eigenes Leben erzählt hat. Aber gleichzeitig war es so schön, dich aufwachsen zu sehen. Nichts sollte diese Wonne stören, vor allem nicht meine Vergan-*

genheit. Und nun dieser Bauernhof, wie ein Teil von mir, den du nicht kennst und den ich so gern mit dir teilen will. Es klingelt weiter und wird sicher so lange klingeln, bis mein Handyakku komplett leer ist. Was soll's. *So bleibt mir ein schönes Stück Zeit mit dir. Es fällt mir so schwer, wieder zu fahren. Aber ich werde müssen. Die Hitze wird unerträglich. Und überhaupt, bleiben, wozu? Es wohnt kein Mensch mehr im Dorf, der Hof ist verrammelt. Wenn ich wenigstens wüsste, wo das Grab meines Grossvaters ist. Ich bin so müde, Marc. Ich weiss nicht mal, ob du es weisst: Mein Vater war im Krieg, dort, wo du jetzt bist. Ein Krieg, den er für mich um jeden Preis heroisch erscheinen lassen wollte. Darauf bin ich nie hereingefallen. Hinter seinem Lachen konnte ich die Schreie hören. Ist es seine Schuld, dass all das passiert?* Verdammtes Klingeln, das durch die Leere wirbelt. *Bist du ausgegangen? Bist du in einem Klub und tanzt mit Mädchen? Ich weiss nicht mal einen einzigen Namen deiner Freunde. Wenn man nur noch mal von vorne anfangen könnte. Zurück in die Fabrik. Die richtigen Worte finden, um meine Mutter zu trösten. Niemals Guy einladen, nicht ans Telefon gehen an jenem Tag, als Abdane gestorben ist, und dich in meine Arme schliessen, Marc. Wie ich es nie getan habe. Aber du nimmst nicht ab, und nichts fängt von vorne an. Die Hitze wird schlimmer. Das Gras auf den Weiden verbrennt, mein Vater tötet, Guy tötet, überall brechen Kriege aus, meine Mutter weint, untröstlich, Zoés Vater schlägt mich zusammen, Abdane und die Mädchen sterben. Es gibt keine Antwort. Keinen Ausweg.*

32

Ich bleibe stundenlang vor dem Hof sitzen, unfähig, mich loszureissen. Am Ende zwingt mich der Hunger, meine Zelte abzubrechen.

In La Courtine fahre ich am Truppenübungsplatz vorbei, er wirkt verlassen. Früher waren dort Tausende Soldaten stationiert. In den Hauptstrassen sah man sie an den Tischen der Caféterrassen. Deswegen kam mein Vater überhaupt erst auf den Gedanken, zur Armee zu gehen. Wegen ihrer schönen Uniform.

Die meisten Geschäfte in dem Ort haben den Geist aufgegeben. Sogar das Hôtel de l'Univers, das früher florierte, verfällt regelrecht. Nach ewigem Herumgefahre entdecke ich endlich einen Laden, kurz vorm Ortsausgang. Ich kaufe ein Taschenmesser, Äpfel, ein grosses Brot, Butter, Schinken, ein Viertel Saint-Nectaire und einen Pack Wasser. Die Frau an der Kasse mustert mich argwöhnisch.

»Ich bin mit dem Fahrrad gestürzt.«

Da lächelt sie. »Na, da haben die Ferien ja nicht gut angefangen!«

Ich nicke und halte, so gut es geht, Abstand. Ich habe Angst, dass sie erkennt, wer ich bin. Während sie die Artikel scannt, sehe ich durch eine halboffene Tür zwei Kunden, die an einer Bar lehnen; offenbar betreibt sie die ebenfalls. In einem Fernseher hinten im Raum läuft eine Kochsendung, die niemand guckt.

»Wäre es in Ordnung für Sie, bar zu zahlen? Die

Maschine macht Probleme. Sie spinnt schon seit heute Morgen.«

Ich reiche ihr einen Zwanzigeuroschein. Als sie mir das Wechselgeld herausgibt, lächelt sie mich wieder an, reicht mir, »weil Sie so freundlich waren«, einen Prospekt über den Lac de Vassivière, einen zweiten über schöne Wanderwege auf dem Plateau. Erleichtert trete ich aus dem Laden. Hier habe ich nichts zu befürchten. Die Wölfe und das Pack sind woanders.

Ich fahre Richtung Flayat, biege links nach Les Gorces ab, halte fünfhundert Meter weiter an einem Feldrand mit Blick übers Tal. Im Schatten einer Eiche beisse ich in mein belegtes Brot, dann beschliesse ich, bis zum Étang de Méouze weiterzufahren. Raymond ist immer zum Karpfenangeln mit mir dahin. Nach einem langen Umweg durch den Wald finde ich den grossen Weiher noch genauso unberührt vor wie je. Er glitzert im prallen Sonnenlicht. Ich fahre am Campingplatz, am Damm und am Restaurant vorbei, wo damals die grosse Fensterfront – heute ist sie zugemauert – einen unverbauten Blick auf den »See« bot, wie Raymond ihn gern nannte. Ein Stück weiter entdecke ich einen Strand mit Spielplatz und Rutsche. Niemand zu sehen, ein Glück. Bei meiner Ankunft quaken ein paar Frösche. Schnell ziehe ich mich aus, wate ins Wasser, meine Füsse versinken im Schlamm. Es ist so warm, dass es mir überhaupt nichts ausmacht unterzutauchen. Passiert mir auch zum ersten Mal. Das Wasser der umliegenden Seen ist normalerweise so kalt, dass man es nur ein paar Sekunden aushält. Ich schwimme auf dem Rücken ein Stück raus.

Ich denke wieder an Marc in seiner Wohnung. An den Bauernhof. An Jules' Grab. Leere. Ich lasse mich auf dem spiegelnden Wasser treiben, öffne weit den Mund, lasse den Himmel herein. Plötzlich wäre ich gern tot. Spüren, wie Erde mich bedeckt, bis ich begraben bin. Dann würden wieder Blumen in Chantals Garten wachsen. Die kleinen Mädchen würden gross. Alle, alle würden sie die verpasste Verabredung einhalten und sich emporschwingen. Ich nicht, ich kann nicht mehr. Irgendetwas in mir hat schon vor langer Zeit aufgehört. Wann genau? Ich weiss es nicht. Dann habe ich Élisabeth kennengelernt und unserem Haus das Leben geschenkt.

Ich trockne am Ufer in der Sonne. Nicht mal einen Meter neben mir landet eine Libellennymphe mit roten Augen auf einem treibenden Blatt. Ein Männchen: Die Spitze des Unterleibs ist hellblau. Ich betrachte es gleichgültig, wünsche mir plötzlich sogar, dass es wegfliegt. Was es auch tut.

Am frühen Abend mache ich mich auf zu den Stegen, an denen Raymond mit mir fischen war. Dank eines Bohlenweges versinkt man nicht im Moor. An einigen Stellen hat die Feuchtigkeit schon die Planken angegriffen. Dann muss man über die entstandenen Lücken springen. Ich marschiere vor mich hin, ohne zu wissen, was ich eigentlich suche. Wahrscheinlich ein bisschen Freude. Freude, die sich nicht einstellt.

Am nächsten und auch an den folgenden Tagen kaufe ich wieder Lebensmittel in dem Laden.

Die Inhaberin vertraut mir an der Kasse an, sie fürchte, die Hitze vertreibe die Leute. »Mir gefällt es, wenn viel los ist, also, viel los … es sind nie mehr als ein paar Dutzend Touristen, die im Sommer herkommen. Kennen Sie die Gegend von früher?«

»Ein bisschen, ja. Ich war als Kind hier.«

»Hatten Sie Familie hier?«

»Meinen Grossvater, ja.«

»Ach ja, wie hiess er denn?«

»Raymond Clavaud.«

Sie überlegt, und ein Funke Hoffnung steigt in mir auf.

»Clavaud … Warten Sie mal …«

»Er hatte einen Bauernhof in Le Mas-d'Artige. 1980 ist er gestorben.«

»Nein, keine Ahnung. Ich war damals aber auch noch klein, und ausserdem komme ich aus Magnat. Waren Sie schon mal da?«

Enttäuscht schüttele ich den Kopf.

»Das Dorf hat Charme. Die Kirche wird gerade restauriert.«

Sie versteht es nicht. Ihn brauche ich. Raymond, meinen Grossvater, seine Hände auf meinen Wangen, damit er mir sagt, wie lieb er mich hat.

»Sie hat nämlich zwei Glockengiebel, wissen Sie.«

»Ach ja?«

Ich muss jetzt gehen. Muss die Tür aufstossen. In der glühenden Hitze davonfahren.

»Sie sind mit den Arbeiten im Rückstand, aber wenn es fertig ist, wird es sicher prächtig.«

Sie sieht ganz genau, dass ich nicht zuhöre. Suchend

schaut sie sich nach einem Vorwand um, damit sie nicht unhöflich wirkt, wendet sich zur Bar.

»Entschuldigen Sie mich, ich muss mal nach dem Rechten sehen.«

»Aber natürlich.«

Sie geht, und ich fahre los.

Die Tage vergehen. Schrecklich langsam. Und alles ist so absurd: der Bauernhof, von dem ich mich nicht losreissen kann, die Gewissheit, dass er mir eine Antwort liefert. Wo soll ich sonst hin? Zu Hause wartet kein Mensch mehr auf mich, und Guy hat so eine Verwüstung angerichtet. Also hänge ich hier herum, mal an dem kleinen Strand des Weihers, mal in den leeren Strassen, mal auf Waldwegen oder am Strassenrand. Ich fahre nicht mehr zu dem Laden und meide Bauern- und Trödelmärkte. Alleine. Ich will alleine sein. Ich schlafe im Auto. Mein Bart wächst. Es werden immer mehr Brotkrümel auf dem Fahrersitz. Die Zeit vergeht. Stundenlang betrachte ich das Wasser. Um mich herum springen Grashüpfer. Sie interessieren mich nicht. Im Wasser mache ich den toten Mann und lasse mich treiben. Der Himmel dort oben ist so weiss, dass es weh tut. Ich breite die Arme aus. Lasse mich von ihm verschlucken. Es gibt hier einen anderen. Einen, der liebt, bis er stirbt. Ich nicht. Ich habe alles begraben. Ich treibe in der Stille der Welt.

Die Tage reihen sich aneinander, ich schaffe es nicht, wegzufahren. Der Bauernhof ist alles, was mir noch bleibt. Ausser ihm habe ich nichts mehr.

Tag für Tag ist die Hitze erdrückend. Manchmal

spricht mich jemand an: eine Frau im Intermarché am Müsliregal, ein Tankwart an der Zapfsäule. Ihre Stimmen klingen wie Echos. Und ihre Körper auch, ihre Körper, die sich vorbeugen, als wollten sie zu mir durchdringen.

Ich bin das unnahbare Kind. Das Kind des Todes und der Verlassenheit. Draussen ist alles so unendlich traurig: die Plastikflaschen, die zertretenen Zigaretten, die Menschen, die sich in ihren Wohnzimmern verkriechen. Dabei ist doch Sommer. Ich schaue den Bauernhof an, setze mich vor die Tür. Diese Stille. Gibt es hier noch irgendetwas für mich zu erleben?

Vorhin, als es so steil abwärtsging, wollte ich mich hinunterstürzen. Ich balanciere auf einem Seil. Einem dünnen. Im Waschsalon starre ich auf den Schaum in der Trommel. In Bars trinke ich Bier und denke nicht mal mehr daran, das Handy aufzuladen.

Draussen erreichen die Temperaturen Rekordhöhe. Nichts wächst mehr. Alles verbrennt. Ich gucke zum Bauernhof und flehe Raymond an, mir Lisa wiederzubringen. Ich streiche an Häuserfassaden entlang, tippe meine PIN in einen Geldautomaten, werfe Steinchen. Mit jedem Tag wird der Verlust endgültiger. Im Auto klappe ich den Sitz um. Ich verscheuche die Fliegen. Wenn ich nicht ganz versinken will, muss ich so schnell wie möglich weg von diesem Ort. Danach, keine Ahnung. Einfach fahren, vielleicht. Die kleinen Mädchen hatten solche Angst, und er hat ihnen so weh getan.

Fahren, bei offenem Fenster.
Bis zur Erschöpfung.

33

»Wenn Sie zum Einsiedler wollen, sind Sie falsch!«

Ich fahre herum und sehe mich einer alten Frau gegenüber, die mich argwöhnisch mustert. Seit dem Bauern neulich habe ich hier niemanden mehr gesehen. Wo kommt sie auf einmal her? Und wie? Ich habe kein Motorengeräusch gehört. Kann es sein, dass sie zu Fuss ist?

Sie starrt mich weiterhin misstrauisch an. »Wollen Sie nun zu dem oder nicht? Weil, das hier ist nämlich ein Privatgrundstück.«

Ich nicke, unfähig, etwas zu erwidern. Wie schon die letzten drei Tage habe ich heute Morgen den Motor angelassen und wollte endlich aufbrechen, bloss bin ich erneut vor Aubusson umgekehrt und zurückgekommen. Kurz darauf habe ich Wildblumen gepflückt: einen Strauss aus Mädesüss, Glockenblumen, Engelwurz, Heidekraut und Kornblumen, den ich vor der Haustür niedergelegt und dabei Raymond um Verzeihung gebeten habe, weil ich mich nie von ihm verabschiedet hatte. Sein Tod kam so plötzlich und wurde in Schweigen gehüllt: Ein Teil von mir hatte beschlossen, es nicht zu glauben. Ob er mir jetzt Mut machen könnte zu fahren? *Von toten Dingen kann man nicht leben.* Das hatte er mir beigebracht. Trotzdem starrte ich stundenlang die Blumen an, anstatt loszufahren, so, wie die Alte mich jetzt mit ihren grossen lavendelfarbenen Augen anstarrt.

»Sind Sie taub oder was? Sie stehen auf Gastels Grundstück, denen gehört der Hof!«

Ich reisse mich aus meiner Betäubung. »Gastels?«

»Kennen Sie die?«

»Na ja, ich … ich heisse Clavaud. Thierry Clavaud, Raymond Clavauds Enkel.«

Das Gesicht der Alten leuchtet auf. »Na, so was! Raymonds Enkel! Nein, also, Sie müssen entschuldigen. Ich wohne hier ganz alleine. Da will ich wissen, mit wem ich es zu tun habe. Und mit den Gastels, das ist auch so ein Kuddelmuddel. Seit der Alte den Löffel abgegeben hat, streiten sich alle ums Erbe. Und in der Zwischenzeit, na, Sie sehen es ja. Alles verfällt!«

Sie schüttelt den Kopf, schaut mich an, lächelt erneut.

»Und ich dachte, Sie wollen zum Einsiedler. Der Weg beginnt hier, aber meine Beine machen das nicht mehr mit.«

Der alte Einsiedler, ja, doch, jetzt fällt es mir wieder ein! Raymond hatte ihn sogar ab und zu besucht.

»Lebt der immer noch?«

Die Alte fängt an zu lachen. »Der alte, nein, natürlich nicht. Aber wir haben einen neuen. Einen jungen, der ihn abgelöst hat.«

Gerührt schaut sie mich an.

»Wenn ich daran denke, dass ich gestern noch im Krankenhaus lag. Hätte mir sehr leidgetan, Sie zu verpassen, vor allem weil ich diesmal schon dachte, die wollen mich für immer dabehalten. So, am besten bleiben wir nicht in diesem Backofen, sonst wird mir blümerant. Würden Sie mich zurück nach Hause bringen? Dort gibt es Kekse und Kaffee.«

Im Auto erfahre ich, dass ihr Vater und mein Grossvater seit Schulzeiten befreundet waren. Daher kannte sie meinen Vater und sogar Lucette, meine Grossmutter, die ganz am Anfang des Krieges an einer Krankheit verstarb. Ausser ihr wohnt leider niemand mehr im Dorf. Alle sind entweder tot oder schon lange weggezogen.

»Parken Sie hier. Die Gasse ist eng. Nicht dass Ihr Auto noch was abkriegt.«

Ich gehorche und erzähle ihr wohlweislich nicht, wie oft ich schon durch diese Gasse gefahren bin. Ich reiche ihr die Hand, um ihr beim Aussteigen zu helfen.

Sie bedankt sich launig. »Mein Sohn ist nach Amerika ausgewandert, und meine Tochter … Ich weiss nie, wo sie gerade ist oder was sie macht. Aber gut, ich habe meinen Neffen, und heute habe ich ja Sie. Hier, Nummer 8, das Häuschen mit den weissen Läden. Vorsicht, Stufe.«

Drinnen ist es dank der dicken Mauern beinahe kühl. Beim Reinkommen steht man direkt vor einer Leitertreppe, die, wie sie mir erzählt, zu ihrem Schlafzimmer führt. Links geht es ins Wohnzimmer, in dem ein imposanter Ofen thront, drum herum stehen ein Fernseher, ein alter Sessel und zwei Stühle. Am einzigen Fenster, durch dessen Läden spärlich Tageslicht fällt, steht ein Holztisch für zwei Personen, und dann kommt die Küchenzeile mit Spüle, Kochplatte und Kühlschrank. Ich mache einen Schritt ins Halbdunkel. Abgesehen vom fehlenden Tiergeruch erinnert mich alles an Raymonds Haus: diese besondere Mischung aus Granit, Brennholz, Moder und altem Stoff.

»Setzen Sie sich in den Sessel. Ich mache Ihnen Kaffee.«

Sie läuft geschäftig in dem kleinen Raum hin und her und strahlt mich immer wieder an.

»Nehmen Sie Zucker?«

»Ja, bitte.«

»Bedienen Sie sich, hier in der Dose. Ich habe braunen und weissen. Mein Neffe geht zweimal im Monat für mich einkaufen. Der Junge ist ein Engel, wirklich wahr.«

Endlich setzt sie sich hin.

»Wenn ich an Ihren Grossvater denke, fällt mir natürlich als Erstes diese verteufelte Geschichte ein, wie er die Kühe verloren hat.«

»Wie das, verloren?«

Verdutzt schaut sie mich an. »Wir reden doch von ein und demselben? Von Raymond Clavaud, der auf dem Bauernhof gelebt hat, wo wir uns getroffen haben?«

»Jaja, genau.«

»Und Sie wussten nicht, dass er seine Herde verloren hat?«

Ich werde immer verwirrter. »Nein …«

Und wenn sie nun etwas verwechselte? In dem Alter spielt einem das Gedächtnis manchmal Streiche.

Sie macht die Keksdose auf und hält sie mir hin. »Das war alles wegen einer Krankheit, mit der seine Kühe sich angesteckt haben. Damals konnte niemand etwas dagegen machen. Es war wirklich ganz furchtbar. Keine Kuh hat mehr Kälber ausgetragen. Eine nach der anderen hatten sie Fehlgeburten. Damit sie nicht noch das restliche Vieh im Dorf anstecken, musste Raymond sie am Ende erlösen. Das war Anfang der sechziger Jahre. Danach hat er sich über einen Monat lang auf seinem Hof verkrochen. Für einen Viehzüchter gibt es nichts Schlimmeres, als die eigenen Tiere töten zu müssen.«

Erschüttert nicke ich. »Und dann?«

»Sie müssen sich das vorstellen, ohne Kühe! In nicht mal einem Monat hatte er keinen Sou mehr, so dass er in der Giesserei in Ussel angefangen hat. Als das bekannt wurde, dachten alle, mit ihm ist es aus, wir dachten sogar, er muss den Hof verkaufen. Man muss auch bedenken, wie das damals war, die Arbeit in der Giesserei. Die reinste Hölle. Aber er hat durchgehalten, und dank eisernem Sparen konnte er nach einem halben Jahr sogar wieder eine Kuh kaufen. Von da an war er nachts in der Giesserei und tagsüber Bauer. Er arbeitete zwanzig bis zweiundzwanzig Stunden am Tag. In der Gegend hat niemand geglaubt, dass er das durchhält. Aber er hat so weitergemacht, eine Kuh nach der anderen gekauft, bis er nach zehn Jahren wieder eine ganze Herde beisammenhatte! Wenn das keine schöne Geschichte ist. Ach, allein vom Erzählen stehen mir die Tränen in den Augen.«

Benommen senke ich den Blick. »Das wusste ich nicht mal.«

Sie lacht leise. »Die Männer dieser Generation sind doch alle gleich, Prahlerei ist ihre Sache nicht. Mein Vater zum Beispiel, glauben Sie, er hätte mir erzählt, was er im Krieg für die Widerstandskämpfer getan hat? Dank einer alten Tante habe ich es irgendwann erfahren. Denken Sie nur, er war es, der 42 die Versorgung der Gruppe in Clairavaux organisiert hat, und 43 …«

Ich höre ihr nicht mehr zu, reise weit zurück. Ich bin dreizehn. Ich weiss es noch nicht, es ist mein letzter Sommer bei Raymond. Eines Nachts rüttelt er mich wach. Seine Worte stolpern übereinander. Sein Blick ist wahnsinnig. Er braucht mich im Stall. Das ist alles, was ich verstehe. Mein Herz klopft bis zum Hals. Noch nie habe ich ihn so gesehen. Ich springe in die Kleider. Stürze die Treppe hinunter. Stosse die Tür zum Stall auf, stelle mich zu ihm vor die Kuh, die ausschlägt, während er verzweifelt versucht, ihr einen Strick anzulegen. Ich will ihm gerade helfen, doch beim Anblick einer riesigen blutigen Masse im Stroh erstarre ich.

»Los, *p'tiot**! Sie hat einen Gebärmuttervorfall! Sie darf auf keinen Fall drauftreten! Bewegung, Himmelherrgott noch mal! Allein schaffe ich das nicht! Sie krepiert uns sonst! Und pass auf das Kalb auf. Das liegt direkt dahinter.«

Entgeistert starre ich ihn an. Das Tier wehrt sich und tritt gegen die Stallwand.

»Mach schon, Junge!«

Nur kann ich den Blick nicht von dem Magma aus blutigem Fleisch abwenden, und der Ekel packt mich. Ich denke an das Kalb, das dort herausgekommen ist. An das Kalb, geboren aus diesem abartigen Ding zu meinen Füssen, bei dessen Anblick alles in mir einfach nur noch wegwill.

»*P'tiot,* bitte.«

* Okzitanisch: Kleiner.

Er weint jetzt, er, den ich nie anders als stark erlebt habe. Ich kann ihn nicht hängenlassen. Ich muss handeln. In dem Moment beruhigt sich die Kuh: jetzt oder nie. Ich renne zu ihm hin, und da kippt alles. Die Kuh fällt auf die Knie. Sofort stürzt Raymond sich auf die Gebärmutter im Stroh und brüllt mir zu, ich solle ihm helfen, sie hochzuheben. Ich bin dreizehn. Ich bin noch kein Mann. Ich weiss nichts über den weiblichen Körper, über den Monatsfluss, über die Vagina, die in dem Moment, wo neues Leben auf die Welt kommt, reisst, über die Geburt, die derart ins Fleisch schneidet, dass einem zum Schreien ist. Ein zweites Mal brüllt mein Grossvater, ich solle ihm helfen. Voller Entsetzen schaue ich ihn an, kann mich nicht rühren. Doch tief in mir steigt etwas auf. Was, kann ich nicht sagen. Eine Art Kraft, die nach und nach meine Angst erstickt. Zwei Schritte neben mir brüllt Raymond noch lauter. Plötzlich ist da der grimmige Wunsch, die Kuh zu retten. Als würde mein Leben davon abhängen. Ich sehe mir zu, wie ich einen Satz nach vorn mache, ich mache einen Satz, und ohne zu überlegen, mit einer urzeitlichen Wut, schiebe ich beide Arme unter das Ding. Nur ist die Gebärmutter so weich und glitschig, dass sie mir aus den Händen flutscht. Raymond fleht mich an aufzupassen. Das Gewebe ist empfindlich. Es kann reissen. Und er brüllt mich an, ich solle schnell machen. Dreimal versuchen wir es, dreimal rutscht mir die schleimige Hülle aus den Händen. Ich bin verängstigt, voller Blut. Wir versuchen es ein viertes Mal, und da kriege ich sie endlich zu packen. Verdammmich, ist die schwer! Alles schwankt. Dennoch ist da diese Kraft in mir, und an die klammere ich mich. Eine Kraft, die ausstrahlt. Unter meinem ungläubigen Blick macht Raymond sich daran, die Gebärmutter zurück in die Kuh zu schieben. Stück für Stück rutscht sie hinein und verschwindet schliesslich ganz. Wir haben es geschafft. Raymond kann es kaum glauben. Die Kuh erhebt sich im Stall und schaut uns an. Draussen klafft die Nacht. Ich bin voller Blut. Ich habe Durst, und mir ist furchtbar heiss.

34

Sie will nicht, dass ich gehe, findet tausend Vorwände, um mich zurückzuhalten, und entschuldigt sich nochmals, dass sie mich mit der Geschichte ihres Vaters gelangweilt hat. Sie ist so einsam. Sie ist es nicht mehr gewohnt. Während sie den Kaffee aufwärmt, denke ich an Lisa. Wie mein Leben wohl ausgesehen hätte ohne sie an meiner Seite. Ich sehe mich in einem Häuschen wie diesem. Die Abende am Fenster. Wie ich unter der Woche auf Arbeit so wenig wie möglich rede. Die Alte kommt mit einem Tablett voll Obst zurück. Wäre ich wie sie geendet?

»Sie kennen sich nicht zufällig mit Speichererhitzern aus? Meiner tropft, und richtig warm wird das Wasser auch nicht mehr.«

Ich folge ihr ins Bad, merke schnell, dass es an der verschmutzten Anschlussleitung liegt.

»Da benötige ich die Gebrauchsanweisung, können Sie mir die holen?«

»Die habe ich nicht mehr, aber mein Neffe hat sie im Internet von seinem Telefon wiedergefunden. Kann Ihr Telefon das auch?«

»Ja, aber ich muss es erst aufladen.«

Sie errötet beschämt. »Sagen Sie mir ehrlich, wenn es zu schwierig ist, dann rufe ich den Klempner an.«

»Keine Sorge, ich mache das beruflich, Maschinen reparieren.«

Ausserdem fühle ich mich hier so wohl, weil ich ihr

Lächeln auf mir spüre, das mich nach und nach auftaut. Mehr noch. Mich oben hält. Und weil ich nun, während ich ihren Speichererhitzer repariere, zuhöre, wie sie mir von ihrer Angst vor dem Wolf erzählt, als sie mit knapp fünf Jahren durch den Wald zur Schule gehen musste. Wölfe, von denen der Letzte, wie sie mir erzählt, durch eine Kugel meines Urgrossvaters, des Vaters von Raymond, zu Tode kam. Ja, ich fühle mich so wohl mit ihr, sie hat auf den ersten Blick erkannt, wie sehr ich am Ende war, ohne irgendwelche Fragen zu stellen. Ich, Raymonds Enkel, den sie liebevoll ansieht. Dafür würde ich sie gerne küssen. Wie einen Pfirsich.

»Ich glaub, er geht wieder. Probieren Sie mal.«

Sie dreht den Hahn auf, hält prüfend die Hand unters Wasser. »Sie haben es geschafft.«

Und jetzt? Ich würde so gerne bei ihr und ihrem Strom an Geschichten bleiben, der mich in der Welt hält.

Sie greift nach der Handtasche. »Wie viel macht das?«

Ich runzele die Stirn. »O nein, stecken Sie das bloss weg!«

Gerührt schaut sie mich an. »Gut, dann gebe ich Ihnen eben eine Terrine mit, für unterwegs. Hausgemacht. Und ein bisschen Brot.«

Im Wohnzimmer reicht sie mir mein Handy, und ich muss versprechen, in den Kurven nicht zu schnell zu fahren.

»Man kann nie wissen. Manchmal kommen Traktoren …«

Sie bringt mich bis zur Tür und macht auf. Sofort

dringt heisse Luft ins Haus. Warum umarme ich sie nicht, wo doch alles in mir danach schreit?

Sie nimmt meine Hände, hält sie einen Augenblick lang fest. »Kommen Sie wieder?«

Diese pochende Traurigkeit. Man müsste sie ganz fest umarmen. Den Weg zu den Tränen finden. Stattdessen trete ich einen Schritt zurück. Ich höre, wie sie hinter mir die Tür abschliesst. Diese Kälte in mir. Die gleiche wie bei Guy?

Mit jedem Schritt vergrabe ich mich tiefer unter den Decken. Wie viele Leichen wurden gefunden, seit ich weg bin? Wie viele neue Löcher in *ihrem* Garten? Aufgewühlte Erde? Eltern, die mich zusammenschlagen wollen? Wahrscheinlich hätte ich nie das Haus verlassen sollen. Wo ist sie jetzt, die Kraft, die mich damals im Stall von jeglicher Angst befreit hat? Die rasende Realität tut so weh. Wer kann mich heute daraus befreien? Ich steige ins Auto, sehe mich um. Ich stehe auf der Schwelle zur Welt, vor dem blutigen Magma. Vielleicht sogar darin. Ein Kälbchen, das an allen geschehenen Toden Schuld hat. An allen kommenden Toden. Ich stecke den Schlüssel ins Zündschloss. Drehe ihn nicht um. Wer kommt mir zu Hilfe? Du, Lisa? Womöglich hast du meine Abwesenheit genutzt, um deine Sachen zu holen und das Haus leer zu räumen. Wer also, Herrgott noch mal? Wer, ausser den Toten, deren Blick sich angesichts meiner Kindertränen nicht abwendet? Und plötzlich ein Gedanke. Ich steige aus dem Auto, renne zurück.

Als sie mich sieht, hellt ihr Gesicht sich auf. »Haben Sie etwas vergessen?«

»Ich wollte fragen, ob ich wohl zu ihm gehen kann.«

»Zu wem?«

»Dem Einsiedler.«

Spitzbübisch schaut sie mich an. »Jetzt, sofort?«

»Ja. Ich muss mit ihm reden.«

»Nun, Sie können es ja versuchen. Aber wenn ich Sie wäre, würde ich Wasser und etwas zu essen mitnehmen, und einen Schlafsack oder wenigstens eine Decke. Haben Sie eine?«

»Eine Decke, ja. Aber wie komme ich überhaupt hin?«

»Kommen Sie rein, ich zeichne Ihnen eine Karte. Sie werden sehen, es ist nicht schwer, vor allem für Sie, Sie kennen ja die Gegend. Ach, da gebe ich Ihnen gleich ein Brot mit, das können Sie ihm vor die Tür legen, machen Sie das?«

»Natürlich.«

Sie lächelt rätselhaft. »Ich bin sehr froh, dass Sie sich dazu entschlossen haben.«

35

Ich folge ihrer Wegbeschreibung, nehme die Abkürzung durch den Wald und bin nach nicht einmal vierzig Minuten auf dem Gipfel der ersten Erhebung. Von dort ist die Sicht so klar, dass ich am Horizont schemenhaft die bläulichen Vulkane der Auvergne ausmachen kann. Ich halte nach der Hochspannungsleitung Ausschau, die die Alte mir aufgemalt hat, entdecke sie ein Stück weiter unten. Ich steige ins Tal hinab, komme keuchend am ersten Mast an, gehe daran vorbei und wieder in den Wald hinein. Nicht ein Schuss, seit ich losgelaufen bin. Trotzdem muss ich wachsam bleiben. In dieser Gegend rechnen die Jäger nicht mit Wanderern: Bei der geringsten verdächtigen Bewegung im Unterholz haben sie den Finger am Abzug. Ich gehe den ausgetrockneten Bachlauf entlang, komme zu dem leerstehenden Haus und mache mich, der Zeichnung folgend, über die Schneise an den Aufstieg der zweiten Erhebung zu meiner Rechten. Die erweist sich als deutlich schwieriger als die erste, so sehr hat der Ginster jedes freie Fleckchen zwischen den jungen Fichten vereinnahmt. Obwohl ich die Arme schützend vor mich halte, zerreissen mich von überall die Dornen und dringen in meine Haut, am liebsten würde ich aufgeben. Wann ist die Alte den Weg das letzte Mal gegangen? Zum Glück stosse ich auf Wildschweinlosung und folge von da an der Fährte. Schon nach ein paar Metern lichtet sich das Dickicht und mündet in den Wald, wo ich erleichtert den breiten Schatten der Douglasien und das weiche Reisig unter den Füssen geniesse: ein dicker Teppich, der alles schluckt. Oben angekommen, steige ich wie im Rausch ins nächste Tal hinab. Der Einsiedler wird mir endlich Antworten liefern, ganz sicher. Er wird mich zu trösten wissen.

»Er ist Prophet, wie sein Vorgänger. Ein erleuchteter Mann.«

»Erleuchtet?«

»Ja, von Gott, verstehen Sie.«

Ganz unten liegt der Teich, zu dem niemand mehr kann, seit eine gefallene Eiche die einzige Strasse versperrt, die dorthin führt. Ich lege mich ins Gras, um zu verschnaufen und die Schönheit des Himmels zu geniessen, der sich bereits golden färbt. Auf dem Wasser funkelt alles. Ich stehe auf und gehe mit grossen Schritten weiter, zuversichtlicher denn je. Laut Karte ist es nicht mehr weit. Ich nehme die unbenutzte Strasse und biege direkt nach der Eiche links ab, wieder hinein in den Wald. Von da ab geht es stramm Richtung Osten, einen guten Kilometer. Ich würde sehr schnell merken, wenn ich falsch liefe, weil weiter oben der Truppenübungsplatz liegt, der sich über mehr als sechstausendzweihundert Hektar erstreckt. Um Eindringlinge abzuschrecken, werden Spaziergänger alle dreissig Meter durch ein »Gefahr«- und ein »Zutritt verboten«-Schild gewarnt. Der Einsiedler hat seinen Schlupfwinkel gut gewählt. Bis auf ein oder zwei Ausnahmen im Jahr ist das Gelände zu drei Vierteln verwaist. Hier kommt kaum jemand hin.

Hinter den Wipfeln geht allmählich die Sonne unter, wirft helle Pfützen auf Moose und Flechten. Je tiefer ich in den Wald hineingehe, desto dichter wird er. Das immer spärlichere Sonnenlicht funkelt hartnäckig, verstreut, mal auf den Baumstämmen, mal auf Waldboden und Farnen, unzählige leuchtende Splitter, die wie eine herrliche Traumlandschaft anmuten. Nachdem ich ein bisschen umhergeirrt bin, erkenne ich im dichten Laub endlich ein Stück Mauer. Vorsichtig, um den Mann nicht zu stören, gehe ich darauf zu.

Kurz bevor ich losgelaufen war, hatte die Alte mir eingeschärft: »Seien Sie so leise wie möglich, und Sie dürfen auf keinen Fall nach ihm rufen oder, schlimmer, gar an der Tür klopfen.«

»Aber wie soll ich mich denn dann bemerkbar machen?«

»Er weiss, wenn jemand kommt. Ich weiss nicht, wie er das macht, aber er weiss es. Sobald Sie dort sind, müssen Sie nur noch warten.«

»Und … wenn er nicht herauskommt?«

»Er wird herauskommen. Es dauert nur manchmal ein bisschen.«

»Wie lange?«

»So lange, wie er es für richtig hält.«

»Und wenn er nicht da ist?«

»Er ist immer da.«

»Geht er nie weg?«

»Nein.«

»Aber … wie macht er das mit dem Essen?«

»Das weiss ich nicht. Niemand weiss das. Mit dem

anderen, dem alten, den Raymond noch kannte, war es genauso.«

Ich gehe noch ein paar Schritte und gebe mir Mühe, nicht auf am Boden liegende Blätter und trockene Zweige zu treten. Endlich stehe ich vor der Bruchbude mit der schiefen Tür und den alten, von Brombeerranken und Stechpalmenzweigen überwucherten Steinmauern. Ist er wirklich da drin? Auch wenn ich ganz nah herangehe, ist kein Laut zu hören. Nicht einmal ein Atemgeräusch. Mit einem Mal ärgere ich mich, dass ich nicht mehr über ihn in Erfahrung gebracht habe. Muss ich mich bekreuzigen, bevor ich mit ihm rede? Mich verneigen? Niederknien? Und wenn er nun verlangt, dass ich ein Gebet spreche? Ich kann mich an kein einziges erinnern, nicht mal ans Vaterunser. Wo wird das Gespräch stattfinden, und wie lange dauert es wohl? Sollte ich ihn bezahlen? Hinter dem Astgewirr wird der Himmel flammend rot. Ich hole den grossen Brotlaib aus dem Rucksack, lege ihn so leise wie möglich vor die Tür. Ob er mich gehört hat? Vielleicht sollte ich meine Wasserflasche dazustellen? Der Boden ist stellenweise rissig. Ich überlege hin und her und lasse es dann. Die Art Mensch könnte es mir übelnehmen, dass die Flasche aus Plastik ist.

Langsam senkt sich der Abend nieder. Ich beschliesse, mich auf die Suche nach dem Hochstand zu machen, von dem die Alte mir erzählt hat und der früher den Jägern als Ansitz diente.

»Wenn die Sonne untergegangen ist, legen Sie sich dort schlafen.«

»Aber wenn er nun genau dann herauskommt?«

»Das macht er nicht. Er kommt nie nachts raus.«

Nach nicht mal dreissig Metern habe ich den Hochstand gefunden. Man muss eine lange Leiter mit teils zerbrochenen Sprossen hinaufklettern. Oben gibt es nur ein einfaches Schutzdach. Der Ausblick ist besser, und es ist ein bisschen kühler als unten. Ich stelle den Rucksack auf der kleinen Plattform ab, breite meine Decke aus und beisse in ein Stück Brot, während die ersten Sterne am Himmel aufblitzen. Ab morgen ist alles wieder im Lot. Der Mann hat bereits Wunder vollbracht. Das hat die Alte mir bestätigt. Ein Wort von ihm: Das alte Leben jenseits aller Verbrechen würde wieder einsetzen, natürlich unter der Bedingung, dass ich den Heiligen und der Jungfrau Maria ein paar Kerzen anzündete. Das würde ich tun, und auch noch mehr, wenn es sein musste. Das Bedürfnis, Lisas Haut an meiner zu spüren, die warme, sanfte Wölbung ihrer Hüften, ist riesig. Hat sie endlich begriffen, wie sehr ich sie liebe, seit dem ersten Tag?

Ganz zärtlich umhüllt die Nacht die Welt. Ich bin so kurz vorm Ziel. Plötzlich möchte ich fast lachen.

36

Sobald der Morgen dämmerte, begab ich mich mit klopfendem Herzen wieder auf den Posten. Das Brot lag nicht mehr vor der Tür; er war also tatsächlich da. Ich setzte mich der Bruchbude genau gegenüber auf den Boden, lehnte mich an eine Eiche und begann hoffnungsvoll zu warten.

Inzwischen steht die Sonne hoch am Himmel. Im Wald ist es so heiss, dass alles Leben stillzustehen scheint. Die Vögel rühren sich nicht. Die Insekten verkriechen sich. Sooft ich die Hand auch hebe, ich spüre nicht das kleinste Lüftchen. Mein Wasser ist alle, ich habe Durst, mein Magen knurrt. Die freudige Erregung von heute Morgen weicht wachsender Ungeduld. Worauf wartet er denn?

Bald ist es nach Mittag. Je länger ich warte, desto unwirtlicher erscheint mir der Ort. Die blutleere Erde, jeglicher Feuchtigkeit beraubt. Die Brombeerranken, das Durcheinander aus krummen Ästen. Die fast schon unheimlichen Schatten auf dem Boden im gleissenden Licht. Was will er bloss? Merkt er denn nicht, dass ich mich langsam schlecht fühle?

Gegen sechzehn Uhr oder vielleicht auch achtzehn Uhr – ich habe jegliches Zeitgefühl verloren – nicke ich schliesslich ein, doch ein Geräusch lässt mich aufblicken. Er ist es. Ich sehe seinen Schatten und gleich darauf seine Gestalt, wie wahnsinnig, hervortretende Augen, zotteliges Haar, dreckverkrustete Haut, ausladende Bewegungen, die Tunika hängt in Fetzen herunter. Entsetzt richte ich mich auf. Noch nie habe ich einen so scheusslichen Mann gesehen. Fliehen? Zu spät. Er kommt direkt auf mich zu, und in meinem Kopf geht es drunter und drüber. Die rasende Wut in seinem Blick. Wo soll man angesichts eines derartigen Wahns anfangen? Schnell, der rote Faden. Guy, die Mädchen, Lisa, das Haus … Doch ehe ich den Mund aufmachen kann, hebt er den Arm, hoch hinauf ins Licht der Wipfel. Mit offenem Mund starre ich ihn an und versuche, den Anfang eines Satzes herauszubringen, doch plötzlich, in ungeheurem Tempo, sein Arm, seine Hand, in einem unbegreiflichen Tempo, während ich noch in mir nach den Worten suche, Worte über den Frevel, das Blut und das Versteck unter den Decken, sein Arm, seine Hand … mit einem Mal riesig. Sausen durch die Luft. Aber was zum … während er mich aus nicht mal zehn Zentimetern Nähe wild anstarrt und ich, ernstlich verwirrt, sehe, wie sein Arm … in einem Tempo … niedersaust und mir mit fürchterlicher Wucht eine Ohrfeige versetzt.

»Wurde auch Zeit, in deinem Alter solltest du wissen, dass die Finsternis existiert!«

Aber was zum … Doch er hebt erneut den Arm. Den anderen diesmal. Und während ich noch versuche zu verstehen. Einfach nur zu verstehen. Und zu reagieren. Raum zum Schreien zu finden, vielleicht. Wieder sehe ich seinen Arm, seine Hand durch die Luft sausen. Wutentbrannt. Wahnsinnig. Auf meine andere Wange hinunter.

»Sei gewiss, das Licht hat bereits gewonnen! Und nun geh.«

Er fährt herum, geht in seine Bruchbude, knallt die Tür hinter sich zu. Ich bleibe allein zurück, völlig baff.

Meine Wangen brennen.

37

Tempolimit siebzig. Ich trete aufs Gas. Zwei Ohrfeigen. Für wen hielt der sich eigentlich und mit welchem Recht? Indessen staunt mein Herr Sohn wilde Elefanten an. Und überhaupt, was für ein Licht? Was für ein Scheisslicht bitte, wo doch der Planet vor unseren Augen krepiert und Kerle wie Guy kleine Mädchen kaltmachen. Wen will der eigentlich verarschen, verdammt? Als wäre ich auf diese Abscheulichkeiten aus gewesen. Als hätte ich das gewollt! Soll das die Strafe sein, weil ich sein Freund war, ja? Und wo ist da die Gnade? Die Liebe Gottes? Seine scheissunendliche Barmherzigkeit? Ha, damit war's ja nicht weit her. Die schreienden Mädchen. Ihre Leichen, die in unseren Bettlaken verwesten. Der Tacho zeigt hundertvierzig. Was hat mich bloss geritten, dass ich ihn nicht zurückgeohrfeigt habe? Ich bin mit meinem Schmerz zu ihm gekommen. Allein meinem Schmerz. Zwei Ohrfeigen! Wenn so seine göttliche Hilfe für die Menschen aussieht. Die Tür deiner Bruchbude hätte ich dir einschlagen sollen, ha, dich rauszerren und dich … Als ob das Licht bereits … Ja, sag mal, hast du was mit den Augen? Ich hab von Guy nicht viel verlangt. Einen Freund, mehr nicht, weil ich gerade Abdane verloren hatte. Seit wann ist es verboten, so etwas zu verlangen? Zwei Ohrfeigen! Wenn ich daran denke, dass Lisa auch hätte dabei sein können. Was hättest du dann gemacht, hm? Hättest du sie auch verprügelt und ihr solchen Mist an den Kopf geworfen? Bereits gewonnen, am Arsch! Tot sind sie, die Mädchen! Und dann mein Sohn, der die ganze Zeit lächelt, und Lisa, womöglich mit einem anderen auf und davon. Oh, natürlich mit einem, der sich an die Verkehrsregeln hält und nicht alles um sich herum krepieren lässt! Und dann die Alte, die geschlossenen Fensterläden, als ich zurückkam. Ist die auch tot? Weg hier, so schnell wie möglich. Egal wohin. Weil alles hier verbrennt. Scheissklimawandel. Was musste ich auch auf Valérie hören. Als gäbe es nicht schon genug Mist auf dieser Welt. Ich hätte mich weigern sollen, die Fabrik zu verlassen, Pech gehabt, wenn den Jungs mein Verhalten nicht passt. Für immer im Haus bleiben. Zurückkehren und für immer das Aune-Ufer entlanglaufen,

Im Reich der Libellen.

Wie konnte die Alte nur? Wollte die mich auch bestrafen? Wo endet die Strafe? Noch immer die schnurgerade Strasse. Vereinzelte Industriebrachen. Wie man's auch dreht, diese Welt wird es sowieso bald nicht mehr geben. Wird's nicht mehr geben, hörst du, du Einsiedler? Diese Welt, durch die ich ziellos rase und die mich rasend macht. Und nicht nur mich. Die Menschheit. Und in der ich dich, zusammen mit der Menschheit, verfluche, während ich aus dem Radio erfahre, dass ein Flüchtlingslager in Syrien bombardiert wurde, dass in einem Schlachthof in den USA die Mitarbeiter den Kühen, weil die sich nicht mehr auf den Beinen halten konnten, mit ihren Stiefeln auf die Mäuler getreten haben und mehrmals ansetzen mussten, bis sie endlich tot waren.

Wer wird diese Blutorgie beenden?
Diese Orgie, die mich auffrisst
Und die ich geschürt habe?

38

Flaches Land, so weit das Auge reicht. Es kommt mir vor, als würde ich schon ewig fahren. Wo bin ich hier? Und warum bist du nicht an meiner Seite, Lisa?

»Thierry?«

Ich gucke verblüfft rüber, und da sitzt er.

»Abdane?«

Er lacht. »Du bist mir einer! Wer soll ich denn sonst sein?«

Ich sehe mich um. Ich bin im Hof des Metallbauunternehmens, wo wir seit dem frühen Morgen am Hydraulikzylinder einer Stanze arbeiten. Ein grosses Teil, das fast fünfhundert Kilo wiegt. Kaum waren wir angekommen, machte der Chef schon Druck. Er habe eine externe Firma gerufen, damit er Ergebnisse bekomme: Wir täten gut daran, uns zu sputen. Nachdem wir den Bereich abgesichert, unsere Warnleuchte aufgestellt, die Schutzgitter entfernt und die Hochdruckeinheit abgeschaltet hatten, nahmen wir die Maschine auseinander. Das war kein Kinderspiel, bei dem schweren Gehäuse. Und es würde Zeit kosten. Viel Zeit. In der Mittagspause gingen wir in ein kleines Bistro. Wir mussten allein sein, um den Druck loszuwerden. Der Chef hat keine Ahnung, wie schwierig die Reparatur ist. Er findet, dass wir bummeln, und wettert, weil er einen seiner Männer abstellen musste, damit er uns beim Tragen der schweren Teile hilft. Wir wollen gerade wieder an die Arbeit gehen, da klingelt mein Handy. Der Typ aus der

Cassoulet-Fabrik möchte eine Ferndiagnose per Telefon. Eine seiner Wasserpumpen spinnt, er weiss nicht, wie er das reparieren soll. Ich sage Abdane, dass ich gleich nachkomme. Er nickt und strahlt dabei. Der Typ am anderen Ende reicht mich an den Produktionsleiter weiter, dem ich erkläre, wo man drücken muss, um den Fehler zu löschen und die Pumpe wieder in Gang zu bringen. Der Kerl erwidert, er sei kein Techniker, habe keine Befugnis … Ich hab's mit einem Angsthasen zu tun, allmählich werde ich sauer. Abdane bedeutet mir, dass er schon mal vorgeht. Ich nicke ihm zu, dann ist er weg. Ich weiss nicht, wie lange es dauert, bis ich den Blödmann so weit habe, dass er auf den Scheissknopf drückt. Zwei Minuten vielleicht. Hundertzwanzig Sekunden. Und plötzlich zerreisst dieser markerschütternde Schrei die Luft. Der Typ am Telefon fragt, was los ist. Ich gebe keine Antwort und renne wie ein Irrer in die Maschinenhalle. Beim Anblick des umgekippten Zylinders bleibt mir fast das Herz stehen. Die Blutlache auf dem Boden. Meine Ohren hören nichts mehr. Dabei kommen die Schreie nun von überall. Wie betäubt gehe ich weiter, starre auf die Lache am Boden, dann ganz schnell auf den Körper, *seinen* Körper, den Körper meines Freundes Abdane … zerschmettert. Ich falle neben ihm auf die Knie, brülle nach einem Gabelstapler, um ihn freizubekommen.

»Abdane? Abdane, sag was!«

Seine Augen bleiben geschlossen. Da springe ich auf und versuche allein, den Zylinder anzuheben. Andere kommen angelaufen, wollen mir helfen. Aber wie soll man zu zehnt eine halbe Tonne vom Fleck bringen! Die Blutlache auf dem Boden wird grösser.

Wieder knie ich mich hin, klammere mich an ihn. »Abdane, ich flehe dich an, nicht sterben.«

Der Chef, gerade noch so arrogant, versucht unter Tränen, mich wegzuziehen, und stammelt Erklärungsfetzen. Laut Augenzeugen hatte mein Kollege sich allein wieder an die Arbeit gemacht. Sein Blaumann war an einer Schraube hängengeblieben. Mit einem Ruck hatte er sich frei machen wollen, dabei war einer der Unterlegkeile herausgerutscht, auf denen der Zylinder stand … In der Ferne heulen Sirenen. Ich will nichts mehr hören. Warum bin ich ans Telefon gegangen? Und warum habe ich dich vorhin im Hof einfach gehen lassen, Abdane?

Ich sitze im Auto, starre auf die Strasse, mit leerem Blick, bis zum ersten Zucken, gefolgt von einem zweiten, dann einem dritten. Schon bald wird mein Körper so heftig geschüttelt, dass ich rechts ranfahren muss. Mir läuft die Nase. Ich schlottere. Lisa, sag, dass du angerufen hast. Ich wühle in den Hosentaschen nach meinem Handy. Klappe es auf, scrolle durch die Liste der eingegangenen Anrufe. Fünfzehn von meinem Bruder, sieben von Bretan, vier von meinen Schwägerinnen … Ich will es nicht glauben. So lange bin ich also schon unterwegs. Ich gehe die Namen ein zweites Mal durch. Nichts. Nicht mal eine SMS, um mir zu sagen, dass du an mich denkst. Der x-te Schüttelkrampf. Ich schaue in den Himmel, senke den Kopf. Etwas rollt mir die

Wange hinunter. Ich schaue in den Rückspiegel, bin einen Augenblick lang unschlüssig bei dem, was ich da sehe. Eine Träne? Ich gehe näher an den kleinen Spiegel heran. Ja, eine Träne, aus dem rechten Auge, nun rinnt sie ganz langsam bis in den Mundwinkel. Wie lange ist mir das schon nicht mehr passiert? Vierzig, fünfundvierzig Jahre? Ich fange sie mit dem Fingernagel auf, lasse sie über meinen Finger laufen. So rund und so vollkommen zugleich. Dann bin ich also noch nicht ganz tot. Etwas in mir regt sich noch. Das Handydisplay leuchtet auf. Bist du es, endlich? Ich möchte so gern, dass du die Träne siehst. Aber es ist wieder nur er, mein Bruder.

»Sag mal, was ist denn mit dir los, dass du dich meldest?«

»Ich wollte nur wissen, wie's dir geht.«

»Einfach so, ganz plötzlich?«

»Ja.«

»Ach, komm! Du willst doch nur Einzelheiten, genau wie alle anderen!«

»Was für Einzelheiten?«

»Verdammt, Stéphane, wie lange hast du dich nicht gemeldet?«

»Wo bist du?«

»…«

»Komm her, wir müssen mal reden, wir beide.«

»Sicher doch, mal reden, der war gut!«

»Jetzt komm schon.«

»Weisst du was? Daran hättest du denken sollen, bevor du abgehauen bist und mich mit Maman allein gelassen hast.«

»Thierry …«

»Du kannst mich mal! Ihr könnt mich alle mal!«

Schnurgerade Strasse. Ich beschleunige. Wieder ruft er an. Aber ich, ich will Lisa. Lisa, die sich sogar zu fein ist, mir eine Nachricht zu hinterlassen, als wäre es für sie schon erledigt. Nur ein Wort, verdammt noch mal, was ist denn daran so schwer? Wo ich doch allein bei dem Gedanken, sie zu verlieren, am ganzen Körper zittere, und mein Scheissbruder ruft zum dritten Mal an.

»Mensch, lass mich in Ruhe!«

»Komm her.«

39

Den Süden hat er schon immer geliebt, besonders das Meer. Ich nicht: Endlose Weite finde ich beklemmend. Er war immer auf Reisen und hat sogar lange Zeit im Ausland gelebt, während ich nichts lieber mag, als gemütlich zu Hause zu sitzen. Man fragt sich, ob wir wirklich miteinander verwandt sind.

Als ich ankomme, ist es zwei Uhr morgens. Das Tor ist auf. In der Zufahrt überwältigt mich betörender Oleanderduft von allen Seiten, hüllt mich ein. Am Ende des Weges erkenne ich im Halbdunkel schliesslich die Umrisse seines Hauses, es kommt mir doppelt so gross vor, wie ich es in Erinnerung habe. Im ersten Stock geht ein Licht an, dann im Erdgeschoss an der grossen Fensterfront, woraufhin ich den Infinitypool im Garten entdecke. Angesichts dieses Luxus fühle ich mich bereits fehl am Platz.

»Brauchst du Hilfe?«

Ich drehe mich um, und da steht er. Grösser und breiter als ich. Und älter auch. Ich sollte mich bedanken, weil er so lange aufgeblieben ist. Stattdessen mustere ich sein extrem angesagtes Brillengestell in Metallicblau. Sein perfekt geschnittenes graues Haar. Seine glatte, gebräunte Haut.

Er klopft mir freundschaftlich auf die Schulter. »Ich freue mich, dich zu sehen.«

Ich bin mir da nicht so sicher. Nicht mehr.

»Hast du nur eine Tasche?«

»Ja.«

Er streckt die Hand danach aus, ich sage, das gehe schon. Er lächelt mir zu, zeigt auf den Pool. »Hast du gesehen?«

Ich nicke stumm.

»Morgen kannst du schwimmen gehen. Wirst sehen. Das Wasser ist herrlich.«

Als wäre ich deshalb hergekommen. Ich bin so kurz davor, wieder zu fahren.

Das spürt er und entschuldigt sich. »Es ist so lange her. Ich weiss gar nicht, wo ich anfangen soll. Komm, ich zeig dir dein Zimmer, und morgen reden wir, okay?«

»Okay.«

Als ich aufwache, dauert es lange, ehe ich weiss, wo ich bin. Das Zimmer ist so gross. Ein ultraflacher Bildschirm bedeckt so gut wie die gesamte Wand gegenüber dem Bett. Ein wenig benommen stehe ich auf, ziehe den dicken baumwollenen Morgenmantel über, den er mir fürsorglich hingelegt hat, dazu ein Badetuch und Seife, die noch im Seidenpapier eingewickelt ist. So eine Protzerei. Ich hab's jetzt schon satt. Im Bad geht gleichzeitig mit dem Licht auch Musik an, als ich auf den Schalter drücke. Auch hier liegt auf einem der beiden Waschbecken eine Zahnbürste, eine Tube Zahnpasta, ein Kamm und zu guter Letzt eine Nagelschere für mich bereit, alles Markenprodukte und brandneu, so, als sollte ich, noch ehe wir gesprochen haben, begreifen, wie erfolgreich er ist. Nach dem Duschen hau ich ab. Beschlossene Sache.

»Jetzt warte mal, ich wollte dich doch nicht demütigen. Bleib. Ist doch albern.«

»Du hast keine Ahnung, was ich gerade durchmache, von daher kannst du dir deinen Pool und deine Hotelseife …«

»Verdammt, Thierry, ich hab nur versucht, alles richtig zu machen. Übrigens, nur dass du's weisst, mir ist auch was Seltsames passiert.«

Er schaut mich mit seinen grossen dunklen Augen an, in denen ich als Kind so viel Geborgenheit fand. Warum ist er nie zurückgekommen?

»Lass mich einfach erzählen. Danach kannst du fahren …«

Beinahe schon ein Flehen in seiner Stimme, das gleiche wie bei Bretan im Auto, als ich abhauen wollte und er mich am Arm festgehalten und »Bleiben Sie hier« gewispert hat, als wäre er selbst kurz vorm Ertrinken.

»Machst du das? Bitte, sag ja.«

Ich nicke und weiss wieder nicht so recht, wieso. Vielleicht liegt es an der Robustheit seines Blicks, die ich so vermisst habe. Und an seiner Tiefgründigkeit, trotz des kitschigen Pools.

»Es war in einer grossen afrikanischen Stadt. Ich befehligte eine Sondereinheit mit der Mission Informationsbeschaffung. Kurz vorher hatte ein furchtbarer Krieg stattgefunden. Meine Männer und ich sollten versuchen, den Kriegsverbrecher ausfindig zu machen, der massive Massaker an Zivilisten angeordnet hatte, und gleichzeitig sicherstellen, dass niemand in der Zone einen neuen Konflikt anzettelte. Ich war schon ein paar

Monate vor Ort. Täglich sammelte ich so viele Informationen wie möglich, indem ich verschiedene Informanten abklapperte. Unter ihnen ein gewisser Félix, den ich besonders gerne mochte. Schon über drei Monate sahen wir uns zwei- bis dreimal die Woche. Er war viel jünger als ich. Wir trafen uns immer in derselben Bar, natürlich zum Trinken – Alkohol löst die Zunge –, aber auch zum Schachspielen. Er liebte das Spiel, seit er klein war, und er war sehr gut. Mich machte es wütend, dass so ein Junge nicht zur Schule hatte gehen können. Die Eltern waren tot, und wie viele Waisen hatte er sich mit Betteln und den Almosen einiger entfernter Onkel durchgeschlagen. Als ich ihn kennenlernte, hatte er gerade eine Hütte am Stadtrand gekauft, in der, wie er mir lachend anvertraute, eines Tages seine vier zukünftigen Ehefrauen leben würden. Deshalb hatte er gleich mehrere Jobs, er versuchte sich als Friseur, Automechaniker und sogar als Schneider. Ich schätzte seinen wachen Geist und seinen Humor. Er mochte mich auch. Denn er lieferte mir hervorragende Informationen, einmal konnten wir eine Splittergruppe von Rebellen festnehmen, die einen Staatsstreich ausheckten …«

»Moment mal, worauf willst du hinaus?«

Er blickt auf. »Kein einziges Mal habe ich sein doppeltes Spiel durchschaut. Kein einziges Mal, Thierry. Und dabei, das kannst du mir glauben, gehöre ich auf dem Gebiet zu den Bestausgebildeten der Welt. Als ich es erfahren habe, wollte ich es erst nicht glauben. Félix sollte der berüchtigte blutrünstige Mörder sein, den wir alle suchten? Das war doch ein Witz. Das Video auf dem

Handy, das ein Unbekannter einem meiner Soldaten in die Jackentasche gesteckt hatte, liess Raum für Zweifel. Eine Männerstimme, die in jeder Hinsicht mit der von Félix übereinstimmte, war zu hören. Eine Stimme, die den Befehl gab, über hundert verängstigte Dorfbewohner zu massakrieren. Die Kinder zuerst, damit die Frauen schrien. Dann die Alten. Dann die Ehemänner und am Ende die Frauen, nachdem man sie vergewaltigt hatte. Einziger Haken, das Arschloch, das diese Befehle bellt, ist auf dem Video nie zu sehen. Wir konnten daher nicht sicher sein, dass es sich um Félix handelte.«

Einen Moment lang bleibt er stumm.

»Was hast du gemacht?«

Nachdenklich hebt er die Schultern. »Mich weiter mit ihm getroffen, als wäre nichts gewesen.«

»Warum habt ihr ihn nicht festgenommen?«

»Weil uns, wenn wir uns geirrt hätten, die eigentliche Zielperson durch die Lappen gegangen wäre.«

»War er's?«

Wieder schauen mich die grossen dunklen Augen an. So gross und traurig.

»Was glaubst du, warum ich dir diese Geschichte erzähle?«

Ich stelle ihn mir in der Spelunke da unten vor, wie er mit Félix redet, mit ihm trinkt, und innerlich ständig die Zweifel.

»Wie hast du es herausgefunden?«

»Dank einer extrem vorsichtigen Ermittlung. Solche Verbrecher haben ein riesiges Netzwerk vor Ort. Sie bauen sich vorsorglich vier oder sogar fünf Sicherheitsringe auf, die jeglichen Zugang zu ihrer Privatsphäre verhindern. Gemeinsam mit meinen Männern habe ich angefangen, jede seiner Gewohnheiten unter die Lupe zu nehmen. Je näher wir ihm kamen, desto spürbarer änderte sich das Verhalten unserer Informanten.«

»Wie denn?«

»Immer mehr Leute, die du für vertrauenswürdig gehalten hast, fangen plötzlich an, dich zu belügen, und versuchen dich auf eine falsche Fährte zu locken. Eines Tages kam Félix nicht mehr in die Bar. Wahrscheinlich hatte er spitzgekriegt, dass wir mit grossen Schritten vorankamen. So war es auch. Inzwischen wussten wir, in welchem Gebiet er wohnte, und wir hatten immer genauere Vorstellungen von seinem engeren Kreis. Da ist das Ganze dann gekippt. Er hat die unmittelbare Bedrohung gespürt und entschieden, uns zuvorzukommen, indem er vier Journalisten als Geiseln genommen hat: zwei Amerikaner, einen Franzosen und eine Engländerin. Ich weiss bis heute nicht, ob aus persönlichen Rachegelüsten, aus Angst oder um uns zu beweisen, wie mächtig er war, aber sobald uns die Information vorlag, hat er die englische Journalistin hingerichtet, mit Beweisvideo, und gedroht, die anderen in den nächsten zwölf Stunden ebenfalls umzubringen. Ich kannte das Opfer, sehr gut sogar. Wir hatten zwei Jahre zuvor im Tschad was miteinander gehabt, und eigentlich hatten wir die Beziehung wiederaufnehmen wollen. Sie war achtzehn Jahre jünger als ich. Unerschrocken, witzig, herrlich intelligent. Vielleicht die einzige Frau, die ich nicht nur geliebt, sondern auch bewundert habe. Sie hiess Jesse. Fast hätte ich mir vorstellen können, den Rest meines Lebens mit ihr zu verbringen.«

»Hat er sie wirklich umgebracht?«

»Ja. Aber na ja, aufgrund der brenzligen Lage konnte ich mir nicht gestatten, an sie zu denken. Drei Geiseln waren noch am Leben, auf die musste ich mich konzentrieren. Wegen des Ultimatums hatte ich keine Zeit, Verstärkung aus Frankreich anzufordern. Daher mussten meine gesamte Einheit und ich eingreifen, also in Aktion treten, was zugleich hiess, dass wir unser Cover aufgaben. Natürlich alles auf Anweisung aus Paris hin.«

Er starrt in seine Tasse, schenkt sich Kaffee nach, mit einem Mal schwach.

»Sicher, dass dich das nicht langweilt?«

Ein ganzes Leben, das er mir offenbart. Ich schüttele den Kopf.

Er schliesst die Augen, holt tief Luft. »Wenn ich aus Paris das Go erhalte, geht alles sehr schnell. Ich habe maximal sechs Stunden, um drei oder vier Einsatzoptionen vorzuschlagen. Nach Eingang wählen meine Vorgesetzten die geeignetste aus. Für die fragliche Operation brauchte ich einen Helikopter, eine Aufklärungsdrohne, einen Seefernaufklärer sowie ein alarmbereites Jagdflugzeug in einer Stunde Entfernung. In so einem Fall bin ich natürlich nicht alleine mit meinen Männern, aber willst du wirklich die Einzelheiten wissen?«

»Klar, hab ich doch gesagt.«

»In den meisten Militärbasen gibt es mehr als ein Armeekorps. In unserem Fall waren vor allem italienische, englische und amerikanische Korps vor Ort. Ich nehme dann ihre Strukturen in Anspruch. In unserem Jargon nennen wir das Joint Task Force. J 1 kümmert sich ums Personal. J 2 um die Aufklärung. J 3 und J 5 sind für die Operationen verantwortlich, J 4 für die Logistik …«

»Tauscht ihr untereinander Informationen aus?«

»Nein, jede Schaltstelle offenbart so wenig wie möglich.«

»Und dann?«

»Dann gehe ich mit meinen Männern den kompletten Ablauf ganz genau durch, und wir entscheiden, wer was übernimmt. Anschliessend bereitet jeder für sich seine Ausrüstung vor: ballistischer Schutzhelm, kugelsichere Weste, Handfeuerwaffe, Gewehr, Nachtsichtgerät. Zu dem Zeitpunkt ist es etwa X+7 nach Jesses Hinrichtung, und ich kann davon ausgehen, dass wir bereit sind. Ich muss aber trotzdem noch abwarten, bis der Élysée-Palast mir grünes Licht gibt. Man kann nie wissen, womöglich haben geheime Verhandlungen stattgefunden, die zur Freilassung der drei Geiseln geführt haben.«

»Und in dem Fall musst du abbrechen?«

»Ja, natürlich.«

»Obwohl er die Frau, die du geliebt hast, umgebracht hat?«

»Ich diene dem Staat, Thierry. Sobald wir grünes Licht aus Paris haben, machen wir uns in einem Konvoi aus Zivilfahrzeugen auf den Weg. Der Gedanke ist, so schnell wie möglich zu Félix' Haus zu kommen und zugleich ausser Reichweite zu bleiben. Wir reden von einer Distanz von fünfhundert Metern. Ab da beginnt die sofortige

Infiltration. Wir verlassen die Fahrzeuge und nähern uns über die Gassen des Viertels zu Fuss. Trotz der späten Stunde begegnen uns Leute, mit denen wir noch vor zwei, drei Tagen geredet und gelacht haben. Sind sie noch unsere Freunde? Je weiter wir vorstossen, desto grösser wird die Paranoia. Der Junge, dem ich gestern Bonbons zugesteckt habe – mit wem telefoniert er? Und wem winkt die Frau dort hinten? Ein Signal? So gelöst, wie die Stimmung während der Aufklärungsarbeit bei Tage war, so feindselig und beklemmend ist sie jetzt, bei Nacht, wenn der Geiselnehmer nur zweihundert Meter entfernt sitzt. Die Leute sehen an meinem Blick, dass sie mir besser nicht in die Quere kommen, weil ich sonst ohne Zögern Gewalt einsetzen würde. Und zwar auch dann, wenn ich gestern noch bei der Familie zu Besuch war und mit ihnen angestossen habe. Wenn ich schiessen muss, dann schiesse ich, denn meine Mission besteht einzig und allein darin, die Geiseln zu befreien. Ich schwitze unter meinem Helm. Meine Ausrüstung wiegt eine Tonne. Ich tue alles, um nicht an Jesse zu denken. Wachsamkeit und Blutdruck sind gleichermassen hoch. Jeder in meinem Blickfeld wird zum potentiellen Feind. Als ich die Hundertmeterzone betrete, lasse ich halten und vergewissere mich per Funk, dass die Zivilfahrzeuge, der Heli, die Drohne und das Jagdflugzeug einsatzbereit sind. Dann setze ich Paris in Kenntnis, dass alles bereit ist, und warte auf die ultimative Bestätigung. Danach ist die Gefahr so gross, dass man nur äusserst selten einen Gegenbefehl bekommt. Wenn diese Grenze einmal überschritten ist, muss ich es zu Ende bringen, das weiss ich. In dem Moment gibt es keine Kriegsverbrecher mehr, keine Jesse, keine Gerechtigkeit, keine Barbarei. Die Strassen existieren nicht mehr. Ich bin nicht mehr in Afrika. Ich bin nirgendwo. Die Operation nimmt in meinem Kopf allen Raum ein, unermüdlich wiederhole ich die Handgriffe, die mir über Jahre antrainiert wurden. Ein bisschen ist es, als würde ich in einen Tunnel hineingehen, aus dem mich niemand herausholen darf, solange ich nicht die Geiseln befreit habe. Alles andere existiert nicht. Meine Männer und ich nähern uns dem Haus, und kurz bevor wir da sind, lasse ich im Viertel den Strom abschalten. In dem Moment beschliessen wir, die Tür aufzusprengen und das Haus zu stürmen. Sobald wir drin sind, führt jeder seine Mission aus. Ich konzentriere mich auf die Treppe, ein anderer auf den Flur im Erdgeschoss, ein Dritter auf jenes Fenster, ein Vierter auf eine bestimmte Tür im ersten Stock. Der Gedanke ist, sich den Überraschungseffekt zunutze zu machen, um den Gegner zu verwirren und unschädlich zu machen. Bei diesem Plan steht Félix innerhalb von nicht mal dreissig Sekunden plötzlich im Dunkeln, ein Höllenlärm bricht los, und fünfzehn Kerle stürmen rein. Dank der Routineaufklärung wissen wir, dass er nur fünf Männer bei sich hat. Nach einer Minute Nahkampf können wir alle neutralisieren.«

»Ihr schiesst nicht?«

»Nie, nur wenn es sein muss.«

»Erkennst du Félix?«

»Ja, ich lege ihm sogar persönlich die Handschellen an.«

»Und?«

»Ja, nichts, weil ich, wie gesagt, einzig und allein an die Geiseln denke.«

»Du tust ihm nichts?«

»Die Geiseln, Thierry. Einzig und allein die Geiseln. Wir haben die drei schnell gefunden, ausserdem Jesses Leiche in einem Kellerraum. Mit einer Kugel im Kopf, und irgendwie war ich erleichtert. Ich hatte solche Angst, dass er sie vorher noch zum Spass gefoltert hat. Wir schaffen alle aus dem Haus und nehmen eine rasche Identitätsprüfung vor, dann lassen wir sie in ein gepanzertes Fahrzeug steigen, und nach einer weiteren Durchsuchung des Hauses bis in den letzten Winkel fahren wir los. Man kann nie wissen. Vielleicht hat Félix noch andere Geiseln. Ab da betrachte ich meine Mission als abgeschlossen, selbst wenn eine neue Bedrohung auftauchen sollte und meine Männer gefährdet. In unserem Jargon nennen wir das die zweite Welle.«

»Kommt eine?«

»Nein. Félix hatte anscheinend nicht so schnell mit einem Einsatz gerechnet. Nachdem wir das Gelände abgesteckt haben, verfrachte ich ihn und seine Schergen in die Autos, und wir fahren los. Nach nicht mal hundert Metern werden wir von einer Menschenmenge behindert. Mit welchem Recht vergreifen wir uns an diesem Mann? Wer sind wir? Ich versuche zu verhandeln, es wird laut. Schliesslich wirft jemand einen Stein. Ein Dutzend Männer tut es ihm nach. Da gebe ich den Befehl, die Durchfahrt zu erzwingen. Zornig teilt sich die Menge. Erst als wir wieder im Stützpunkt sind, fällt der Druck von mir ab.«

»Aber … Félix?«

»Den habe ich in eine Zelle gesteckt.«

»Gehst du nicht zu ihm?«

»Wozu? Ihm sagen, dass es widerlich war, Jesse umzubringen, wo er doch Hunderte Menschen auf dem Gewissen hat?«

»Ich weiss nicht. Einfach mit ihm reden.«

»Weisst du, eigentlich bin ich eher wütend auf mich selber …«

Er schaut weg, sagt lange nichts.

»Du hättest die Frau mal im Gelände erleben sollen. Sie hatte vor nichts Angst …«

Mit traurigem Lächeln sieht er mich an.

»Du hättest sie bestimmt gemocht.«

Ist es sein aufrichtiger Bericht, sein Schmerz, dem meinen so ähnlich, der Verlust dieser jungen Frau, seine imposante Gestalt, den Tränen nahe? Ich kann es nicht sagen, nicht erklären. Aber mit einem Mal umarme ich ihn und verzeihe ihm alles.

40

Hereinbrechendes Licht. Am liebsten würde ich hierbleiben, weiterhin die Freude über den wiedergefundenen Bruder auskosten, mich für immer in den blauen Wassern seiner Gegenwart treiben lassen.

Doch schon schiebt sich das Dunkel davor: Bretan. Über zwanzig Nachrichten auf der Mailbox. Zwanzig! Trotz ausgeweiteter Suche bleibt die Leiche der kleinen Selima unauffindbar. Wie konnte das sein, wenn die anderen alle gefunden worden waren? Ob ich ihn zum Narren halten wolle. Alle, sogar die Leiche eines weiteren Opfers. Die Nachricht war in Dauerschleife im Fernsehen gesendet worden. Von Selima jedoch nicht die geringste Spur. Guy wiederum hatte in der ganzen Zeit immer noch nicht den Mund aufgemacht, nur einmal hatte er verächtlich gesagt, dass »die kleine Schlampe beinahe entkommen wäre, wie die andere«, die ihm »die Scheibe zerbrochen hatte …«. Ich bin fassungslos.

»Die andere?«

»Also sagen Sie mal, haben Sie überhaupt meine Nachrichten abgehört? Die kaputte Scheibe, die Sie bei Guy repariert haben, das war die kleine Violine. Sie hat versucht zu entkommen.«

Das Rauschen der Welle. Brodelndes Wasser.

»Aber … woher wissen Sie das?«

»Verflucht noch mal, Thierry, wozu haben Sie ein Handy? Ich hab Ihnen doch alles erklärt! Wir haben mehrere Scherben mit ihrem Blut im Garten gefunden.«

Die Finger in den Sand graben, sich an Steinen, Algen, irgendetwas festhalten. Die Scheibe war so schwer. »Und es macht dir wirklich nichts aus, mir bei der Reparatur zu helfen, bist du sicher?« – »Natürlich nicht, Guy, mach ich doch gerne.« – »Das ist total nett. Ich revanchiere mich.« Mein Bruder, schon wieder so weit weg, macht mir Zeichen, will wissen, was los ist. Am anderen Ende fährt Bretan mit seiner Litanei fort, und ich, ich werde heftig eingesogen, »ein einziger Windstoss, und pling, war sie hin, man müsste die alle mal vor Gericht bringen, diese Halsabschneider, aber wirklich!«.

»Thierry, sind Sie noch da?«

Meine Stimme. Tonlos. »Die kleine Violine, hat sie noch gelebt, als ich Guy geholfen habe?«

»Wie es scheint, nicht.«

»Scheint?!«

»Es ist schwer zu sagen. Hundertprozentig wissen wir es nicht.«

Ja, aber, wann …

»Thierry, ich will mit Ihnen über die kleine Selima reden. Erinnern Sie sich an die berüchtigte Nacht, als Sie von Schreien wach geworden sind? Das war Selima und nicht seine Hündin, wie er behauptet hat.«

Mir bleibt fast die Luft weg. »Die Schreie eines Menschen, nein, unmöglich, ich hätte doch den Unterschied gehört …«

»Es war sehr spät, Sie waren noch halb im Schlaf. Dass Sie in der Gegend um diese Uhrzeit ein Mädchen schreien hören, konnte Ihnen gar nicht in den Sinn kommen, Thierry.«

»Ist Ihnen eigentlich klar, was Sie da gerade sagen?«

»Es macht Sie zu einem wertvollen Zeugen, und ich brauche Sie. Können Sie morgen herkommen, gleich morgens, ganz früh?«

»Morgen?«

»Da findet ein Lokaltermin zum Tod von Selima statt. Das ist sehr wichtig, wir versprechen uns viel davon.«

Ich schaue meinen Bruder an, sehe die Besorgnis in seinem Gesicht.

Ich wende mich wieder dem Handy zu. »Muss ich dabei sein?«

»Wir haben es alle satt, dass er nichts sagt, Thierry. Wenn wir ihn zwingen, an den Tatort zurückzukehren, sein Verbrechen vor den Eltern des Opfers nachzustellen, könnte es sein, dass wir ihn weichkriegen, und wenn er Sie sieht, vielleicht auch, wer weiss. Er hat Sie so gekonnt belogen.«

»...«

»Das ist die einzige Gelegenheit für Sie, ihn noch mal zu sehen, und wahrscheinlich auch die einzige, sich nützlich zu fühlen.«

»Ich ... ich weiss nicht.«

»Wir sind ab acht Uhr vor Ort. Ich erwarte Sie.«

III

41

Beim Anblick meines Autos kommen die Reporter angerannt, trauen sich aber nicht ganz heran. Beim letzten Mal habe ich gefährlich beschleunigt.

Hinter einem beeindruckenden Wehr aus Polizisten erblicke ich in der Senke das Grüppchen, das sich hinten in Guys Garten versammelt hat.

Als Bretan mich sieht, kommt er sofort auf mich zugerannt. »Da sind Sie ja. Das ist grossartig. Ich dachte schon, Sie kommen nicht.«

»Kann ich mich noch schnell rasieren? Ich bin die Nacht durchgefahren.«

»Nein. Er kommt gleich, es ist besser, Sie bleiben hier.«

Ich drehe mich um, schaue angestrengt die Zufahrt hinunter. Als ich ihn das letzte Mal gesehen habe, hat er gerade seinen Lieferwagen repariert. *Brauchst du Hilfe? Nein, geht schon, danke.*

»Kommen Sie?«

Ich würde ihm gern vom Einsiedler erzählen, von der Versöhnung mit meinem Bruder, Lisas Schweigen, und von Guy natürlich. Guy, beinahe war es mir gelungen, ihn zu vergessen, und jetzt kann er jeden Moment auftauchen. Bretan geht voran, hebt das Absperrband an, bedeutet mir, ihm zu folgen. Auf der Wiese liegt ein Dummy … Mir wird ganz schwach.

»Vertrauen Sie mir, Thierry. Es wird schon gutgehen.«

Mein Blick schweift zu dem Grüppchen und bleibt bei dem jungen Paar hängen, das genau wie ich die Puppe anstarrt.

»Und die Eltern?«

»Die hier sind ruhig. Kommen Sie. Er müsste gleich da sein.«

Als wir bei den anderen sind, stellt er mich der Untersuchungsrichterin, den beiden Anwälten der Verteidigung und der Nebenkläger, dem Oberstaatsanwalt, den beiden Gutachtern, den Polizisten sowie den Eltern der kleinen Selima, die mich traurig anlächeln, als den »Nachbarn« vor. Dann kommt der Gefangenentransport. Es herrscht Grabesstille, als er ein paar Meter neben uns parkt. Die Türen gehen auf, und endlich sehe ich ihn. Mit Handschellen und von vier Polizisten flankiert, schreitet Guy voran und wirkt nicht im mindesten befangen. Als er bei uns ist, erfasst er das Grüppchen mit einem Blick und zeigt auch hier nicht die geringste Verlegenheit, abgesehen vielleicht von einem Anflug kaum merklicher Überraschung, als er mich entdeckt. Ich weiss nicht, was mich davon abhält, ihn am Arm zu packen und anzuherrschen, er soll mich gefälligst ansehen, mich, seinen Freund, den er so brutal hintergangen hat. Er weicht meinem Blick aus, die Richterin ergreift das Wort.

»Wir werden zunächst den Keller begehen, in dem Monsieur Delric Mademoiselle Fitoussi gefangen gehalten hat. Anschliessend gehen wir für den zweiten Teil der Rekonstruktion in den Garten.«

Sie wendet sich an mich.

»Halten Sie sich in Ihrem Schlafzimmer bereit. Ein Beamter wird Sie begleiten. Sie öffnen das Fenster erst, wenn wir Ihnen das Zeichen geben, verstanden?«

Ich nicke stumm.

Sie macht eine Kopfbewegung. »Gut, dann wollen wir mal.«

Ich schaue zu, wie Guy mit ihnen geht.

Jemand ruft mich: »Kommen Sie?«

Der Polizist, den die Richterin abgestellt hat. Ein junger Mann, der mich an Marc erinnert. Wie weit der wohl ist mit seiner Petition zur Waldrettung? Und seine Arbeit?

»Ist was?«

»Ich hab die Schlüssel im Auto vergessen. Bin gleich wieder da.«

Auf dem Weg frage ich mich, was in dem kleinen Kellerraum vor sich geht, den er sorgfältig schallisoliert hat; ob das Arschloch das Spiel mitspielt; ob die Eltern durchhalten. Dann betrete ich das Haus, gehe ohne einen Blick für Küche und Wohnzimmer durch den Flur. Guy beherrscht all meine Gedanken. Guy, den ich unbedingt zur Strecke bringen will. Meinen Polizisten im Schlepptau, gehe ich ins Schlafzimmer. Komischerweise stört mich Lisas Abwesenheit nicht, ich bin sogar erleichtert, dass sie nicht hier ist. Alles stinkt so furchtbar, seitdem *er* wieder da ist. Ich gehe durchs Zimmer, stelle mich ans Fenster und bete, dass der Junge nicht glaubt, er müsse mit mir plaudern. Ich habe das grosse Bedürfnis, die Stille zu hören, genau in dem Moment, wenn im Keller die Szene mit den Schreien nachgestellt wird.

Ich lausche, lauere auf das kleinste Geräusch. Alles ist so ruhig. Die Minuten vergehen, scheinen endlos. Nichts. Nicht der geringste Laut. Und dann kommen sie wieder heraus: die Mutter mit dem irren Blick einer Kriegerin; der Vater mit tränenüberströmtem Gesicht; die anderen, inklusive Bretan, die mühsam um Fassung ringen; schliesslich Guy, mit starrem Blick, nach wie vor seelenruhig. Die Richterin beugt sich zu ihm und flüstert ihm etwas ins Ohr. Ungerührt zeigt er auf die Eiche hinter seinem Haus. Sofort legen zwei Beamte den Dummy dort ab. Dieses Arschloch, wie kann er es wagen?

Der Grünschnabel hinter mir erhält eine Weisung per Funk. »So, Sie können jetzt das Fenster aufmachen, Monsieur.«

Wutentbrannt komme ich dem nach.

Die Richterin schaut hoch. »Erscheint Ihnen die Position korrekt?«

»Nein, er lügt Sie an!«

Unbehagen im Grüppchen. Ich suche Guys Blick. Er schaut weg.

»Die Schreie, die ich gehört habe, kamen von der anderen Seite. Ich erinnere mich ganz genau. Warum sagst du ihnen das nicht, Guy?«

Unten die Richterin: »Können Sie das bestätigen, Monsieur Delric?«

Dieses entnervende Schulterzucken. Als wäre das ein unwesentliches Detail. Dabei rannte das Mädchen um sein Leben.

»Wenn er es sagt …«

Die aufsteigende Wut unterdrücken. An die Eltern denken, an das Opfer, die verschwundene Leiche, die sie noch nicht beweinen können.

Auf einen Wink der Richterin und unter Guys gleichmütigem Blick platzieren die beiden Polizisten den Dummy an der richtigen Stelle.

Die Stimme der Richterin, jetzt ein wenig schärfer: »Stellen Sie sich bitte in Position, Monsieur Delric.«

Ruhigen Schrittes tritt er vor die am Boden liegende Puppe.

Wieder schaut die Richterin zu mir hoch. »Erscheint Ihnen die Position besser?«

Mein Herzschlag wird schneller. Erschüttert nicke ich.

»Sehr gut, Monsieur Clavaud. Ich werde Sie nun bitten, Ihren Nachbarn zu rufen, und dabei versuchen Sie bitte, so nahe wie möglich an dem zu bleiben, was Sie in jener Nacht gerufen haben.«

Nicht zu ihm hinschauen. Die Augen schliessen, mich erinnern … Ich schlafe, es ist spät und mit einem Mal dieser Schrei oder eher ein Stöhnen, das mich weckt. Ein verletztes Tier? Ich stehe auf, gebe acht, Lisa nicht zu wecken, gehe zum Fenster. Draussen ist es Nacht. Klaffend und dunkel. Und wieder dieser merkwürdige Laut. Ich öffne das Fenster.

»Ist da jemand?«

Keine Antwort. Ich sehe Guy dort unten stehen, ganz steif neben der Puppe.

»Ist da jemand?«

Er starrt weiterhin mit zusammengepressten Lippen den Dummy an.

Die Richterin wird lauter: »Monsieur Delric, kooperieren Sie, bitte!«

Aber es ist, als gäbe es uns gar nicht mehr. Fast scheint es, als würde er lachen. Die Eltern da unten, völlig fertig.

Die Stimme der Richterin. Sie schraubt sich immer höher: »Monsieur Delric, was haben Sie Ihrem Nachbarn geantwortet?«

Die Welt ist ohrenbetäubend still. Die Richterin, wir alle, am Abgrund.

»Monsieur Delric, hören Sie mich?«

Ich halte es nicht mehr aus. Ich brülle los: »Antworte, Guy! Antworte endlich!«

Seine Gestalt, weit weg, regungslos. Die anderen, all die anderen. Sprachlos. Die Blätter an den Bäumen rühren sich nicht. Der Dummy. Unsere Körper. Wieder die Richterin. Ihre Stimme, gefolgt von einem schweren Schluchzen, vom Vater oder von der Mutter, vielleicht von beiden, und dann mit einem Mal diese unerhörte Kraft in mir, eine Kraft, die mich vorschnellen lässt. Der junge Polizist ganz erschrocken, »he, Monsieur, was zum …«, der junge Polizist, den ich mit aller Kraft wegstosse und der. Die Treppe runter, durch den Flur, zur Tür hinaus. Licht, Tageslicht, das ich beiseiteschiebe. Mein Körper, mit einem Mal so furchterregend. So furchterregend und so schnell. Ihre Augen, die nichts verstehen, ihre Augen, ihre Körper, aber gibt es überhaupt noch etwas zu verstehen? Hm, Guy? Was, in dieser kaputten Welt, wo du seit Anbeginn der Zeit das Zepter hältst und wo die Schwächsten schutzlos sterben, kraft unserer Ohnmacht? Und nun mein schwarzer Körper, mein Mund, meine Zunge, meine Zähne. Schwarz von *dir,* an den ich nun endlich herankomme, *du,* der du nicht mal versuchst, mir auszuweichen, und auf den ich mich stürze. Tobende, entfesselte Welle, die heranrollt und über deinem Leib zusammenschlägt, Guy, deinem blutigen Leib, den ich nun zerstören und zerfleischen und zerreissen will, ich, all die aufgestauten Angstschreie in mir, ich, die Niedertracht, das Ungeheuer, lähmendes Entsetzen all der Mädchen, mit einem Brüllen schlägt es über dir zusammen, Guy. Bei der Wucht des Ansturms verlierst du das Gleichgewicht und fällst nach hinten. Von fern höre ich wie ein Echo die Stimme der Richterin, die mir befiehlt aufzuhören. Ich blicke auf, sehe Männer in Zeitlupe auf mich zurennen. Ein Riss in Raum und Zeit. Hier, dieser, rasend vor Hass. Dort, jener, ausgeleiert und so langsam vor Stumpfsinn. Und nun endlich metzel ich dich, Guy. Und was ist das für ein Genuss. Jeder Schlag von ungeheurer Gewalt. Ich brech dir den Kiefer. Ich bring dich zum Schreien, Guy. Ihre Namen sollst du schreien. Schreien ihr Leid, mein Leid, deinen Verrat. Blut spritzt, und ich will es sehen, lechze danach. Ich schlag dich zu Brei, Guy. Du sollst bezahlen für jeden einzelnen Tod, *du,* dem ich Abdanes Platz in meinem Herzen eingeräumt habe und der du mir alles genommen hast, sogar Lisa, meine grosse Liebe. Dein Nasenrücken platzt auf. Dein linkes Auge explodiert. Es ist aus, es gibt dich nicht mehr. Dich hat es nie gegeben. Dich gibt es nicht! Ihre Schreie ringsumher, aber so weit weg, so behäbig. Meine Wut, übermächtige Woge, drängt sie zurück bis an den äussersten Rand der Welt. Von einer so finsteren Brutalität, diese Wut, Guy, so schrecklich bestialisch, so ausser sich. Ich bin das Blut und rufe das Blut, ich bin der Krieg, dem alles unterliegt, der namenlose Schrecken, und was für ein Genuss es doch ist, dir das Auge zu zerschmettern, das Auge, Guy, das mich durch meine Tobsucht hindurch weiterhin anstarrt, geblendetes Auge, beinahe sanft, beinahe schön, wo doch alles in mir das Ekelhafte darin ausstechen, aufstechen will, weisser Raum, der sich erhebt und trotz des Blutes, trotz meiner Schreie durchs Dunkel dringt, während ich in einem höllischen Takt die Schläge niederprasseln lasse und die anderen, all die anderen, so behäbig auf mich zurennen, aber nichts ist, diesmal nicht, diesmal kriegst du mich nicht, Guy, so lange habe ich zugelassen, dass du mich ansiehst, so lange völlig arglos, es ist aus, nie wieder lasse ich es zu, werde dich vernichten, zugrunde richten, nur dein Auge, Aug in Auge mit der finsteren Welle, dein Auge, weder traurig noch erstaunt, fast schon friedlich, dein Auge, als wollte es sich an mir festhalten und weigerte sich zuzugehen, dein seelenruhiges Auge, Guy, so sanft, wo doch alles in mir es zerstören will, und in diesem Auge, in dem du ohne jeden Zorn – aber warum, Guy, warum wehrst du dich nicht? – meine rasende Wut erduldest, dein Auge, Opfergabe, die mich anschaut und in der ich meinen Schatten sehe, als wär's das erste Mal, dein Auge, nun beinahe ein See, durchsichtig, durchlässig, von dem nun, meine ich, dieses unmögliche Flüstern aufsteigt,

»weiter, weiter«, wo doch alles in mir das Abartige darin sucht und die anderen, noch immer in Zeitlupe, sich mit extrem präzisen Handgriffen auf mich werfen und mich entfernen, Guy, mich entfernen von diesem Blick, deinem Blick, trotz meiner Wut schliesst er sich nicht, und trotz des Grauens und all der Entfesselungen leuchtet etwas, tief unten, fast wie ein Licht.

42

Die Zelle ist nicht gross. Kaum genug Platz, um sich auf dem Boden auszustrecken. Wenn ich auf Toilette will, muss ich gegen die Gitterstäbe klopfen, und wenn ich Durst habe, auch. Bis jetzt hat sich noch kein Trunkenbold zu mir gesellt. Ich warte, starre ins Leere, ohne wirklich zu begreifen, was gerade passiert ist. Diese Gewalt in mir. Bis wohin wäre ich gegangen? Ich schliesse die Augen. Lehne mich an die Wand. Hat er wenigstens geredet? Hat er gestanden, wo er die Leiche der kleinen Selima vergraben hat? Ich denke an die Alte vor ihrem Ofen. An meinen Vater, so jung, da unten in Indochina. An meinen Sohn, durchweicht vom Regen. Warum hat er zu keiner Zeit versucht, sich zu wehren? Sechs Männer hatte es gebraucht, um mich zu stoppen. Sechs, Herrgott noch mal. Und jetzt diese schmutzstarrenden Wände, diese innere Kälte. Was wirst du von mir denken, Lisa?

Die Stunden vergehen.

Endlich taucht ein Beamter auf. »Capitaine Bretan ist zurück und will Sie sprechen …«

Er mustert mich kalt.

»Haben Sie sich jetzt beruhigt?«

Ich nicke unbehaglich.

Er schliesst die Zelle auf. »Arme nach vorn strecken, bitte.«

Ich gehorche.

Er legt mir Handschellen an. »Gut. Folgen Sie mir.«

Labyrinth aus Treppen und Gängen, ganz am Ende liegt sein Büro, das heisst: ein kleiner, fensterloser Raum, in dem sich überall, selbst auf dem Boden, die Akten stapeln. Als ich eintrete, sitzt er am Schreibtisch. Er bedeutet dem Beamten, uns allein zu lassen.

Sobald er gegangen ist, entfährt Bretan ein tiefer Seufzer. »Na, da haben Sie ja ordentlich Scheisse gebaut!«

»…«

»Die Richterin ist stinksauer. Wegen Ihnen müssen wir noch mal von vorn anfangen. Ich muss Ihnen wohl nicht extra erklären, dass wir diesmal auf Ihre Hilfe verzichten.«

»Hat er nichts gesagt?«

»Sie haben ihm den Kiefer gebrochen, Thierry!«

»…«

»Sie könnten sich wenigstens dazu äussern.«

»Tut mir leid.«

»Da wird mir gleich ganz warm ums Herz. Schönen Dank auch.«

»Nein, das war ernst gemeint.«

»Also, hören Sie, wir haben heute noch mehr vor. Ich setze Sie morgen auf freien Fuss. Alles, was danach kommt, fällt nicht mehr in meinen Verantwortungsbereich. Einerseits kann die Richterin beschliessen, Sie wegen Strafvereitelung zu belangen, Delrics Anwalt wiederum kann Sie wegen Körperverletzung drankriegen. Verstehen Sie das?«

»Ja, ich verstehe.«

»Gut. Ich lasse Sie zurück in Ihre Zelle bringen.«

Ich würde gern mit ihm über Guys Auge reden. Ihn fragen, ob ihm im Laufe der Vernehmungen ebenfalls jenes unerträglich intakte Etwas aufgefallen ist, das mich nicht mehr loslässt.

»Fast hätte ich's vergessen. Ich habe einen Kollegen gebeten, Ihr Auto herzubringen.«

»Danke.«

Als er aufsteht, denke ich an all unsere Gespräche seit dem berüchtigten Tag, an dem er erstmals vor meiner Tür gestanden hat. Denke an seine Aufopferung. Und seinen Mut.

Er tritt zu mir. Reicht mir die Hand. »Passen Sie auf sich auf, Thierry.«

Ich sollte ihn in den Arm nehmen wie meinen Bruder, ihm sagen, wie viel ich von ihm halte. Und bringe es wieder einmal nicht fertig.

Zurück in die Zelle, zu Schmutz und Neonröhren. Die ganze Nacht gehe ich immer wieder dieselbe Szene durch, wie ich unablässig auf Guy einschlage, in der festen Absicht – da bin ich mir mittlerweile fast sicher –, ihn umzubringen. Ich, das Kind unter den Decken, das, anders als sein Vater, den Schwur geleistet hat, niemals Gewalt einzusetzen. Und wie sein Auge, je heftiger ich zuschlage, mich nur immer unverwandter anstarrt, ruhig, beinahe unschuldig.

Früh am Morgen reicht mir ein Beamter einen Becher Kaffee und ein Croissant durch die Gitterstäbe, »vom Chef«. Eine Stunde später gibt er mir meine Sachen heraus, und ich bin frei.

Jetzt sitze ich im Auto, fahre ziellos dahin, denn zurück ins Haus, nein, noch nicht. Ein solcher Ekel, nach dem, was passiert ist. Lisa anrufen? Und wenn sie nun die Gelegenheit nutzt und mir eröffnet, dass es aus ist? Ich habe solche Angst, sie zu verlieren. Also weiterfahren, bis zu dem, der Träume deutet; die Praxistür aufstossen, ihm vom Einsiedler erzählen und vor allem von der Wut meiner Fäuste.

»Nein, nein, Monsieur, Sie können hier nicht einfach so hereinschneien.«

»Monsieur? Letztes Mal haben Sie noch Thierry gesagt.«

»Letztes Mal sind Sie schreiend rausgerannt und haben nicht bezahlt.«

»Ich hab mein Scheckbuch dabei.«

»Trotzdem.«

»Sie hätten sehen sollen, wie ich auf ihn eingeprügelt habe. Er hat sich nicht mal gewehrt!«

»Das geht einfach ni…«

»Fünf Minuten! Ich brauche nur fünf Minuten!«

»Der nächste Patient wartet sicher schon.«

»Woher wollen Sie wissen, dass er nicht genau das in mir gesehen hat? Sich genau deshalb mit mir angefreundet hat?«

»Thierry …«

»Verdammt noch mal! Sie haben doch gesagt, ich soll aus meinem Panzer rauskommen! Und das Haus verkaufen!«

»Hier ist meine Karte mit der Telefonnummer. Rufen

Sie mich an, wir machen einen Termin aus, und dann sprechen wir darüber.«

»Und wenn ich lieber warten will? Sie haben doch bestimmt irgendwann eine Lücke?«

»Nein. Raus jetzt.«

Seit fast drei Stunden warte ich draussen, hoffe, dass jemand kurzfristig absagt. Das Innere dieses Auges … Die Verlassenheit darin, Verlassenheit, in der ich ihm, trotz der Rohheit meiner Schläge, ähnlich bin, ihm, Guy, meinem einzigen Freund. Täuschung? Die Praxistür geht auf. Ein Patient in Jogginghose kommt heraus und geht. Ich parke um, suche nach ein wenig Schatten, als plötzlich, ganz am Ende der Strasse, eine Gestalt meine Aufmerksamkeit erregt. Das lange Haar, das im Takt der hohen Absätze schwingt. Der viel zu rote Lippenstift. Aber vor allem das Gesicht, das mich mit einem Schlag weit in die Vergangenheit katapultiert.

»Claridge?«

»Entschuldigung?«

Der herzförmige Mund, die vor Mascara triefenden Wimpern.

»Ja, doch, wir waren zusammen in der Oberstufe im Lycée Diderot!«

»Tut mir leid, ich glaube, Sie irren sich.«

»Sie heissen nicht Claridge?«

»Nein, und jetzt lassen Sie mich in Ruhe.«

Im Lycée nannten sie alle nur die Schlampe. Wenn sie vorbeiging, hoben die Mädchen die Augenbrauen, und die

Jungen feixten. Sie tat nichts. Als wäre das ganz normal, die falschen grellrosa Fingernägel, das scharlachrote Lipgloss, der Glitzer im Haar, die ultrakurzen Lederminiröcke, die gerade so den Slip bedeckten, Taille und Beine betonten, beides makellos, die Party-Pumps, die hautengen Strass-Oberteile. In der zehnten Klasse sah ich sie kaum. Wir hatten selten zusammen Unterricht. Um ehrlich zu sein, war sie mir scheissegal. Zu Hause war alles so furchtbar, seit mein Vater freundlich »in den Ruhestand versetzt« worden war. Ein Funken reichte, damit es zwischen uns krachte, und meine Mutter war nur noch ein Schatten ihrer selbst. Diese endgültige Heimkehr, die lang ersehnte, kam viel zu spät. Ich schöpfte daraus rasende Wut. Mein Vater wiederum hatte nichts Besseres zu tun, als gegen »die ganzen Schweinehunde« zu wettern, die ihn ausgeschlossen hatten. Wo er »doch alles gegeben hatte«. Wie ein Tiger im Käfig ging er in der Wohnung auf und ab, ertrug es nicht, zwischen dem stummen Sohn und der trüben Ehefrau eingesperrt zu sein. Nach einer sechsmonatigen Kostprobe redeten wir nicht mehr miteinander, und ich hatte nur noch eins im Kopf: so schnell wie möglich abhauen.

Erst als ich in die elfte komme, tritt sie in mein Leben. Am ersten Schultag nach den Ferien merken ich und die anderen Schüler, dass sie jetzt in unserer Klasse ist. Wir sehen zu, wie sie durch den Klassenraum geht und sich allein an einen Tisch setzt. Die Mädchen glucksen, die Jungen stossen Pfiffe aus. Ich nicht, das merkt sie sofort. Ich finde sie aussergewöhnlich hübsch und bin ganz und gar nicht immun gegen ihre Reize, aber ich bleibe in meiner Blase. Dort drin kommt wenigstens keiner an mich ran und kann mir weh tun. Einmal lasse ich im Speisesaal extra ein Glas herunterfallen, damit drei Mädchen aufhören, über sie herzuziehen. Ein anderes Mal biete ich mich beim Judo als ihr Partner an, um sie vor dem ständigen Gegrapsche der anderen Jungen zu bewahren. Und in der Hofpause schliesslich bin ich der Einzige, der sie nicht offen anmacht. Jedes Mal, wenn sich unsere Blicke kreuzen, lächelt sie. Ich senke meistens den Kopf, rot bis über beide Ohren. Eines Morgens steht sie wie erstarrt auf der Schultoilette vorm Spiegel. Ich frage, ob alles in Ordnung ist. Sie zuckt heftig zusammen. Ich wiederhole die Frage. Sie starrt mich verloren an, wispert ein Ja, küsst mich plötzlich auf den Mund und rennt raus. Ich frage mich, ob ich das nicht nur geträumt habe, vergewissere mich, dass uns niemand gesehen hat. Ich habe solche Angst, dass jemand meinen Aufruhr bemerkt. Damals habe ich die magische Grenze der ersten Knutscherei »mit Zunge« noch vor mir, und Mädchen gegenüber fühle ich mich extrem linkisch. In meiner Klasse haben es viele Jungs schon »getrieben«. Ich bin schlicht im Rückstand und habe grosse Angst, dass das rauskommt. Ab da versuche ich, so gut es geht, meine Gefühle zu verbergen. Claridge kann ich nichts vormachen, und unsere Blicke, auf den Gängen, auf der Strasse, vor dem Schultor, begegnen sich immer öfter. Aber wie traut man sich an so ein Mädchen ran, wenn man so unerfahren ist? Jedes Mal, wenn wir uns allein über den Weg laufen, werden wir beide rot, unfähig, irgendwas zu tun. Dann kommt diese Party, auf die ich zur Abwechslung mal eingeladen bin. Von Anfang an fühle ich mich in der ausgelassenen Stimmung fehl am Platz. Ich will nicht, dass die anderen denken, ich würde mich langweilen, schlimmer, dass ich mich »für was Besseres« halte, wie manche mir freimütig vorwerfen. Deshalb zwinge ich mich zum Tanzen und zum Trinken. Ich tanze sogar mit ein paar Mädchen und übertreffe mich selbst, indem ich Gin direkt aus der Flasche trinke. Am Ende bin ich ziemlich dicht, was drei Jungs aus meiner Klasse urkomisch finden, vorher war ich für sie Luft. Als ich mit nacktem Oberkörper zum Sound der Eurythmics wie wild die Hüften schwinge, johlen sie begeistert. Kurz darauf muss ich kotzen. Dann trinke ich zwei weitere Gläser und tanze wieder. Gegen vier Uhr morgens sind wir nur noch zu siebt. Zwei Mädchen schlafen auf dem Sofa, einer kotzt sich am Waschbecken die Seele aus dem Leib. Zeit zu gehen, aber die drei Jungs aus meiner Klasse fragen, ob ich Lust auf eine kleine Überraschung habe. Ich bin total fertig. Ich sage ja. Wir laufen ungefähr eine Stunde, unterwegs treten wir gegen Mülltonnen und kicken schwungvoll herumliegenden Abfall weg. Endlich kommen wir zu dem Haus, bei dem alle anfangen zu lachen. Zwei Stockwerke. Die Tür geht von allein auf. Ich bin zu besoffen, um zu fragen, zu wem von ihnen wir wollen. Links geht ein Gang ab. Eine Tür. Dreimaliges Klopfen. Und dann stehen wir in einem Raum, der nur von einer Kerze erhellt wird. Das Mädchen erkenne ich natürlich sofort. Claridge. Sie mich nicht, weil sie damit beschäftigt ist, dem ersten Jungen direkt einen zu blasen. Im Zimmer lachen alle. Mein Herz schlägt mir bis zum Hals. Der zweite Junge tritt vor. Sie, immer noch kniend und mit gesenktem Blick, nimmt unter dem schallenden Gelächter der anderen seinen Penis in den Mund.

Nun bin ich an der Reihe, ich glaube, ich werde gleich ohnmächtig.

»Für ihn das Komplettpaket, Schlampe, ist das erste Mal!«

Glucksen. Sie sieht zu mir auf, und als sie mich erkennt, wird ihr Blick starr.

»Na los, Schlampe! An die Arbeit!«

Ich sollte kehrtmachen und davonrennen. Aber ich bin so betrunken und so erregt von allem, was ich gerade gesehen habe. Ich sollte vor ihr hinfallen, mit dem Gesicht nach unten. Im Boden versinken. Stattdessen lasse ich zu, dass sie meine Jeans aufknöpft und anfängt, mich zu lutschen. Hier, in dem kleinen Raum. Während die anderen sie vor meinen Augen ausziehen. Sie, Claridge, die gestern noch bei meinem blossen Anblick errötet ist, schliesst jetzt den Mund um meinen Penis, und der entlädt sich in nicht mal zehn Sekunden in ihren Rachen. Gelächter der anderen, die ihr nun unter weiteren Demütigungen die Brüste betatschen, während ich mir die Hose zuknöpfe und ihr Auge mich anstarrt. Traurig. So unendlich traurig.

43

Schon zweimal bin ich jetzt um den zehnstöckigen Wohnblock herumgegangen, auf den Balkons türmen sich Kleider, Pflanzen, Fahrräder und hier und da sogar Matratzen. Überall Graffiti an den Bushäuschen, umgeworfene Mülltonnen und, so weit das Auge reicht, die gleichen Wohnblöcke, die von ebenso heruntergekommenen Parkplätzen umzingelt sind.

Zu meiner Rechten sitzen Jugendliche. Der eine kommt direkt auf mich zu. »Ey, du! Was soll'n das, wieso schleichst du hier rum?«

»Ich suche jemanden.«

»Ach ja, wen denn?«

»Claridge M.«

Er prustet los, dreht sich zu den anderen. »Ey, Leute, als ob, der will zur Schlampe!« Er starrt mich an, spielt sich wieder auf. »Siehste den Tower da? Sechster Stock, erste Tür rechts. Und jetzt wird gezahlt, du Perversling.«

»Wie, gezahlt?«

»Fürs Parken, zehn Euro.«

»Fürs Parken?«

Jetzt lachen alle. Laut.

»Bei der Schlampe!«

Die Jahre vergehen, und nichts hat sich geändert. Die gleiche Bösartigkeit. Die gleichen Beleidigungen. Ich halte ihm einen Schein hin, und er spuckt vor mir aus und lässt mich durch.

Im Hausflur sitzt ein kleiner Junge ganz allein im Kinderwagen. Ich frage ihn, ob sich jemand um ihn kümmert. Er zieht einen Flunsch und zuckt die Schultern, da taucht ein dürrer Mann auf und guckt drohend. »Was machst du da mit meinem Kind?« Er wartet meine Antwort nicht ab, packt den Kinderwagen und verschwindet fluchend in seiner Wohnung.

Die Stille kehrt zurück. Ich drücke auf den Knopf am Aufzug, beschliesse nach fünf Minuten, die Treppe zu nehmen. Im sechsten Stock bleibe ich vor der Tür stehen. Sie ist rissig, weder Klingel noch Namensschild. Es ist eine verrückte Idee. Noch ist Zeit, es abzublasen. Aber ihr Auge, so unendlich traurig, das sich, seitdem diese Erinnerung wieder hochgekommen ist, geradezu zwanghaft über die Erinnerung an Guys Auge legt und sich mit ihr vermischt. Als wäre sie es gewesen, die ich verprügelt hatte. Sie, ihr Auge, Guys Auge – ein und dasselbe Flehen –, das auf dem Rasen und in dem kleinen Zimmer, damals, Wiedergutmachung verlangt. Diese Last hinter mir lassen. Die ganze Last. Ich hebe die Hand. Klopfe an die Tür. Schritte und das Klicken eines Schlosses, das aufgesperrt wird. Da steht sie, im Morgenmantel, ungekämmt, eine Kippe im Mund.

»Ja?«

Die welke Haut in ihrem Gesicht. Sie, die mit sechzehn so schön war. Und nun, wie aus dem Leim.

»Ich … ich heisse Thierry, und ich …«

Sie nimmt einen nervösen Zug und unterbricht mich. »Worum geht's?«

»Thierry, Thierry Clavaud. Wir waren zusammen im Lycée Diderot.«

Ein kurzes Aufblitzen in ihrem Blick.

Ich rede gleich weiter: »Hör zu, ich weiss, das ist sehr lange her, aber ich bin hier, weil … ich weiss nicht, ob du dich noch erinnerst …«

Sie wird unruhig, zieht noch mal an der Kippe. »Was soll der Scheiss?«

»Das ist kein Scheiss. Ich wollte dir nur sagen, dass …« Die Worte verheddern sich.

Sie wird wütend. »Dass was?«

»Dass es mir leidtut und dass …«

Das Zittern in ihrer Stimme. »Soll das ein Witz sein?«

»Nein, Claridge, ich …«

»Und hab ich dir vielleicht erlaubt, mich mit Vornamen anzusprechen?«

Der löchrige Morgenmantel. Meine Worte, die nicht ankommen.

»Kannst du dich wirklich nicht erinnern? Wir hatten Mathe bei Forge und waren Partner beim …«

»Herrgott, wie lange nervst du noch mit dem Schulscheiss! Was willst du?«

»Mich entschuldigen.«

Einen Augenblick schaut sie mich verblüfft an, zieht mit zitternder Hand an der Zigarette. »Für Entschuldigungen ist es zu spät.«

»Aber …«

»Hau ab jetzt. Deine Scheisse interessiert mich nicht!«

Das Knallen der Tür hallt nach. Und jetzt? Zurück nach Hause? Ich denke an Raymond, die Geschichte mit der verlorenen Herde, an seine Hartnäckigkeit, als er sich eine neue aufgebaut hat. Ich setze mich auf die Treppe.

Sie reisst die Tür auf. »Ich hab gesagt, verpiss dich!«

Seelenruhig schaue ich sie an. »Nein.«

Ihr Gesicht wird hart. »Hau ab, hab ich gesagt! Ich will deine Entschuldigung nicht!«

Die Tür knallt zu. Ihre Schritte entfernen sich. Summen des hochfahrenden Aufzugs, Fernsehgeräusche, weinende Babys, Möbel, die verrückt werden, Streit, Gelächter. Trotzdem. Diesmal wird es nicht so enden.

Und müsst' ich ein Jahrhundert auf der Treppe sitzen.

Auf der Treppe, die dir nicht gehört, Guy. Die Treppe meines geheimen Lebens, in dem ich von nun an auf sie warten werde. Auf Claridge, die in ihrer Wohnung hin- und herläuft und sich fragt, was das soll, warum ich seit Stunden hier sitze. Die wieder die Tür aufmacht. Mich anschreit, ich soll abhauen. Zwei Stunden später das gleiche Spiel. Schliesslich ein drittes Mal, als es dunkel wird. Und diesmal ist sie geduscht, gekämmt, geschminkt, eine Mischung aus Verzweiflung und Trotz im Blick.

»Wenn du dich wirklich unbedingt entschuldigen willst, komm rein. Ich will dich was fragen.«

44

Sie bedeutet mir, mit ihr ins Schlafzimmer zu kommen, und fängt sofort an, sich auszuziehen.

»Warte mal, Claridge, deshalb bin ich nicht hier.«

»Willst du nun, dass ich dir verzeihe, oder nicht?«

Ihre sich öffnende Bluse. Ich blicke zu Boden, schäme mich ganz fürchterlich. »Hör zu …«

»Du weisst doch gar nicht, was ich dich fragen will.«

Ich sehe sie wieder an. »Ich sag's noch mal, deshalb bin ich nicht hier.«

Ihre Bluse umspielt sie. Ihr Blick lässt mich nicht los.

»Schlaf mit mir, aber liebevoll.«

Auf der Treppe hatte ich Zeit, mir alles Mögliche auszumalen: Geld, Geschenke, vielleicht sogar das Versprechen auf eine Freundschaft. Alles, ausser das.

Mit unendlicher Traurigkeit wirft sie ihr Haar nach hinten. »Sag, dass du gern willst.«

Ich denke an Lisa. An ihren warmen Körper, den ich so lange nicht mehr an meinem gespürt habe.

»Ich … ich verstehe nicht.«

Ihr Blick, der mich im Halbdunkel weiter anstarrt.

»Seit ich klein war, waren alle Männer immer nur brutal zu mir.« Sie senkt den Kopf. »Bitte, Thierry. Mehr nicht. Danach sind wir quitt.«

All das Leid in ihrem Gesicht. Auf sie zugehen. Die Mauer überwinden, die zwischen mir und ihrem Lächeln steht. Durch den Wald. Dornen und Brombeerranken beiseiteschieben. Heidekraut pflücken. Noch ein Stück. Bis zu der Träne, die ihr die Wange hinunterkullert. Eine Träne, die ich, so zart es nur geht, abwische und ganz sanft küsse. All das Böse, das wir ihr zugefügt haben, wir alle, die Männer und auch die Mädchen, die den Blick abwandten, wenn sie vorbeiging. Ausspuckten. Zitternd lässt sie zu, dass ich sie anschaue. Ihre Haut zum Strahlen bringen. Ihre verlebte, raue Haut. All ihre Wunden heilen. Und so gehe ich auf sie zu. Auf dich. Gehe auf dich zu ohne Begehren, aber mit einem Mal will ich dich unbedingt trösten. Im Schlafzimmer ziehe ich uns langsam aus, und du lässt es zu; nackt stehen wir voreinander. Es ist beinahe zu kalt, wenn meine Hände dich jetzt nicht liebkosen würden und ich dich, nachdem ich dich aufs Bett gelegt habe, nicht halten würde. Noch immer verspüre ich kein Begehren. Noch ein Stück, noch ein Stück weiter, vorbei an dem Bild deiner viel zu dünnen Beine, deiner zu weit auseinanderstehenden Brüste, bis zu der Liebe tief in mir, mein Geschenk an dich. Ich beuge mich zu dir und küsse dich, mal auf den Hals, mal auf die kleine Mulde an deiner Schulter, mal auf den Bauch, dich, die du dich still hingibst, verwundert, und deren Haut allmählich, das spüre ich, erschauert. Noch ein Stück, Blätter aufheben, alle Blätter, sie durch die Luft wirbeln lassen und mit ihnen meine Decken, die undurchdringliche Nacht, noch ein Stück, milde Luft in deinen Mund hauchen, auf deinen Nabel, zwischen deine Schenkel, auf deine Scheide. Die Wölbung deiner Hüften streifen, sie umfassen, wieder loslassen. Jedem Kuss nachschmecken und nun mit dir gemeinsam wogen, als seien wir Wasser, als seien wir Luft. Du, dieser allzu dichte Wald, in sich selbst zurückgezogen, und ich will dich öffnen. Und du bist auch der Weg jenes Anderen, den ich nie gekannt, nie gekonnt habe. Du, all die Gewalt der Welt, wunderst dich immer mehr, und deine Brüste werden langsam hart, und deine Vulva öffnet sich einen Spaltbreit. Also noch schneller, vorbei an der Wut. Du, die ich nicht begehre, aber die ich um Verzeihung anflehe und die du, endlich, wohlig seufzt, wenn meine Hände über deinen Körper tanzen und mein Mund deine Scheide küsst. Beinahe ein Rennen. Die Gräben überwinden, ohne sich um den Frost zu kümmern. Rennen im Wind. Keine Angst zu enttäuschen, nirgendwo hängenbleiben. Rennen. Allein und voller Liebe. Gegen die Welle und all die Horden. Du, die du mich jetzt packst und die ich liebkose, aus dieser grossen verdrängten, verschütteten Liebe heraus, und die ich befreie und in die ich so langsam, so vorsichtig, wie es nur geht, eindringe, wie beim ersten Mal. Nun rollen wir, rollen die Hänge hinunter. Moos und Blütenblätter umarmen. All das Böse, all die Verletzungen wärmen, verbinden, beseitigen. Und noch weiter hinunter. Bis in die Schlammteiche hinein, deine unendliche Traurigkeit, am Ende vielleicht sogar bis zu deinem Lachen. Du, die andere, die ich nicht unterwerfe. Dieses grosse Auge, das mich anblickt und das ich wieder und wieder um Verzeihung bitte, während du endlich im Halbdunkel zum Höhepunkt kommst und der Staudamm in mir – diese hohe Mauer – bricht: Ein Sturzbach aus Tränen schiesst hervor, während du mich festhältst und ein zweites Mal kommst, du, die Besudelte, und in der Zwischenzeit fliessen ohne Unterlass meine Tränen, über deine Hüften, deinen Mund, spülen alles hinweg, meine Festung und die Wälle. Wie lange weine ich in der Mulde deiner Schulter? Wie viele Stunden bis zur Morgendämmerung? Tränen, Tränen von all dem, was sich verhärtet hat in mir, und aus den Tränen heraus bitte ich dich wieder und wieder um Verzeihung, dich, die Geschmähte, die Verachtete, Tränen des kleinen Jungen aus den eiskalten Wassern der Aune, des Kindes, das sie nicht hörte und nicht sah. Tränen meiner Einsamkeit und meiner Isolation, Tränen, dank denen ich endlich zu dir gelange, zu dir, jenem Anderen meines Selbst, und dort weine ich zum ersten Mal, so traurig, unendlich traurig, weine um dich, Guy, um meinen einzigen Freund, unser Lachen, unsere Umarmungen, um dich, um all die Mädchen, ihre allzu zarten Überreste im brennend heissen Sand, stehe vor der sich aufbäumenden Welle und bitte um Verzeihung.

45

Als das Haus in Sicht kommt, ertappe ich mich plötzlich bei der leisen Hoffnung, dass Lisa da ist und auf mich wartet. Ein etwas verrückter Wunschtraum. Ihr Auto ist nirgendwo zu sehen. Nach dieser Nacht würde ich sie so gern an mich drücken. Ich schliesse auf. Mache einen Schritt in den Flur, betrete das Wohnzimmer. Niemand. Mein Blick bleibt an dem Teppich hängen, auf den wir uns werfen mussten. In der Küche betrachte ich einen Augenblick das mit schwarzen Klebestreifen verkleisterte Fenster. Das Eindringen des Reporters … All das scheint mir jetzt so weit weg. Ich ziehe einen nach dem anderen ab, lasse nach und nach das Tageslicht herein. Gegenüber *ihr* Garten: ein Schlachtfeld aus Löchern und aufgewühlter Erde, das mir nichts mehr ausmacht. Du bist jetzt so weit weg, Guy. Seit meine Tränen fliessen konnten, ist deine Finsternis nicht mehr die meine. Niemand in meiner Werkstatt und keine Menschenseele im Schlafzimmer. Ich setze mich einen Moment aufs Bett. Schaue aus dem Fenster. Ob du mir wohl wegen Claridge eine Szene machst? Deine Eifersucht spüren. Wie sehr es mich danach verlangt. Nun bleibt nur noch dein »Refugium«. Ich mache die Tür auf, und du bist nicht da, natürlich nicht. Aber deine Bilder. Deine Bilder, die ich zum allerersten Mal wirklich sehe, ich bin wie erstarrt, so sehr berühren sie mich. All die Schönheit, wie sie funkelt und blitzt. Ich trete zu deinem letzten Bild, das ich für Gekritzel hielt. Dieses intensive Blau, allein in all dem Grau: verwaschener, fast flüssiger Nebel, der die Leinwand durchdringt. Die Aune … Meine Aune. Und hier, auf dem anderen, dieses mit Grüntönen durchsetzte Gelb. Deine Augen, meine geliebte Lisa. Deine Augen, voll Sonne und Wut. Wie hatte ich das übersehen können? Und hier, auf dem dritten, mauvefarbene Spritzer, mit Tausenden Strichen eingesperrt. All die Tränen, die ich zurückgehalten habe und die – das begreife ich erst jetzt – dich unter sich begraben haben. Dabei habe ich dich doch so sehr geliebt. Aber wen eigentlich? Wen, meine Lisa, jetzt, wo ich beim Anblick deiner Bilder das Ausmass meiner Blindheit erkenne? Ich gehe zu einem vierten, einem fünften, einem sechsten Bild. Überall dieses fiebrige Rieseln, vor lauter Liebe zu mir. Zu mir, dem Kind unter den Decken, das dich von Anfang an in diesen Mauern gefangen gehalten hat. In diesen Mauern, unserem Haus, Lisa. Königreich aus Stein und Stille, in dem ich dich zur Königin gekrönt hatte. Dich, meine einzige Tür, wenn ich die Aune entlangging und wenn ich Feste, Abendessen, einen gelegentlichen Umtrunk in der Fabrik, Wochenenden, Familie und Freunde abwehrte. Und die Kluft unbarmherzig vergrösserte. Oh, natürlich, da war das Wunder unseres Sohnes, und auch Abdane. Aber damals war ich noch so weit weg und klammerte mich so verzweifelt an dich. Woher, meine Geliebte, hast du nur die Kraft genommen, so lange auf mich zu warten?

Zum letzten Mal lasse ich den Blick über die Gemälde wandern. Diese hingeworfenen Linien inmitten der Purpurtöne. Dein Kampf, deine Erschöpfung, weil ich mich nicht öffnete. Und hier, all die Kreise vor den sanften Brauntönen. Dein Körper, Lisa. So handfest real. Und dort, das Rosa, mit freier Hand. Wie viele Frauen bist du? Wie viele ich, der ich glaubte, dich zu umfangen, dich zu schützen? Und hier, schwarzer Regen, der hinunterrinnt. Mein Blick, der dir ausweicht, unser Sohn, der auszieht. Und in diesem hier all das hervorbrechende Weiss, das erstickt und um Luft ringt. Wieder sind es deine Augen, deine Augen, die mich unermüdlich riefen, mich, der ich täglich ein bisschen tiefer versank. Deine grossen Augen, meine Geliebte. Du hast mir sogar unseren Sohn geschenkt: den Sohn, auf den ich nicht zugehen konnte, nicht wusste, wie. Deine Augen, Feuer und Erde. Untiefen des Lebens. Unsinnigkeiten des Lebens. Und denen öffne ich mich jetzt. Und in ihnen sehe ich endlich dich.

Mir bleibt nur noch eins zu tun.

Lange betrachte ich den Flur, die Steinmauer, auf die ich so stolz war. Ich betrachte die Küche, die unfertige Terrasse, die mich so viele Stunden Arbeit gekostet hat, die massive Eichenholztür, die ich nächtelang abgeschliffen habe. Dann nehme ich das Handy und rufe dich an. Deine Mailbox springt an. Ich hole tief Luft.

»Lisa, ich hab's kapiert. Verzeih mir, mir tut alles so leid. Ich bin einverstanden, dass wir verkaufen, wegziehen und von vorn anfangen.«

Epilog

Thierry,

ich hab keine Ahnung, wieso Du ausgerechnet an dem Tag und um diese Uhrzeit vor meiner Tür gestanden hast. Ich werde es wohl auch nie erfahren. Aber ich möchte, dass Du weisst, dass ich Schluss machen wollte. Die Tabletten lagen bereit. Ich musste mich nur noch anziehen. Ich habe so viel Dreck ertragen und auch selber viel versaut. Tja, na ja, ich wollte mich jedenfalls bei Dir bedanken, dass Du auf Deine innere Stimme gehört hast, die Dich bis zu mir geführt hat. Es ist so verrückt, dass Du genau in dem Moment gekommen bist. Dann gibt es wohl doch irgendwas, das gern will, dass ich weitermache. Frag mich nicht, was. Ich war nie besonders gut im Antworten. Aber auf jeden Fall etwas, bei dem ich endlich Lust kriege zu leben. So, ich konnte das einfach nicht länger für mich behalten.

Claridge

PS: Ich hab immer gedacht, das Leben wär nichts weiter als eine lange, dunkle Nacht. Die Nacht ist jetzt nicht nur vorbei, ich weiss nun auch, dass von jeher das Licht dahinter bereits gewonnen hat.

Dank

Zuallererst danke ich Isabelle Durand-Zaleski für ihre Gastfreundschaft, jedes Jahr aufs Neue, und dass sie es mir ermöglicht, in aller Ruhe zu schreiben.

Ich danke Gilbert Mazeau, der sich geschickt auf die Erfahrung »Interview« eingelassen und mir wunderbaren Stoff über das Leben als Bauer geliefert hat. Danke auch an Michèle, seine Frau, und an Raymond Bellenger, der mir seine Geschichte erzählt hat.

Ich danke Matthieu Frachon für seine wertvolle Unterstützung beim Thema polizeiliche Ermittlung.

Ich danke Robert Tonon, Spitzname »Bob«, der sich abgemüht hat, mir seine Arbeit als Wartungsverantwortlicher zu erklären.

Ich danke dem SIRPA (Service d'informations et de relations publiques des armées – Dienststelle für Informations- und Öffentlichkeitsarbeit der Armee) und ganz besonders Fähnrich Anne-Marine Gire für ihr bemerkenswertes Engagement.

Ich danke Laurent Martin, Leiter der Schule für Marineinfanteristen in Lorient, der mir wunderbares Material über die Spezialeinheiten der Landstreitkräfte geliefert hat.

Ich danke Frédéric Pieretti, der mich Kommandant Martin vorgestellt hat. Und Frédéric Miquel, der mir die Welt des Militärs näherbrachte.

Ich danke Sabine Wespieser, meiner Verlegerin, weil es so viel Freude macht, mit ihr zu arbeiten, vorwärtszuschreiten …

Ich danke Xavier, ohne dessen Liebe es mir sehr schwergefallen wäre, diesen Roman zu Ende zu schreiben. Ich danke meinem Bruder Nils für seine Güte. Und meiner Tochter Olivia.

Und schliesslich danke ich dir, Mum, die du dieses Jahr so unerwartet von uns gegangen bist. Wenige Tage vor dem ersten Zusammenbruch, der dich viel zu schnell zum Ende drängte, sassen wir noch bei einem Glas in der Sonne. Du hattest gerade meinen Roman gelesen und fandest ihn sehr stark. Unter den überraschten Blicken der Passanten liess ich meiner Freude freien Lauf. Es hatte dir gefallen. Ich war so glücklich!

Nie im Leben hätte ich gedacht, dass dies unsere allerletzte *teatime* gewesen war und dass jene Seiten die letzten sein würden, die du je lesen solltest. Und deshalb widme ich dieses Buch voll und ganz dir, und es ist mir egal, dass das Thema unpassend ist. Bei dir gewann immer das Licht. Bis zum Schluss hast du es leuchten lassen.